Magnus Vierdreifinger

Dominik Schunk

Magnus Vierdreifinger

eine Koboldgeschichte

Bibliografische Information der Deutschen Nationalbibliothek:
Die Deutsche Nationalbibliothek verzeichnet diese Publikation
in der Deutschen Nationalbibliografie; detaillierte bibliografische Daten sind im Internet über http://dnb.dnb.de abrufbar.

Herstellung und Verlag: BoD – Books on Demand, Nor-
derstedt

ISBN: 978-3-7557-5830-3

Für die Ubayette,
mit deren Gemurmel die Idee entstand,
den Col de Flassin,
an dessen Schulter sie Form annahm
und den Lac d'Apollinaire,
wo der größte Teil geschrieben wurde.

I

Das Haus stand auf einem kleinen Hügel und es war unbewohnt. Es hatte drei Stockwerke und jedes Stockwerk schien in einem anderen Jahrhundert erbaut worden zu sein. Tatsächlich hatte das Haus mehrfach gebrannt – mal mehr, mal weniger. Und ein Erdbeben hatte es teilweise zum Einsturz gebracht. Oder etwas Ähnliches, denn Erdbeben sind im Norden Englands eher selten. Deshalb mußten die verschiedenen Eigentümer es wieder und wieder aufbauen lassen, so daß es jetzt aussah, als wenn es aus Teilen und Stilen ganz unterschiedlicher Häuser zusammengefügt wäre.

Die Larson Familie hatte sich vor ihrer klapprigen Familienkutsche aufgereiht und sah den Hügel hinauf. Ed, der Vater, hatte einen Blick von erschöpfter Befriedigung, wie am Ende einer langen Reise. Nora, die Mutter, hatte einen Blick voll Unsicherheit. Tatsächlich sah sie nicht wirklich das Haus an, sondern warf verstohlene Blicke auf die anderen Familienmitglieder, insbesondere die beiden Kinder. Diese waren Tom, 13 Jahre alt, und Fred, 11 Jahre alt. Toms Blick zeigte unverhohlene Ablehnung gegenüber dem Gebäude, in dem er von nun an leben sollte. Fred hingegen blickte mit erwartungsvoller Neugier.

Die treibende Kraft hinter dem radikalen Umzug von einer Stadtwohnung in dieses einsame Anwesen war Ed gewesen. Er benötigte erheblich mehr Ruhe und Frieden für seine Berufstätigkeit. Jedenfalls war das seine Begründung. Ed arbeitete als selbständiger Übersetzer für besonders komplexe Bedienungsanleitungen. Dabei hatte er sich recht individuelle Arbeitszeiten angewöhnt. Manchmal arbeitete er tagsüber, aber häufig auch bis tief in die Nacht. Dies hatte in der Vergangenheit regelmäßig zu Konflikten mit den Nachbarn und sogar mit der eigenen Familie geführt. Denn entweder konnte Ed nicht in Ruhe arbeiten oder nicht in Ruhe schlafen. Außerdem brauchte Ed Ruhe zum Nachdenken oder um einfach einmal Ruhe zu haben und das war es, was alle vier an den Fuß des Hügels gebracht hatte, auf dem das Haus stand.

II

Es dauerte eine Weile, bis Ed die richtige Position für den großen, alten Schlüssel in dem großen, alten Schloß gefunden hatte. Dann öffnete er die Eingangstür und sie betraten einen herrschaftlichen Empfangsraum. Eine imposante Freitreppe führte in die oberen Stockwerke. Ed übernahm die Führung durch die zahlreichen Wohnräume in den oberen Stockwerken. Toms Widerwille wurde dennoch nicht besänftigt. Er hatte sich in der Vergangenheit durchaus nach etwas mehr Privatsphäre gesehnt. Jetzt konnte er zwischen drei verschiedenen Räumen für sich alleine wählen und doch wünschte er sich von ganzem Herzen in das alte Zimmer zurück, daß er so lange mit Fred hatte teilen müssen. Die letzten Besitzer des Gebäudes hatten einen Teil ihrer Möbel zurückgelassen. Das kam der Larson Familie gelegen, denn das eigene Umzugsunternehmen brauchte noch zwei Tage.

Sogar Teller, Töpfe und andere Küchenutensilien waren noch vorhanden. Es war ein großes Durcheinander und man konnte den Eindruck gewinnen, daß das Haus recht hastig verlassen worden war.

Fred, der sich in der Regel hinter seinem großen Bruder einreihte, wählte sein neues Zimmer als Erster aus. Tom seufzte und entschloß sich für das daneben liegende. Im Augenblick wollte er seinem Bruder nahe sein, trotz ihrer regelmäßigen kleinen Kämpfe.

Vor dem Abendessen ging Tom nach draußen. Er wollte sich nicht im Haus aufhalten und beschloß, im stillen Protest die Umgebung zu erkunden. Der kleine Hügel war dicht mit Bäumen, Büschen und Dornengestrüpp bewachsen. Der Immobilienmakler hatte das Haus mit den Worten angepriesen: "Eingebettet in einen Garten von der Größe eines Parks!" Nun, die Größe eines Parks war nicht übertrieben, allein der Garten fehlte. "Wir leben jetzt in der Wildnis, in der Mitte von Nirgendwo", dachte Tom. Das allerdings war übertrieben, denn das nächste Dorf war kaum 20 Minuten Fußweg entfernt. "Ihr müßt nur mit euren Fahrrädern ins Dorf hinunter fahren, dort den Schulbus nehmen und alles in allem werdet ihr nur wenige Minuten länger benötigen als bisher." Das hatte ihr Vater auf seine Einwände entgegnet.

"Nur wenige Minuten! Nur ein paar klitzekleine Minuten", zischte Tom und hieb mit einem Stock gegen Baumstämme und Farnwedel. "Und wenn es regnet?" "Das sind nur ein paar Minuten mehr." Er imitierte die tiefe Stimme seines Vaters.

Tschack! Ein Farn hing in Fetzen. "Und wenn es schneit?"

"Das sind nur ein paar Minuten", preßte Tom hervor. Tränen füllten seine Augen, die er mit einer hastigen Bewegung abwischte. Er stürmte jetzt durch das Unterholz. *Tschack!* Ein Zweig brach ab. "Es kümmert ihn überhaupt nicht, was ich darüber denke!" Tom schrie den Baum an, den er mit seinem Stock traktierte.

Wieder äffte er seinen Vater nach: "Eine Entscheidung für die Familie, ist wichtiger, als eine Familienentscheidung." So hatte Ed ihren letzten Streit wegen des Umzugs beendet.

"Das ich nicht lache!" Doch Tom lachte nicht. Er war auf die Knie gesunken und Tränen der Ohnmacht flossen ihm über das Gesicht. Nach einer Weile legte sich seine Wut und zurück blieb nur eine dumpfe Leere. Tom begann wieder, auf seine Umgebung einzuschlagen. Das fühlte sich irgendwie gut an und half gegen das Gefühl der Hilflosigkeit. Plötzlich traf sein Stock etwas Hartes und zerbrach mit einem hohlen Geräusch. "Mist", murmelte Tom und untersuchte die Stelle näher.

Irgend etwas war im Boden eingelassen. Es war nichts zu erkennen, so überwachsen war die Stelle. Tom rupfte Ranken und Farne aus und legte nach und nach eine alte Falltür frei. Diese war mit einem rostigen Vorhängeschloß gesichert und in der Mitte prangte ein verblichenes Schild, auf dem stand: "Zutritt verboten!" Tom rüttelte vergeblich an dem Schloß. Dann hörte er seine Mutter rufen und er machte sich zögernd auf den Rückweg durch das Dickicht. Aber er warf der Falltür einen letzten Blick zu und murmelte: "Glaub' mal nicht, daß ich so schnell aufgebe!"

III

Das Abendessen war ein Desaster. Nach anfänglicher Stille kam der Streit und mit dem Streit kam der Ärger und Tom wurde auf sein neues Zimmer geschickt. Er schloß die Tür ab, warf sich zornig auf das Bett und griff sich seinen alten Game boy, den er auf dem Flohmarkt gekauft hatte. Kurz danach klopfte es an der Tür und die Stimme seiner Mutter versuchte ihn zu erreichen, aber er reagierte nicht und nach einer Weile hörte er, wie sich Schritte entfernten. Tom begann leise zu weinen, doch trotzig blieb er in seinem Zimmer bis er irgendwann eingeschlafen war.

IV

Der nächste Tag war ein Mittwoch und auf den darauf folgenden Donnerstag, den 12. August 2010, hatten sich Fred und Tom schon eine Ewigkeit gefreut. Soweit sich beide zurückerinnern konnten, hatte ihr Vater sie immer in der Nacht vom 12. auf den 13. August mitgenommen, um den Sternschnuppenregen der Perseiden zu beobachten. Das war den beiden wichtiger als Geburtstage und Weihnachten zusammen. Nur einmal war die Aktion wegen schlechten Wetters ausgefallen. Ed liebte die stille

Einsamkeit irgendwo außerhalb der großen Stadt, wo fast kein Streulicht die Dunkelheit störte. Und seine Söhne liebten es, von ihrem Vater zu dem kosmischen Abenteuer mitgenommen zu werden. Wachbleiben bis nach Mitternacht. Nur sie drei. Die Brüder hatten sich ihrem Vater nie näher gefühlt.

Auch in diesem Jahr wollten sie gemeinsam den Höhepunkt des nächtlichen Feuerwerks erleben. Der Wetterbericht war positiv und prophezeite einen fast wolkenlosen Himmel. Zudem versprach ein später Aufgang des Mondes eine perfekte, dunkle Nacht. Aber die Vorbereitungen waren gestoppt worden, als sich der Immobilienmakler gemeldet hatte, mit der "Gelegenheit, die sich nur einmal im Leben bietet. Ein Landsitz für den Preis einer Wohnung." Damit hatte er das Haus auf dem Hügel gemeint. Ed hatte noch mißtrauisch nachgefragt, weshalb das Haus denn so überaus günstig sei. Das mußte doch einen Haken haben. Aber der Makler hatte nur mit den Schultern gezuckt. "Es ist natürlich keine teure Gegend, aber vor allem haben es die Verkäufer außerordentlich eilig. Solche Gelegenheiten sind selten. Wenn Sie nicht zugreifen, wird es jemand anders tun." Daraufhin hatte Ed den Kaufvertrag sofort unterschrieben. Die Jungs waren in einer neuen Schule angemeldet worden, was während der Sommerferien vergleichsweise einfach war, und das ganze Familienleben war in kürzester Zeit umgekrempelt worden. Fred und Tom hatten noch nicht einmal vor dem Einzug das Haus besichtigen können. So schnell war alles gegangen. Sie waren von einem Tag auf den anderen aus ihrem gewohnten Umfeld entwurzelt worden und während Fred dies hinnahm, nahm Tom nichts davon hin.

Ed hatte verkündet, daß die alljährliche Nacht der Perseiden sogar noch besser als bisher werden würde. Zum ersten Mal könnten sie auf ihrer eigenen Terrasse sitzen und es wäre nicht mehr nötig, eine mühsame Reise in die Dunkelheit zu unternehmen. Keine Stadtlichter, keine Lichtverschmutzung, wie er es nannte, würden sie hier in ihrem neuen Heim stören. Auch nicht das kleine Dorf mit seinen drei oder vier Straßenlaternen, erklärte Ed enthusiastisch. Aber für die Jungs war die nächtliche Reise ein wichtiger Teil des Ereignisses gewesen. Genauso wie die methodische Vorbereitung, in die sie jedes Jahr einbezogen worden waren. Es ging um die Vorfreude und um das gemeinsame Erleben mit ihrem Vater. Tatsächlich waren sie bislang immer inmitten des Sternschnuppenspektakels vor Erschöpfung eingeschlafen, aber sie liebten diese Nacht. Für die beiden Brüder ging es gar nicht in erster Linie um die Sternschnuppen. Diese waren beeindruckend und faszinierend, aber die Nacht mit ihrem Vater teilen zu können, war für sie das eigentliche Erlebnis.

Die Terrasse des alten Hauses auf dem kleinen Hügel war tatsächlich ein perfekter Ort, um die Perseiden bei ihrem Eintritt in die Atmosphäre zu beobachten, aber es fühlte sich einfach nicht richtig an. Darüber waren sich die Brüder im Stillen einig.

Allerdings war es noch nicht Donnerstag. Es war erst Mittwoch und am Mittwochabend ging Ed ins Pub. Er ging sonst selten aus. Die Angewohnheit stammte noch aus der Zeit, als er für einen Großkonzern gearbeitet hatte. Die Kollegen seiner Abteilung waren immer Mittwochs nach der Arbeit gemeinsam losgezogen. Sie nannten das: "Die Halbzeit der Woche begießen." Vor einigen Jahren hatte der Konzern alle technischen Übersetzer entlassen. Sie sollten sich als unabhängige Freiberufler selbständig machen. Besonders viel Unabhängigkeit bekamen sie dadurch nicht, denn ihr alter Arbeitgeber versorgte sie weiter mit Aufträgen. Das wurde Neuorganisation genannt. Jedenfalls hatten die nun selbständigen, ehemaligen Kollegen sich zuerst weiter getroffen. Solange bis die Tradition eingeschlafen war. Ed ging immer noch jeden Mittwoch ins Pub, auch wenn er dort nur noch selten alte Kollegen traf. Das Haus hatte Ed in eine gehobene Stimmung versetzt und so entschloß er sich, seine ganze Familie zu seinem ersten Gang in das Dorf-Pub mitzunehmen. Eine Entscheidung, die er später zutiefst bereute.

Der Tag war für alle Familienmitglieder anstrengend und intensiv gewesen. Sie hatten immerhin ein neues Haus zu erobern. Auch Tom hatte sich für den Moment in sein Schicksal ergeben und gemeinsam mit seinem Bruder jeden staubigen Winkel des Dachbodens und jede dunkle Ecke des Kellers untersucht. Sie hatten ein echtes Schwert gefunden, welches ihnen sofort und trotz ihres Protests wieder abgenommen worden war. Dann waren sie auf drei alte Gewehre gestoßen, wenn auch ohne Munition und diese zeigten sie ihren Eltern folgerichtig nicht. Es war ein unfaßbarer Schatz und die Grundlage für ein großartiges Spiel im Freien. Sobald ein Spieler den anderen zuerst aus der Deckung kommen sah, schrie er "Peng!". Dann mußte der Getroffene für wenigstens 10 Sekunden tot am Boden liegenbleiben, bevor er wieder in das Spiel einsteigen durfte.

Das ging so den ganzen Nachmittag, bis Nora die beiden in einem unvorsichtigen Augenblick durch ein Fenster beobachtete und ihnen auch die beiden Gewehre abgenommen wurden. Sie hatten eine kurze aber ernste Diskussion mit ihrer Mutter darüber, die sie naturgemäß verloren. Danach versteckten sie das dritte Gewehr mit größter Umsicht vor den Erwachsenen.

Nach diesem ereignisreichen Tag freute sich die ganze Familie auf den Ausklang im Pub. Die Jungs schmachteten einem großen Teller Pommes Frites entgegen und die Erwachsenen freuten sich auf ihre erwachsenen Speisen und Getränke. Sie erreichten das Dorf nach einem Fußmarsch von exakt 20 Minuten. Ed hatte die Zeit gestoppt. Die kurze Hauptstraße mit dem kleinen Gemischtwarenladen und dem Pub mit seiner geschwärzten Holzverkleidung sah einladend aus. Der Pub hieß "The Goblin's Share". Das bedeutete "Der Anteil der Kobolde". Er bestand aus nur einem großen Raum, der aber durch geschickt plaziertes Mobiliar in einen Speise- und einen Trinker-Bereich unterteilt war. Es war ein friedlicher und schöner Abend, bis der Barkeeper Ed gutmütig fragte, wo sie herkämen. Eds Antwort ließ alle in Hörweite am Tresen verstummen.

"Wollen Sie damit sagen, daß Sie das alte Anwesen auf dem Hügel gekauft haben?", vergewisserte sich der Barkeeper ungläubig.

"Genau das!", antwortete Ed. "Unser erster Tag als neue Nachbarn."

"Das wird nicht lange so bleiben", kam prompt die Antwort von hinter dem Tresen.

"Verzeihung. Ich glaube, ich habe Sie nicht richtig verstanden?"

"Ach nichts. Ich möchte Ihnen nicht zu nahe treten. Es ist nur so, daß seit ich diesen Pub führe, niemand lange dort oben geblieben ist. Nichts für ungut."

"Und warum meinen Sie, ist dem so, wenn es überhaupt der Wahrheit entspricht?", Ed fühlte sich ganz offensichtlich zu nahe getreten.

"Es tut mir leid, mein Herr. Ich möchte Ihnen nicht den Abend verderben." Der Barkeeper entwich den Tresen entlang zu den anderen Gästen, die Ed und seine Familie neugierig anstarrten.

"Nun, Sie verderben mir gerade den Abend!" Eds Stimme war deutlich lauter geworden. "Sie erklären mir jetzt ihre Andeutung, wenn ich bitten darf."

Einer der anderen Gäste mischte sich ein: "Es spukt dort in dem Haus. Das ist alles, was dazu zu sagen ist."

"Wie bitte?", fragte Ed ungläubig, als wenn er sich ver-
hört hätte. "Es spukt? Sie meinen, eh wir uns versehen,
hüpft Dracula aus seinem Sarg?"

"Abwarten! Sie werden schon sehen", sagte der Gast, beendete sein Glas mit einem Schluck, nahm seinen Hut,
nickte in Richtung des Barkeepers und ging.

Ed wandte sich diesem erneut zu. Jetzt war er aufgebracht. "Soll das so eine Art Aufnahmeritus in die Dorfgemeinschaft sein, oder ist das ihr ländlicher Humor?"

"Kein Grund, beleidigend zu werden, mein Herr", auch
der Barkeeper zeigte nun seinen Ärger. "Ich bitte Sie, ihr
Glas auszutrinken. Denn das ist das letzte, was Sie heute
abend hier bekommen werden."

Ed war sprachlos. Der ganze Raum schien sich auf ihn
niederzusenken. Er war in seinem ganzen Leben noch
nicht aus einem Pub geworfen worden. Ohne ein weiteres Wort bezahlte er und sagte "Wir gehen!" zu seiner
Familie. Fred fragte, ob er seine Pommes Frites noch aufessen dürfe, aber ein Blick seines Vaters ließ ihn verstummen. Sie verließen den Pub schweigend. Draußen auf der
Straße fragte Nora, worum es eigentlich gegangen sei,
aber Ed knurrte nur unzusammenhängend von aber-
gläubischen Landeiern und mittelalterlichen Zuständen
und das war das Ende ihres glorreichen zweiten Abends
auf dem Lande.

V

Am nächsten Tag, dem Tag der Perseiden, hing das Erlebnis im Pub wie ein giftiger Nebel über der Familie. Beim Frühstück war die Stimmung so angespannt, daß die beiden Brüder so schnell wie möglich den Erwachsenen aus dem Weg gehen wollten. Jedoch entzündete sich zwischen ihnen bald ein heftiger Streit, wer zuerst mit dem einen verbliebenen Gewehr spielen durfte und dabei wurden sie von Ed ertappt. Diesmal gab es nicht nur eine Standpauke, sondern beide erhielten eine gepfefferte Ohrfeige, was für ihren Vater ungewöhnlich war, und bekamen für den Rest des Tages Stubenarrest. Fred tat wie ihm geheißen, aber Tom dachte nicht daran.

Nur kurz nachdem er sich mit knallender Tür in sein Zimmer verzogen hatte, stieg er aus dem Fenster. Er hatte sein Multi Tool, eine Taschenlampe und seinen Game boy eingepackt. Außerdem eine kleine Flasche Wasser, die noch von der Nacht neben seinem Bett gestanden hatte. Er war entschlossen, seinem Vater einen Denkzettel zu verpassen. Er hatte keinen richtigen Plan. Irgendwann im Verlauf des Tages würde er wieder zurückkommen. Aber er wollte, daß seine Eltern sich Sorgen um ihn machten. Und sein Vater sollte ordentlich Schuldgefühle bekommen. Wegen der Ohrfeige und überhaupt. Außerdem war er so aufgebracht, daß er es unmöglich in seinem Zimmer aushalten konnte. Dort würde er vor Wut platzen. An der Hauswand war ein hölzernes Gestell befestigt, welches über und über mit Efeuranken bewachsen war. An diesem kletterte er hinab, und verschwand im Unterholz.

Er ging nicht auf direktem Weg zu der Falltür. Eine merkwürdige Unentschlossenheit hielt ihn davon ab. Dann siegten Neugier und Abenteuerlust. Das Vorhängeschloß hielt eine Weile stand. Letztlich war es aber seinem Multi Tool mit der feinen Metallsäge und einer Portion roher Gewalt nicht gewachsen. Die Falltür selbst war ziemlich schwer und durch Erdreich und Wurzelwerk verklemmt. Zu Beginn konnte er sie nur einige Zentimeter öffnen. Aber nachdem er alle Wurzeln gekappt und den Rand freigelegt hatte, stemmte er sie unter Einsatz all seiner Kräfte auf. Darunter befand sich ein dunkles Loch mit einer verrosteten Leiter. Seine Taschenlampe war nicht besonders hell. Er konnte nicht ausmachen, wohin die Leiter führte. Noch einmal zögerte er. Dann gab er sich einen Ruck und stieg in die unbekannte Dunkelheit hinab.

Am Ende der Leiter stand er in einem hohen, großen, unterirdischen Raum. Tom und seine Taschenlampe begannen, die Geheimnisse dieses Ortes zu lüften. Er entdeckte eine Einfassung aus dicken Holzbohlen mit einer kleinen Tür in der Mitte. Ansonsten war der Raum völlig leer. Das Holz war modrig und feucht. Wassertropfen liefen ununterbrochen daran hinab. Die kleine Tür war erneut mit einem Vorhängeschloß gesichert. Ein Schloß, welches wie der Urvater aller Vorhängeschlösser aussah: Unhandlich, groß, schwer und fürchterlich alt. Als Tom sich allerdings mit seinem Werkzeug daranmachte, zerfiel das verrostete Metall regelrecht unter seinen Fingern. Tom lockerte den Riegel, schob ihn zur Seite und öffnete die Tür. Erst jetzt fiel ihm ein weiteres Schild auf. Es war derart mit Rost bedeckt, daß es kaum zu entziffern war. Darauf stand in altmodischen Buchstaben: "Gefahr! Tod! Wegbleiben!"

Tom hielt inne. Er dachte über die Warnungen nach und beinahe wäre er umgekehrt. Dann holte ihn die Erinnerung an seine ganze Misere ein und seine Dickköpfigkeit siegte. Hinter der Tür begann ein niedriger und grob gehauener Tunnel. Tom konnte nur stellenweise aufrecht gehen. Es ging spürbar nach unten, dann nach rechts, links, rechts und wieder war der Weg versperrt. Diesmal von einem mannsgroßen Felsbrocken. "Hier brauche ich wohl nicht nach einem Vorhängeschloß suchen", seufzte Tom enttäuscht.

In der Mitte des Felsbrockens entdeckte er Zeichen im Stein, die mit roter Farbe ausgemalt waren. Er entfernte Staub und Dreck und legte die Umrisse einer Hand frei. Einer kleinen Hand. So klein, wie die eines Kindes, aber mit viel zu langen Fingern und davon nur vier. Der Daumen war besonders lang und die übrigen drei Finger endeten in langen, krallenähnlichen Fingernägeln. Unter der Hand war ein Pfeil in den Fels gemeißelt, der nach oben oder vorne zeigte und durchgestrichen war. Dann waren da noch so etwas wie Runen, deren Bedeutung Tom nicht kannte.

Er war verwirrt. Das schien nicht das Werk von Erwachsenen zu sein. War das Teil eines Spiels? Ein Spiel, welches Kinder hier unten vor langer Zeit gespielt hatten? War das am Ende das Geheimnis hinter dem Spukhaus? Toms Neugier war nun übermächtig und er hatte auch ein wenig Angst, was zu seiner Neugier noch beitrug, wie es eine gewisse Anspannung manchmal tut. Allerdings führte kein Weg durch diesen Felsen. Soviel war klar. Er drückte ein bißchen auf der linken Seite und dann auf der rechten, aber natürlich ohne Erfolg. Als er schon aufgeben wollte, rutschte seine Hand ab und ertastete einen Spalt zwischen Fels und Wand, den er zuvor nicht wahrgenommen hatte. Tatsächlich war der Spalt praktisch unsichtbar, selbst wenn er mit seiner Lampe direkt auf die Stelle leuchtete. Nur seine Hand konnte ihn fühlen. Tom wunderte sich. Das war seltsam. Dann quetschte er sich wild entschlossen in den Spalt und drückte sich hindurch. Seine Jacke bekam einen langen Riß und es fehlte ein Stück, aber sonst war alles an seinem Platz.

Tom hatte seine Taschenlampe vorher weggesteckt, weshalb er den Schimmer in der Dunkelheit sofort wahrnahm. Dort vorne mußte ein Licht sein! Hinter dem Felsbrocken begann ein neuer Tunnel. Nach rechts führte dieser in die Dunkelheit, aber in der anderen Richtung konnte Tom die Umrisse des Tunnels schemenhaft erkennen. Er ging vorsichtig weiter und nach einer Windung entdeckte er die Lichtquelle. Kristalle! Kristalle und Edelsteine! Feinsäuberlich in die Tunnelwand eingelassen. Und sie leuchteten! Tom war bewußt, daß er eine bedeutende Entdeckung gemacht hatte. Edelsteine und Kristalle leuchten für gewöhnlich nicht. Seine Augen hatten sich in der Zwischenzeit an das Halbdunkel gewöhnt und so fiel es ihm nun leicht, im Schein der Steine dem Tunnel weiter zu folgen. Bald wurde ihm klar, daß die Steine immer an Biegungen oder Kreuzungen angebracht waren. Gerade genug, um von einem Lichtschimmer zum nächsten zu gelangen. An einer Kreuzung leuchtete ein roter Edelstein so hell, daß er nicht widerstehen konnte und ihn aus seiner Fassung herausbrach. Der würde bestimmt später nützlich sein.

Er folgte noch eine Weile dem Gang von Licht zu Licht, bis ihm auffiel, daß er dringend seinen Weg markieren mußte. Andernfalls würde er sich hoffnungslos verirren. Er überlegte kurz und brach dann einen Stein aus der Wand, um ihn wie einen Richtungspfeil auf den Boden zu legen. Er ging weiter und bei jeder Kreuzung markierte er erneut seinen Weg. Er legte die Steine immer mit der Spitze in der Richtung, in die er weiterging.

So erforschte er das Labyrinth von Gängen mit unermüdlichem Eifer. Ob das ein ehemaliges Bergwerk war? Gut möglich. Aber das erklärte nicht die geheimnisvollen Steine. Irgendwann war seine Wasserflasche fast leergetrunken und der Gang, dem er folgte, nahm einfach kein Ende. Er überlegte, ob es nicht besser sei, jetzt abzubrechen und mit der richtigen Vorbereitung an einem anderen Tag wieder zu kommen. Er drehte um und folgte seinen Markierungen bis zu der Kreuzung, an der er den ersten Stein auf den Boden gelegt hatte. Von dort ging er den Weg zurück, wie er ihn vor einigen Stunden gekommen war. Doch er konnte den Eingang bei dem Felsbrocken nicht wieder finden. Ihm wurde mulmig. Er ging zurück zu der Kreuzung mit dem ersten Stein. Er war sich sicher, daß er den richtigen Weg genommen hatte. Aber mußte sich wohl täuschen. Also probierte er einen anderen Gang. Aber auch dieser führte nicht zu dem Spalt, durch den er das Labyrinth betreten hatte. Jetzt war nur noch ein Gang übrig, den er noch nicht überprüft hatte. Mit klopfendem Herzen folgte Tom diesem Gang, der ihm völlig unbekannt vorkam. Und tatsächlich. Auch diesmal fand er den Spalt mit dem rettenden Ausgang nicht. Panik stieg in ihm auf.

Aber Tom war nicht leicht zu verunsichern. Er atmete tief durch, trank seinen letzten Schluck Wasser und begann noch einmal von vorn. Er mußte den Spalt übersehen haben. Noch zweimal überprüfte er alle Gänge, die von der Kreuzung abzweigten. Aber es half nichts. Der Zugang hinter dem großen Felsbrocken war wie vom Felsboden verschluckt.

Am Ende war er völlig erschöpft und schleppte sich leise wimmernd nur noch langsam voran. Jetzt verspürte er große Angst. Er hatte keine Verpflegung, kein Wasser mehr, war inmitten eines Netzes von endlosen Tunneln gefangen. Niemand wußte, wohin er gegangen war. Und selbst wenn seine Eltern die offene Falltür finden würden: Er war sich sicher, daß niemand außer einem Kind in der Lage wäre, sich durch den schmalen Spalt bei dem Felsbrocken zu quetschen. Wahrscheinlicher war, daß die Erwachsenen den unsichtbaren Spalt gar nicht finden würden. Er mußte hier vermutlich sterben. Verhungern und vorher verdursten, das war ziemlich wahrscheinlich.

Als ihn der letzte Rest Durchhaltekraft und Lebenswille verlassen hatte, sank er dort, wo er gerade stand, an der Tunnelwand zu Boden. Er kramte durch seine Taschen in der Hoffnung auf irgendeinen wundersamen Zufall. Und tatsächlich fand er etwas in seiner Jacke, woran er in den vergangenen Stunden nicht mehr gedacht hatte: Seinen Game boy. In einer unbeschreiblichen Mischung aus Todesangst und Erschöpfung schaltete er das Gerät ein und spielte sein Lieblingsspiel. Aber er bekam gar nicht richtig mit, was auf dem kleinen Bildschirm passierte.

Und in diesem Zustand fanden sie ihn.

VI

Die drei Kobolde schlichen vorsichtig die Tunnelwand entlang. Sie kamen von einem Jagd-und-Sammel-Ausflug zurück und ihre schweren Säcke waren voll mit Waldfrüchten, Holzäpfeln, Pilzen und anderen Köstlichkeiten. Als sie auf eine zerstörte Lichtfassung und den sorgsam auf den Boden gelegten Stein trafen, gab es keinen Zweifel, daß etwas ganz und gar nicht in Ordnung war. Zudem wurde dieser Tunnel nicht selten von Zwergen benutzt. Sie hatten die Beleuchtung vor langem installiert, da sie im Dunkeln nicht so gut sehen konnten. Jeder wußte, wie sich Zwerge anstellten, wenn es um ihre

Lichtsteine ging. Nicht anfassen, nicht mitnehmen und natürlich auch nicht kaputtmachen! Das würde richtig Ärger geben. Aber sie hatten außerdem diese böse Vorahnung, weshalb sie zur Pforte am kleinen Hügel abbogen.

Als sie diesen Zugang in die Himmelswelt erreichten, bestätigte sich, daß das Problem viel größer als nur Ärger mit den Zwergen war. Dies war eine Katastrophe! Und ein Wettlauf gegen die Zeit, denn mit jedem verstrichenen Augenblick würde diese Katastrophe noch furchtbarer werden. Wie eine Lawine, die zuerst aus einem Schneeball besteht und dann ein ganzes Tal unter sich begräbt. Sie mußten schnell handeln.

Die Pforte war schon eine ganze Weile nicht mehr in Nutzung. Sie hatte die Aufmerksamkeit der Menschen erregt. Deshalb war der Zugang in beiden Richtungen getarnt worden, damit kein Wesen mehr hinaus- oder hineinschlüpfen konnte. Nur die Kobolde aus dem nahegelegenen Dorf kannten die Stelle, an welcher der Spalt durch den Fels führte. Die Pforte wurde hauptsächlich aus Sturheit und für Notfälle noch offen gehalten. Das Haus auf dem kleinen Hügel war einfach zu nah. Deshalb war es in der Vergangenheit auch zu den Begegnungen gekommen. Irgendwelche unverbesserlichen Menschen hatten sogar eine Leiter in die obere Höhle gebaut. Die Kobolde hatten ihnen daraufhin besonders übel mitgespielt, aber ohne wirklichen Erfolg. Schon seitdem das Haus gebaut worden war, hatten sie immer wieder versucht, die Menschen von dort zu vertreiben. Immerhin war die Pforte schon lange vorher dagewesen. Es war Koboldgebiet! Es war ihr Hügel! Letztlich sahen sie sich aber gezwungen, einen Teil der Höhlen zum Einsturz zu bringen. Das hatte an dem Haus schwere Schäden verursacht, wie die Kobolde mit Genugtuung feststellten. Der vordere Teil des Zugangs war dann von den Menschen selbst verschlossen worden. Die Kobolde waren es zufrieden. Aber trotzdem machten sie den Hausbewohnern weiterhin das Leben schwer.

Nun, da die drei Kobolde vor der verborgenen Spalte im Fels standen, wurden ihre schlimmsten Befürchtungen wahr. Eindringlinge in der Anderwelt! Ein Mensch hatte sich offenbar durch den Spalt gequetscht, denn ein Tier konnte es nicht gewesen sein. Außer wenn Tiere jetzt Kleidung trugen. Kürzlich hatte ein Erkundungsteam die Geschichte von einem kleinen und seltsam verformten Wolf erzählt, der nicht nur eine Leine sondern auch eine Art Jacke getragen hatte. An der Leine war ein Mensch gehangen und der Wolf hatte ihn offenbar irgendwohin gezerrt. Seltsame Geschichte. Aber der Kleidungsfetzen, den sie am Fels fanden, war für einen Wolf mit Jacke zu weit oben abgerissen. Und das Material wies auf Mensch hin. Kein Wesen aus der Anderwelt trug derart zerbrechliche Kleidung.

Schon seit geraumer Zeit war es gelungen, die Menschen von der Anderwelt fern zu halten. Jedes Wesen, nicht nur die Kobolde, war bemüht, ein Eindringen und die dadurch hervorgerufenen Zeitsprünge zu verhindern. Vielleicht hatten es aber auch einfach weniger Menschen versucht.

Die Furcht und die Erinnerung, was alles passieren konnte, wenn es passierte, war bei allen Völkern der Anderwelt tief verankert. Dörfer waren in einem Wimpernschlag zerstört worden. Ganze Gebiete waren nach Zeitsprüngen verschwunden, als hätten sie nie existiert. Statt dessen breiteten sich nun überall menschliche Siedlungen und völlig veränderte Landschaften aus. Wo einst Höhlensysteme gewesen waren, gab es nun Steinbrüche oder Bergwerke. Untergrundzüge, Kanalisation und andere riesige Anlagen der Menschen, deren Namen und Zweck sie nicht kannten, zerschnitten das Land. Nach jedem Zeitsprung hatte die Anderwelt an Größe verloren und die menschliche Welt hinzugewonnen.

Den dreien war bewußt, was auf dem Spiel stand, als sie den Zugang zum kleinen Hügel endgültig verschlossen und versiegelten. Meterdicker Stein trennte nun an dieser Stelle die Himmelswelt von dem Höhlensystem. Dann eilten sie weiter, auf der Suche nach dem Eindringling. Es konnte sich auch um eine ganze Gruppe handeln, angesichts des mutwillig angerichteten Schadens.

Aber es war keine Gruppe zerstörungswütiger Barbaren, die sie schließlich fanden. Es war ein weinendes Kind. Mindestens einen Kopf größer als der Kleinste von ihnen, aber ein Kind nichtsdestotrotz. Es kauerte am Boden und die Geräusche, die es beim Weinen machte, waren höchst eigenartig. Es klang wie Biep, Biep, Bäng, Ratsch und Ping, aber die Tränen, die ihm übers Gesicht liefen, ließen keinen Zweifel aufkommen. Noch waren sie mißtrauisch und prüften die Umgebung, aber da war sonst niemand zu sehen oder zu riechen. Als sie ihr Opfer einkreisten, hob das Kind plötzlich den Kopf und hörte auf zu weinen. Es war eher ein Junge und kein Kind mehr. Einen Augenblick starrten sie sich gegenseitig an. Keiner sagte etwas, nur das Biepen und Ratschen ging unvermindert weiter.

VII

Tom war so überrascht, daß er vor Schreck das Weinen vergaß. Der Game boy in seinen Händen machte noch einige Geräusche, bis der still stehende Avatar von einer violetten Sumpfschlange in einem Stück verschlungen wurde. Vor Tom standen drei Kreaturen, die aus einem gräßlichen Albtraum ausgebrochen sein mußten. Sie waren einen Kopf kleiner als er, mehr oder weniger und hatten kräftige Gliedmaßen. Ihre Arme waren länger, als sie bei ihrer Körpergröße sein sollten und die vier Finger ihrer Hände endeten in krallenartigen, langen Fingernägeln. Ihre Köpfe waren etwas zu groß für ihre robusten Körper. Sie hatten spitze Ohren, lange, krumme Nasen und fast keine Behaarung. Ihre Augen funkelten in kräftigem Rot, Gelb und geflecktem Grün. Aber das Erstaunlichste war ihre Haut.

Jede der drei Kreaturen hatte eine andere Haut. Die mit den grün-gefleckten Augen hatte eine wie aus flexiblen, ineinander verschiebbaren kleinen Steinplatten. Rissig und uneben mit Linien von milchigem Weiß, Schwarz, Grau und dunklem Grün zwischen den Plattensegmenten. Die Kreatur mit den gelben Augen hatte eine Haut wie grünlich-schwarze abgestorbene Rindenborke. Auch diese war ineinander verschiebbar. Kleine tropfsteinähnliche Gebilde stachen hier und dort aus ihr hervor. Die Linien waren gelb und purpurn und von ihnen ging eine Art Dampf aus, der nach abgebrannten Schwefelhölzern roch. Und die dritte Kreatur, die mit den roten Augen, hatte eine dunkelgraue Haut mit Sprengseln von rostigem Rot. Einige der Hautsegmente schimmerten metallisch, andere waren matt. Diese Haut war feiner als die der anderen und erinnerte entfernt an grob gestrickte Wolle oder an ein Kettenhemd, so klein waren die einzelnen Segmente. Die Linien, die in komplexen Mustern über den ganzen Körper liefen, waren rot und golden und pulsierten im schummrigen Licht.

Gelbauge leckte sich mit einer langen, spitzen Zunge über die dünnen Lippen und zu Toms größtem Erstaunen sprach das Wesen: "Laßt es uns aufessen und fertig!" Grünauge nickte langsam. Nur Rotauge zögerte und schob seine Mütze zurück, die aus dem Kopf eines Dachses gemacht war. Das Wesen trug eine kurze, lederne Hose, keine Schuhe und eine Art ärmellosen Mantel aus einem großen Dachsfell, mit dem Dachskopf am Ende. Es kam näher und näher, bis die Spitze seiner langen Nase nur noch wenige Zentimeter von Toms Nase entfernt war. Tom blickte in zwei glühend rote Augen, wie in den

Kern einer Eisenschmelze, und das Wesen blickte in Toms vom Weinen rote Augen. Es schüttelte den Kopf und richtete sich auf.

"Es ist nur ein Kind, Magrogh! Du ißt ein verängstigtes Kind und du wirst schlecht träumen, glaub' mir." Rotauge konnte offensichtlich auch sprechen, allerdings mit einem starken französischem Akzent, der an Eds aus der Mode gekommene Lieblingsfernsehserie 'Allo 'Allo! erinnerte.

"Heute wieder ein weiches Herz, Magnus? Seltsam, bei deinem Stein ...", sagte Gelbauge und es klang verächtlich. Rotauge löste den Blick von Tom und wandte sich seinem Widersacher zu.

Exacte!", sagte er drohend. Gelbauge war sichtbar größer und schwerer und doch machte er einen Schritt zurück. "Der Dorfrat wird das entscheiden", fügte Rotauge hinzu.

"Haben wir ... dafür Zeit, Magnus?", fragte Grünauge langsam.

"Der Schaden ist bereits angerichtet, aber der Zeitsprung wird erst einsetzen, wenn das Kind die Anderwelt wieder verläßt. Ich werde kein Kind töten und es ist an keinem von uns, dies alleine zu entscheiden. Mag sein, daß wir ein paar Jahre mehr verlieren, aber dann ist es zumindest eine Entscheidung von uns allen."

"Nicht nur wir ... verlieren ... diese Jahre", gab Grünauge zu bedenken.

"Wieviel Zeit ist das Leben dieses Kindes wert, *dites moi?* Eine Woche? Ein Jahr? Das Schlimmste kann nach einem Tag bereits eintreten und wir alle können mit Glück auch drei Jahre mehr überleben", sagte Rotauge. Das beendete die Debatte.

Die drei Kreaturen schulterten ihre Säcke, nahmen Tom in ihre Mitte und liefen mit erstaunlicher Geschwindigkeit los. Tom sollte nie die wilde Jagd über verschlungene Wege durch Tunnel und Kavernen vergessen. Er war geschwächt, verängstigt und völlig überwältigt. Drei sehr reale Figuren aus einem Märchen oder einem Horrorfilm hatten ihn gerade gefangengenommen und um ein Haar aufgefressen.

VIII

Nach einer Weile erreichten sie das Dorf der Kobolde. Einige Dutzend der Kreaturen wuselten herum und andere kleine Wesen mit Flügeln flogen durch die Luft. Etwas wie ein gehender Baumstumpf überquerte gerade auf seinen Wurzeln einen Bach, der sich durch das Dorf schlängelte. Und da waren auch einige stämmig gebaute, bärtige Wesen, bei denen es sich nur um Zwerge handeln konnte. Einfach, weil Zwerge genau so aussehen. Nur die Mützen, die fehlten.

Die Siedlung war komplett aus Stein errichtet und lag in einer riesigen Höhle, die von mächtigen Kristallen an der Decke und weiteren auf Stelen erleuchtet war. Es gab kleine Hütten und größere Häuser und Steinhügel, die an

Iglus erinnerten. Davor und dahinter lagen kleine Gärten, voll mit Pilzen, Flechten, Ranken und anderen eigenartigen Gewächsen. Zuerst entdeckte das Baumstumpfwesen die kleine Gruppe. Es hielt inne. Zwei tiefliegende Augen öffneten sich weit. Dann machte es ein knarrendes Geräusch und fiel mit lautem Platschen ins Wasser. Das erregte die Aufmerksamkeit der übrigen Wesen in Hörweite und alle erstarrten vor Entsetzen. Als die drei Kobolde mit ihrem Gefangenen den Platz in der Mitte erreichten, befand sich das das ganze Dorf in Aufruhr.

Alles und jeder eilte hinzu. Der Platz füllte sich schnell. Alle deuteten auf Tom und tuschelten aufgeregt miteinander. Zwei Gestalten kamen eilig aus dem größten Gebäude gelaufen. Als sie den Platz erreichten, setzten sie sich würdevoll auf zwei große Steine, die dort aufgerichtet waren. Sie schienen die Dorfältesten zu sein. Mit einiger Mühe brachten sie die versammelten Wesen zur Ruhe. Es erinnerte an eine Gerichtsverhandlung und verhandelt wurde Toms Schicksal.

Gelbauge, Magrogh, faßte die Umstände der Gefangennahme kurz zusammen. Als er berichtete, wie viele Steine aus ihren Fassungen gebrochen worden waren, kam erneut Unruhe in die Versammlung. Alle knurrten und fauchten und fletschten die Zähne, so daß Tom dachte, sie würden ihn auf der Stelle in Stücke reißen. Aber dann ergriff Rotauge, Magnus, das Wort. Er betonte Toms kindliche Unschuld, die eher unbeabsichtigte Zerstörung, letztlich nur dem Wunsch geschuldet, sich in den unbekannten Tunneln irgendwie zurecht zu finden. Er betonte vor allem, daß nichts *gestohlen* worden sei. Dann zog er den Game boy aus Toms Tasche und reichte diesen den beiden Dorfältesten. Mit einiger Mühe brachten sie das Gerät zum Laufen, verloren aber schnell das Interesse. Erneut wurde der bewegungslose Avatar gefressen, diesmal von einer Riesenkakerlake. Als Magnus den Game boy zurück in Toms Tasche stecken wollte, erstarrte er und stöhnte auf. Dann fischte er mit spitzen Fingern den Rubin aus der Tasche, den Tom eingesteckt hatte. Der Kobold hielt den Edelstein ganz vorsichtig zwischen den Fingerspitzen. Er streckte seinen Arm empor, damit alle ihn sehen konnten. Tom fiel auf, daß die linke Hand des Kobolds nur drei Finger hatte, die rechte hingegen vier. Einer der beiden Dorfältesten stieg von seinem Sitzstein, nahm Magnus Hand in die seine und warf einen prüfenden Blick auf den Stein.

Er ließ die Hand wieder los und rief: "Das ändert alles! Es ist ein Dieb! Bleibt es hier, auf sein Ehrenwort, wird es uns betrügen und belügen. Und bringen wir es zurück, werden wir alle mit den Folgen leben müssen. Erneut! Und all das für einen Dieb! Kobolde! Mein Wort lautet, töten wir es jetzt!"

"Siehst du!", sagte Magrogh zu Magnus zwischen mahlenden Zähnen, während die versammelte Koboldgemeinschaft wild durcheinander schrie. Grünauge sagte nichts, aber packte Tom mit festem Griff und öffnete sein Maul unnatürlich weit.

"NEIN! QUIETAS!", donnerte die Dorfälteste von dem anderen Sitzstein und hob beschwichtigend die Arme. Etwas in ihrer Haltung, in ihrer Stimme machte deutlich, daß sie ein weiblicher Kobold war. Sie hatte an beiden Händen nur drei Finger. "Magnus hat recht getan. Wir töten keine Kinder! Nicht gestern! Nicht heute! Es hat den Stein genommen, aber nicht mit der Absicht, sich zu bereichern. Erinnert euch an den letzten Menschendieb. Er konnte kaum gehen, wegen all der Steine in seinen Taschen. Was wir hier und jetzt zu tun haben, ist schnell handeln und die verlorene Zeit später beweinen. Wir können das Kind nicht für den Rest seines Lebens hier festhalten. Das wäre grausamer als der Tod und wir würden unsere Welt weiterhin gefährden. Magnus! Es war deine Entscheidung, das Kind hierher zu bringen. Das war richtig, aber wertvolle Zeit ging verloren. Es ist nun deine Verantwortung, das Kind schnell aus der Anderwelt zu schaffen. Geh! Sorge für es und übergib es seiner Familie. Danach ist es dir gestattet, hierher zurück zu kehren. Geh jetzt! Sag kein Wiedersehen! Beeile dich!" Sie breitete die Arme aus und sprach nun zur ganzen Dorfgemeinschaft. "Das sind meine Worte! Wer spricht ebenso?" Für einen Moment war Stille. Dann riefen die meisten Kobolde wild durcheinander. Tom konnte "Beeil dich!" oder einfach "Magnus!" aus dem Lärm heraushören. Die übrigen, die stillgeblieben waren, warteten zunächst ab. Aber als sie realisierten, daß sie die Minderheit waren, begannen sie mit den Füßen zu stampfen und Schnalzlaute von sich zu geben. Damit signalisierten sie ihre Akzeptanz für die Entscheidung der Mehrheit.

Der in der Abstimmung unterlegene Dorfälteste rief inmitten des Lärms: "Schickt ein paar Elfen los! Wir können wenigstens versuchen, unsere Nachbarn zu warnen. Ein Zeitsprung steht bevor!"

Magnus atmete tief ein und schüttelte sich. Er ließ seine spitzen Ohren hängen und schien wenig begeistert von seinem Auftrag. Dann richtete er seinen Dachsmantel und setzte mit einer entschlossenen Bewegung die Mütze auf. "Hilfst du mir, ihn bis zum Ausgang an der Ulme zu bringen?", fragte er Grünauge, dessen große Maulöffnung sich langsam wieder schloß. Grünauge nickte. Sie packten Tom an je einem Arm.

"EINEN ... AUGENBLICK ... HALT, SAGE ICH!" Einer der Zwerge hatte das Wort ergriffen. Er war einen Kopf größer als die meisten Kobolde und der Größte unter den anwesenden Zwergen. Sein schwarzer Bart war in kunstvolle Zöpfe geflochten. Sein Gewand war mit Goldfäden durchwirkt und wurde von einem breiten goldenen Gürtel umschlossen, der mit vielen Edelsteinen verziert war. Auf dem Rücken trug er eine große, langstielige Streitaxt. Er schien der Anführer der kleinen Zwergengruppe zu sein. "ES hat unser Eigentum gestohlen! ES hatte es in seiner Tasche! Ich nenne ES einen DIEB und es ist mir gleich, ob ES nur einen Stein oder ein Dutzend genommen hat und für welchen Zweck. Ihr kennt das Gesetz! TÖTET ES, oder wir werden das für euch tun!"

Die Dorfälteste bewegte ihren Kopf kaum sichtbar in Richtung des Zwergs. Sie sprach, wie zu sich selbst und ohne die Stimme zu erheben, aber sogar Tom konnte die

Schärfe und Bestimmtheit darin hören: "Du vergißt deinen Platz, Zwerg! Hier gibt es kein Gesetz, außer das der Kobolde. Wir entscheiden, nicht du. Ihr Zwerge habt den Zeitsprung erst über uns alle gebracht, wegen eures anmaßenden und lächerlichen Anspruchs auf alle edlen Steine dieser Welt. Wir lösen dieses Problem hier auf unsere Weise und wir werden uns nicht aus Angst vor deinen Drohungen an einem Kind vergehen, noch werde ich dir und den deinen gestatten, weitere Zeit zu vergeuden. Geh jetzt, Magnus! Wir werden diese Zwerge so lange beschäftigen, bis du auf der anderen Seite bist. Geh!"

"Wir werden dich finden, Kobold!", schrie der Zwerg Magnus hinterher. "Wir werden euch beide finden, wo immer ihr euch versteckt! Wir werden beenden, wozu du nicht den Mut hattest! Wir werden dich und den Menschen töten, das schwöre ich, Aldewin, und wenn es das Letzte ist, bevor der Berg mich begräbt!" Dabei schlugen alle Zwerge zustimmend ihre Äxte zusammen. Magnus und Grünauge hatten Tom leicht angehoben und liefen nun aus dem Dorf, schneller als ihre kurzen, kräftigen Beine vermuten ließen. Das Einzige, was Tom tun konnte, war die Füße hochziehen und sich tragen lassen. Er fühlte sich inzwischen so schwach, daß sogar das ihm schwer fiel.

"Wir ... hätten ... es ... essen ... sollen ... solange ... es ... noch ... unschuldig ... war. Das ... wäre ... köstlich ... gewesen", murmelte Grünauge im vollen Lauf. Magnus antwortete nicht und so eilten beide zum nächstgelegenen Ausgang in die Menschenwelt.

IX

An der alten Ulme stoppten die Kobolde und ruhten sich aus. Kurz zuvor hatten sie die Tunnel durch eine kleine Höhle verlassen, deren Eingang durch ein dichtes Brombeergestrüpp vollständig verdeckt war. Grünauge ging kurz suchend umher und kam mit mehreren Stückchen Granit in der Hand zurück. Er setzte sich mit dem Rücken an den Baumstamm gelehnt und begann, genüßlich den Granit zu lutschen. Nach einer Weile gab es ein malmendes Geräusch und er steckte sich den nächsten Granitbonbon in den Mund.

"Aah!", seufzte Grünauge wohlig. "Mir war schon ... etwas ... schwach um die Knie."

"Du hast es gut", antwortete Magnus. "Du brauchst nie lange suchen." Sprach's, griff in eine Innentasche seines Dachsmantels und holte ein Stückchen Basalt hervor. Dann tat er es Grünauge nach.

Tom erwachte langsam wie aus einer Trance und sprach sein erstes Wort: "Danke!", sagte er mit zitternder Stimme.

Die beiden Kobolde blickten überrascht auf, als hätten sie ihren Gefangenen schon vergessen.

"Das gilt ... wohl eher ... dir, Magnus", meinte Grünauge und lutschte weiter an seinem Granitstückchen.

"Gerne geschehen, *à ton service*", antwortete Magnus ernst. "Setz dich. Hier droht dir keine Gefahr."

"Danke", sagte Tom erneut, "aber ich habe so einen Durst. Ich muß Wasser finden, bevor ich mich zu euch setze. Ist das in Ordnung?"

"Natürlich. Nur zu. Du bist nicht unser Gefangener, nicht mehr. Ab hier. Du kannst tun, was du möchtest. Wasser, ja? Hmh, ich würde dort hinter der Anhöhe nachsehen."

Tom sah dem ausgestreckten Finger nach und machte sich auf den Weg.

"Meinst du, er ... kommt wieder?", fragte Grünauge.

"Ich glaube schon. Und wenn nicht, kommt er nicht weit. Er braucht bestimmt ein bißchen Zeit für sich. Könnte mir vorstellen, daß das aufregend für ihn war", sagte Magnus und dehnte sich ausgiebig.

"Was willst du ... wegen der ... Zwerge unternehmen?"

"Nichts. Ich weiß gar nicht, was ich unternehmen kann. Eher fließt Wasser aufwärts, als daß ein Zwerg seine Meinung ändert. Außerdem müssen sie uns erst einmal finden. Nein, über *den Stein* mache ich mir Gedanken, wenn er vor mir liegt."

"Soll ich ... mitkommen, Magnus?"

Magnus sah den anderen Kobold lange an. "Nein. Ich danke dir, daß du fragst. Möge der Glimmer dir nie ausgehen. Aber diese Aufgabe wurde mir auferlegt und ich habe deine Nase gesehen, wenn Mirla vorbeigeht. Tu mir den Gefallen und verwische unsere Spuren. Vielleicht kannst du auch eine falsche legen? Damit würdest du meinen Vorsprung vergrößern."

"Mit Vergnügen", antwortete Grünauge.

Dann schwiegen sie und lutschten weiter ihre Steine bis Tom über die Anhöhe zurückkehrte.

"Na sieh an", bemerkte Grünauge.

"Ja. Mutig, der Kleine. Und höflich. Muß ich nicht hinterherlaufen. Gefällt mir", stimmte Magnus zu.

Tom hätte nicht beantworten können, ob er noch so verwirrt war, daß ihm der Gedanke zur Flucht gar nicht kam, oder ob er angesichts der Drohung der Zwerge sich bei den Kobolden sicherer fühlte. Jedenfalls hatte er den Bachlauf gefunden und soviel getrunken, wie in seinen Bauch paßte. Nun ließ er sich ebenfalls an der Ulme nieder: "Mein Name ist übrigens Tom. Tom Larson."

"Magnus. Magnus Vierdreifinger", stellte sich Magnus vor.

"Gnarg. Nur Gnarg", sagte Grünauge.

"Ihr seid also Kobolde", fuhr Tom fort.

Die beiden Kobolde nickten.

"Und die anderen, die die mich jetzt töten wollen, nachdem ihr mich nicht mehr töten wollt, sind Zwerge, ja?"

Wieder nickten beide.

"Wenn ich es richtig verstanden habe, bin ich in eure Koboldwelt eingedrungen und habe eure ... Straßenbeleuchtung kaputtgemacht. Dafür entschuldige ich mich. Ich konnte den Ausgang nicht mehr finden und hatte mich verlaufen. Ich habe versucht, den Weg zu markieren. Das war dumm, dafür Edelsteine zu nehmen. Aber der rote Stein ist das Problem, oder? Der aus meiner Tasche. Ich wollte ihn nicht stehlen. Ich weiß gar nicht, was das für ein Stein ist. Ich dachte, wenn die Batterien meiner Taschenlampe leer sind ... wobei, da war ja eigentlich genug Licht, überall." Tom verstummte für einen Moment. "Aber was ist eigentlich dieser Zeitsprung und was habe ich damit zu tun? Und warum sind diese Zwerge so wütend auf mich?"

"Zwerge sind Steinwesen, wie wir", antwortete Magnus auf die zweite Frage. "Nun, nicht so wie wir, weniger, anders, aber das tut nichts zur Sache. Im Unterschied zu uns, wollen sie alle möglichen Sachen nicht nur haben, also benutzen oder ansehen oder essen. Sondern sie wollen, daß es nur ihnen allein gehört. Aus irgend einem Grund ist ihnen das außerordentlich wichtig, *n'est pas*, Gnarg?" Gnarg nickte. "Sie können sogar untereinander neidisch sein, wenn einer mehr hat als der andere. Das Wichtigste bei diesem Gehören sind für Zwerge die schönen Steine. Alles andere, was ihnen gehört, tauschen sie schon mal. So wie die Zwerge, die bei uns waren. Die wollten Geschäfte machen. So nennen sie das. Sie geben uns etwas, was wir wollen, und wir sollen ihnen etwas mehr von dem geben, was sie wollen. Jeder weiß, wie Zwerge so sind. Deshalb spielen wir mit, damit sie nicht enttäuscht sind. Aber schöne Steine, so wie den roten, den du genommen hast, Tom, solche Steine tauschen sie nie. Unter keinen Umständen. Sie glauben, alle schönen Steine würden im Grunde ihnen gehören. Alle! Schon immer! Wenn jemand anderes einen schönen Stein findet, dann ist das geliehen, sozusagen. Man darf den schon behalten, aber nach einer Zeit erwarten sie, daß man ihn eintauscht. Vielleicht nicht gleich nach hundert Jahren, aber irgendwann schon. Macht man das nicht, sind sie beleidigt. Sie sind sehr fleißig, diese Zwerge, und tolle Handwerker." Gnarg pfiff zustimmend durch die Zähne. "Sie tauschen alle möglichen Sachen, aber vor allem wollen sie schöne Steine haben, für ihre Tauschware. Mein Mühlstein ist von den Zwergen. Großartige Qualität. Damit mache ich die hier." Magnus zeigte eines seiner Basaltbonbons bevor er es in den Mund steckte. "Aber der Stein, den du genommen hast, der kam von den Zwergen. Das war kein Tauschen. Der gehörte ihnen schon. Sie haben ihn dort angebracht, als Leuchtstein, und jeder weiß, daß man einen Leuchtstein der Zwerge nicht nehmen darf. Keinesfalls! Auch nicht geborgt oder nur kurz. Zwerge sind recht umgängliches Volk. Umgänglicher als Trolle jedenfalls, *absolument*." Gnarg lachte über diesen Witz, den Tom nicht verstand. "Aber nimmst du einen ihrer Steine, sind sie hinter dir her und deshalb macht das auch niemand. Niemand außer dir." Magnus sah Tom vorwurfsvoll an.

"Ich wußte das nicht. Ich meine, ich weiß gar nichts von dem, was du erzählst. Ich bin ein Mensch." Tom zog die Schultern hoch, um seine Unkenntnis zu verdeutlichen.

"Papperlapapp! Auch ihr Menschen wußtet einmal ein paar von den wichtigen Dingen. Laß dich nicht auf ein Würfelspiel mit Drachen ein ..." Gnarg verschluckte sich vor Lachen an einem Granitkrümel und Magnus mußte ihm eine Weile auf den Rücken klopfen. "Nimm nichts, was einem Zwerg gehört. Gegen Haarausfall hilft Trollspucke. Aber vor allem: Betritt nicht die Anderwelt, wenn du ein Mensch bist! Nicht seit dem Zwergenfluch, also seit ziemlich immer, für kurzlebige Menschen jedenfalls. Nie gehört? Alles vergessen? *perdu?*" Er sah Tom fragend an.

"In einem Märchenbuch, so ein altes, von meinem Vater, da steht eine Geschichte von einem Kesselflicker, der in einen magischen Hügel hineingeht und als er wieder herauskommt, mit Gold und Edelsteinen beladen, da kennt ihn in seinem Dorf niemand mehr. Nur eine alte Frau erkennt ihn. Das ist seine jüngste Tochter. Alle übrigen sind gestorben. Ich glaube, er wird dann wahnsinnig darüber."

Magnus verdrehte die Augen und klatschte in die Hände. "Siehst du! Auch du weißt es. Das darf doch nicht wahr sein!"

"Nein, nein", erwiderte Tom. "Das war ein *Märchenbuch*. Nichts, was da drin steht, ist wahr oder hat es gegeben.

Deshalb heißt es ja auch *Märchen* ...", aber während er das sagte, stockte er und eine Ahnung stieg in ihm auf.

Jetzt sahen ihn beide Kobolde vorwurfsvoll an. "Ihr meint ... ihr meint alles, was in den Märchenbüchern steht, ist tatsächlich wahr? Das ... das kann doch nicht sein."

"Ich kenne deine Märchenbücher nicht, Menschenkind", sagte Magnus eingeschnappt. "Aber wozu schreibt ihr es in ein Buch, wenn ihr es selbst nicht glaubt." Er schüttelte den Kopf.

"Ich weiß gar nicht, was ein Kesselflicker ist", rief Tom entschuldigend, aber die Kobolde standen plötzlich auf.

"Es ist Zeit", sagte Gnarg.

"Ja", sagte Magnus. Sie rieben sachte ihre langen Nasen aneinander. "Komm!" Magnus gab Tom mit der Hand ein Zeichen. "Wir sehen uns jetzt an, was inzwischen bei dem kleinen Hügel passiert ist. Von dort bist du gekommen. Dort werden wir mit der Suche beginnen."

Interlude

Die Jungs warteten auf ihn um die Ecke. Er hatte versucht, ihnen aus dem Weg zu gehen, indem er außen herum, an den Sportanlagen vorbei, zum Bus ging. Er mußte dann 30 Minuten warten, bis der nächste Bus vorbeikam, aber das war besser als das Spießrutenlaufen. Diesmal hatten sie seinen Zug vorhergesehen und ihm hinter der Turnhalle aufgelauert. Es waren immer die gleichen vier, aber es machte keinen großen Unterschied, ob er in der Minderzahl war oder nicht. Der Anführer, Chris, war zwei Jahre älter und ungefähr doppelt so schwer wie er selbst. Anfangs hatte sich Chris nicht für ihn, den Neuen, interessiert. Nun tat er das täglich. Warum Chris wütend auf ihn war? Er wußte es nicht. Vielleicht war es die Aufmerksamkeit, die er auf sich zog. Er wollte es nicht, aber die Lehrer verhielten sich ihm gegenüber anders. Das lag an dem Ereignis. Alle hatten davon gehört. Aber es machte keinen Unterschied. Früher war alles anders gewesen. Damals. Er seufzte innerlich und hoffte, daß die Schubserei und die Beleidigungen schnell vorüber gehen würden. Das Gefühl der Erniedrigung ging nie vorüber.

X

Das Haus stand noch auf dem kleinen Hügel, aber sonst unterschied sich der Anblick ganz erheblich von Toms Erinnerung. Das Dickicht rundherum war verschwunden. Der Weg, der den Hügel hinauf führte, war von extravagant geschwungenen Laternen gesäumt und an seinem Anfang stand ein Tor und dieses war geschlossen. Tom wunderte sich, was seine Familie in der Zwischenzeit auf die Beine gestellt hatte. Gleichzeitig kam es ihm befremdlich vor. Laternen? Ein Tor? Er war doch höchstens einen Tag weg gewesen.

Der Kobold und er saßen in einer der vielen Hecken, die die Landschaft im Norden Englands kennzeichnen. Um sie herum protestierten ein paar Vögel, die an ihre Nester heran wollten. Aber für alle anderen waren sie praktisch unsichtbar. Tom wollte aufstehen und loslaufen, doch Magnus hielt ihn zurück.

"Wir warten, bis es dunkel ist."

"Wieso? Ich wohne hier. Was soll sein?"

Der Kobold warf Tom einen kritischen Blick zu und legte den Kopf schief. "Gut", sagte er schließlich, Mißbilligung in der Stimme. "Wie du meinst. Du bist ein Mensch. Du wirst wenig Aufmerksamkeit erregen. Geh, und komm zurück, wenn du etwas herausgefunden hast, aber bleib nicht zu lange, ja?"

"Versprochen", antwortete Tom verunsichert. Dann befreite er sich aus der Hecke und ging zum Eingangstor, nach Hause. Daß er einmal so darüber denken würde, überraschte ihn. Und nach so kurzer Zeit. Hatte er nicht gestern noch das Haus, und alles wofür es stand, abgelehnt? Als er das Tor erreichte, staunte er nicht schlecht: "The Hideaway", prangte in goldenen Lettern darauf und "Ein Projekt der Resort-Gruppe GoodBetterUs". Neben dem Tor war ein Schaukasten angebracht. Darin wurden 12 individuell eingerichtete Luxus-Doppelzimmer und zwei Suiten angepriesen. In Toms Magengrube bildete sich ein großer, steinharter Klumpen. Nichts hier war, wie es sein sollte. Das Tor war verschlossen, also klingelte er. Es dauerte einen Moment, dann leuchtete ein kleiner

Bildschirm auf. "Wow, tolle Klingel", dachte Tom unwillkürlich. Das Bild einer äußerst adretten und aufwendig frisierten jungen Frau erschien.

"Kann ich Ihnen ... kann ich Dir helfen?"

"Ja, bitte, ich suche jemanden. Und zwar meine Familie, die Larsons. Die wohnen hier ... glaube ich."

Die junge Frau runzelte die Stirn. "Ich sehe mal in den aktuellen Buchungen nach, aber so aus dem Kopf ... nein, tut mir leid. Eine Familie Larson ist nicht eingecheckt. Es liegt auch keine Reservierung vor."

"Aber, das kann gar nicht sein. Also, ich meine, wir wohnen hier wirklich. Immer und so."

"Mein lieber Junge", antwortete die Frau mit einem leicht schnippischen Unterton. "Hier wohnen nur unsere Gäste. Die Gäste des GoodBetterUs Resorts The Hideaway und Deine Familie ist nicht unter diesen Gästen." Sie wandte den Blick ab, als wollte sie die Verbindung beenden, doch Tom rief schnell: "Augenblick, bitte. Können Sie mir sagen, wann sie ausgezogen sind. Ich meine, bevor das hier ein Resort geworden ist. Bitte, ich brauche wirklich ihre Hilfe." Ein Teil seines Gehirns funktionierte, während sich der andere Teil strikt weigerte, die Neuigkeiten, die ganze Situation zu akzeptieren.

Die Runzeln auf der Stirn der Frau wurden noch tiefer. Dann rief sie in den hinteren Teil des Raumes: "Nidal! Nidal, komm mal bitte. Du bist doch schon von Beginn an hier auf dem Gelände. Kannst du dich erinnern, wie die Leute hießen, die das Anwesen an uns verkauft haben? Nun beeil dich bitte, ich habe noch etwas anderes zu tun." Im Bildschirm erschien ein grün gekleideter Torso. Die Kamera war offensichtlich für die sitzende Rezeptionistin eingestellt. Nidal antwortete mit einem arabischen Akzent. "Ich glaube, Lasse oder Lasso. Kann das sein? Ist das ein Name?"

"Larson!", schrie Tom aufgeregt in den Bildschirm. "Hießen die Larson?"

"Ja, ja. Das gut möglich", antwortete Nidal. "Lasson, ja. Eine Frau, allein. Nein, mit einem Sohn, glaube ich. Die waren nochmal hier und haben abgeholt Möbel. Lasson, genau ..." Nidal klang erfreut, helfen zu können, wurde nun aber von der adretten Frau unterbrochen. "Gut, Nidal, fein gemacht. Jetzt geh wieder in deinen Garten, ja, bitte?" Und dann wieder zu Tom gewandt: "Es hat mich sehr gefreut. Du erlaubst, daß ich mich jetzt anderen Dingen zuwende. Bitte besuche uns bald wieder und ... ach, Quatsch. Ist doch nur ein Junge." Der Bildschirm verdunkelte sich.

Tom stand da, als hätte ihn ein Hammerschlag auf den Kopf getroffen. Das konnte alles nicht sein. Es war unmöglich. Und dann erinnerte er sich, daß alles, was er in den letzten Stunden erlebt hatte, unmöglich war. Da ihm nichts besseres einfiel, schlich er zu Magnus in der Hecke zurück. Er kniete sich neben den Kobold, öffnete den Mund, wie um etwas zu sagen, und begann plötzlich heftig zu weinen.

Magnus schien darüber wenig überrascht und versuchte ihn zu trösten. Nach einer Weile war Tom in der Lage, schluchzend und stockend das Erlebte zu berichten. "Sehr gut", meinte Magnus zu Toms Erstaunen. "Das ist ein Anfang. Wann? Wann ist das Haus von deiner Mutter verkauft worden?" Doch Tom hatte darauf keine Antwort. Als er sich weitgehend beruhigt hatte, ermutigte ihn Magnus, es nochmal zu versuchen. "Das Jahr. Wir wollen das Jahr wissen", schärfte er ihm ein. "Blöder Kobold", dachte Tom, "ich weiß doch, welches Jahr es ist."

Als er wieder an der Bildschirmklingel läutete, war er weniger erfolgreich. "Du schon wieder", scholl es ihm aus einem unsichtbaren Lautsprecher entgegen. "Geh jetzt weg, bitte, ja?" Und der Bildschirm wurde wieder dunkel. Tom wollte schon unverrichteter Dinge kehrt machen, da sah er einen grün gekleideten Mann in einer Art Golfwagen den Hügel hinunterfahren. Tom hüpfte und winkte und schrie: "Nidal! Herr Nidal, bitte hier!" Tatsächlich hielt das Elektromobil kurze Zeit später auf der anderen Seite des Tores und Nidal stieg aus. "Hallo", sagte er freundlich. "Wie kann ich helfen?"

"Ich bin der, der nach der Larson Familie gefragt hat, Sie erinnern sich, gerade eben? Können Sie mir bitte sagen, wann das Haus verkauft wurde, in welchem Jahr?"

Nidal überlegte kurz: "Ich glaube 2013. Ja, das war 2013, ein Jahr davor bin ich aus Syrien geflohen. Dort war ich Flugzeugingenieur, Triebwerke, weißt du?" Er sah Tom erwartungsvoll an. Und da hatte Tom plötzlich eine Eingebung. "Danke. Danke für die Information. Bitte wundern Sie sich jetzt nicht, ich meine ... also ich wollte Sie noch fragen ... bitte welches Jahr jetzt gerade ist, bitte?"

Nidal war tatsächlich verwundert und er schien zu überlegen, ob er auf den Arm genommen werden sollte, aber dann zuckte er mit den Achseln. "2024 natürlich. Wir haben das Jahr 2024, mein Junge." Und mit diesen Worten wandte er sich ab und stieg wieder in sein Elektro-Golf-Garten-Fahrzeug.

"Danke", rief ihm Tom noch hinterher, obwohl ihm die Knie weich wurden und in seinem Kopf gerade ein Bienenschwarm Einzug hielt.

XI

"Das kann nicht sein. Das kann nicht sein! Das kann einfach nicht sein. Das gibt es nicht. Das geht gar nicht. Das ist irgend ein Trick. Das kann gar nicht sein ..."

Seit einer kleinen Ewigkeit war Tom schon zurück und immer noch saß er in der Hecke und murmelte vor sich hin. Dann war er wieder still. Dann weinte er leise. Dann ging es wieder von vorne los. Magnus hatte sich das nicht lange angehört. "Komm schon", hatte er ungeduldig gesagt. "Du weißt, daß es so ist. Dein Märchenbuch weiß es auch. Die Zeit vergeht schneller, wenn du in unserer Welt bist."

"Nein!", rief Tom. "Ich weiß das nicht. Das kann einfach nicht sein. Zeit vergeht immer gleich schnell, überall."

"Findest du? Dann stell dir einmal vor, du mußt etwas Unangenehmes tun oder etwas Langweiliges. Stell dir vor, du mußt all deine vielen Kleider, die du trägst, waschen. Am Waschstein, mit der Hand und mit der Bürste und mit Gallseife. Stellst du dir das vor? Merkst du, wie die Zeit kriecht? Aha! Und jetzt stell dir vor, du ißt eine Kugel Eis. Eine ganz vorzügliche Kugel Eis, eisig und cremig, *délicieuse*. Stellst du dir vor, ja? Und schwups ist die Kugel auch schon aufgegessen. Merkst du, wie schnell die Zeit vergangen ist? Ich finde gar nicht, daß Zeit immer gleich vergeht."

Aber Tom war nicht überzeugt. "Ich müßte 14 Jahre älter sein. Sieh mich an? Bin ich plötzlich 27? Sieht man so aus, wenn man 27 Jahre alt ist? Hör mir auf mit deiner Kugel Eis. Es kann einfach nicht sein, das geht nicht."

Da hatte der Kobold das Interesse verloren. Er hatte nur noch laut und vernehmlich gesagt: "Du bleibst hier! Du rührst dich nicht von der Stelle." Und war dann, ohne eine Antwort abzuwarten, losgezogen. Irgendwann war er zurückgekehrt. Die Sonne stand inzwischen schräg am Himmel. Bald würde es dunkel werden. Der Kobold trug einen vollen Beutel über dem Rücken, den er jetzt abstellte und er hatte eine Blase, gefüllt mit Wasser, dabei. "So", sagte er. "Du kannst gerne weiter erzählen, was nicht sein kann, aber wir brauchen einen Platz zum Schlafen. Du vor allem." Es war ein warmer Tag gewesen, aber nachts würde es frisch werden.

Magnus wartete, bis die Dämmerung eingebrochen war. Dann führte er Tom vorsichtig zu dem Geräteschuppen des Resorts. Die Tür war nicht verschlossen und drinnen ging es dicht gedrängt zu, mit all den Gartenutensilien und Maschinen. Aber sie benötigten nicht viel Platz, und als Magnus mit einer Gemüseabdeckplane und Rindenmulch ein Lager improvisiert hatte, war für die Nacht gesorgt. In seinem Beutel hatte er eine Menge Obst, hauptsächlich Äpfel, gesammelt. Das war ein frugales Mahl, aber besser als nichts. Nach dem Essen wurde Tom bewußt, wie unfaßbar müde und kaputt er war. Er legte sich auf die Abdeckplane mit dem Mulch darunter und bekam gerade noch mit, wie der Kobold ihn mit seinem Dachsmantel zudeckte. Dann war er auch schon tief eingeschlafen.

Am nächsten Morgen erwachte er früh, doch der Kobold war schon auf den Beinen. Er hatte in einem alten Topf einen Kräutertee gekocht. Wie ihm das gelungen war, blieb für Tom rätselhaft, aber steif und verfroren und gerade erst erwacht war es ihm einerlei. Dankbar nahm er eine verbeulte Blechtasse mit Tee entgegen. Schweigend saßen sie sich gegenüber, dann begann Magnus.

"Du vermutest einen Trick und wenn du so willst, ist es das auch. Das ist der Zwergenfluch! Sobald ein Mensch die Anderwelt betritt, bewirkt der Fluch, daß eine lange Zeitspanne des Lebens dieses Menschen ohne ihn stattfindet. Je länger der Mensch in der Anderwelt ist, desto mehr Zeit vergeht ohne ihn. Du sagst es sind 14 Jahre vergangen, seitdem du zu uns hinuntergestiegen bist. Dann warst du einen guten halben Tag im Bereich des

Fluchs. Dieser wird erst wirksam, wenn der Mensch wieder in seine Welt zurückkehrt. Genau wie in deinem Märchen. Tatsächlich liegt der Fluch nicht auf der Anderwelt an sich, sondern er wirkt in den Höhlen, Stollen und Tunneln. Unterirdisch, dort, wo es die schönen Steine gibt. Und er schwächt sich ab. Wo du die Anderwelt betreten hast, wirkt er am stärksten. Aber es braucht viele Meilen, bis der Fluch nicht mehr zu spüren ist. Inzwischen ist der größte Teil der Anderwelt unterirdisch, aber das war nicht immer so. Man könnte auch sagen, nur der unterirdische Teil unserer Welt ist übriggeblieben. Die Zwerge wollten erreichen, daß kein Mensch sie mehr bestehlen kann, ohne daß er von dem Fluch getroffen wird. Es geht ihnen dabei vor allem um die schönen Steine. Das ist nämlich durchaus vorgekommen, das Stehlen, das stimmt schon, früher. Ihr Menschen seid so besessen von Gold und schönen Steinen. Genau wie die Zwerge. Sehr rätselhaft. Schon mal was von einem Zwergenschatz gehört, den die Menschen den Zwergen geraubt haben? In deinem Märchenbuch vielleicht? Ja? Jedenfalls haben die Zwerge das geschafft, durch den Fluch, daß das aufgehört hat. Fast jedenfalls. Aber sie haben weit mehr erreicht, *oh là là*. Weit mehr als sie vielleicht selbst wollten? Ich weiß es nicht. Ich verstehe auch nicht alles. Es ist ja der Fluch der Zwerge und wir Kobolde verfluchen nichts. Wüßte gar nicht wie. Vor dem Fluch konnte man uns einfach besuchen. Zumindest wenn wir Lust auf Besuch hatten und satt waren. Und wenn man den Zugang kannte, natürlich. Aber jetzt nicht mehr. Schon lange nicht mehr. Und das hat sich herumgesprochen. Bis hinein in deine

Märchen. Daß es kein Vergnügen ist, mit Edelsteinen beladen aus der Anderwelt zu kommen, um in eurer Welt reich zu sein, aber dann feststellen zu müssen, daß alle Lieben, alle Verwandten uralt oder tot sind. Daß die Welt sich weitergedreht hat und der Dieb sie nicht mehr versteht. Und dann habt ihr all das wieder vergessen, wie es scheint. Der Fluch hat sogar Auswirkung auf die schönen Steine selbst. Aber nur ein kleines bißchen. Ist dir schon mal aufgefallen, daß Frauen von kurzlebigen Völkern, wie euch Menschen, gerne die schönen Steine als Schmuck tragen? Ja, nicht wahr? Mir ist das auch aufgefallen. Und hast du nicht auch den Eindruck, daß sie ein kleines bißchen jünger aussehen, wenn sie die Steine tragen. Nein? Dann sieh noch mal genau hin. Das ist die ganz kleine Auswirkung des Fluches auf die Steine selbst. Alle Frauen, die etwas jünger aussehen wollen, als sie sind, tragen gerne die schönen Steine. Frauen eben, immer ein bißchen schlauer, *n'est pas?* Allerdings betrifft der Fluch auch uns. Natürlich. Uns alle in der Anderwelt, die in den Höhlen leben."

"Die Zwerge auch?"

"Ja. Auch sie leben meistens unterirdisch. Als du deine Welt wieder betreten hast, hast du einen Zeitsprung erlebt. Mehrere Jahre sind vergangen, ohne dich. Du bist nicht gealtert, aber die Welt ist älter. Deine Familie ist fort, dein Haus ist ein … wie heißt das? … Resort. Aber auch für uns gilt das. Auch für uns hat dieser Zeitsprung stattgefunden. Auch für uns sind Jahre vergangen, in denen die Menschenwelt sich weiter gedreht hat, wir aber nicht. Das mag unwichtig erscheinen, aber es hat schon vielen von uns das Leben gekostet. Die Menschenwelt breitet sich in jedem Zeitsprung unweigerlich aus und zerstört jedesmal einen Teil unserer Welt. Das findet auch sonst statt, leider, aber der Unterschied ist, wir können bei einem Zeitsprung nichts, gar nichts, dagegen tun. Wir verschwinden einfach, anstatt uns zu wehren oder wegzugehen. Das bedeutet der Fluch für uns. Auch für die Zwerge."

"Du meinst, als ich zu euch gelangt bin, hat eine Uhr angefangen zu ticken, nur viel schneller, viel viel schneller als sonst, und als ihr mich zurückgebracht habt, sind die Zeiger auf dieser Uhr einfach vorgestellt worden."

"Ich weiß nicht, was eine Uhr ist, aber es klingt richtig. Dort wo der Fluch wirkt, rennt die Welt von dir weg und auch von uns, wie deine Zeiger", antwortete Magnus.

"Deshalb wolltet ihr mich sofort töten, als ihr mich gefunden habt. Es hätte die Uhr etwas früher zum Stehen gebracht."

"Nein. Der Zeitsprung findet statt, wenn du die Anderwelt verläßt. Stirbst du in der Anderwelt, gibt es auch keinen Zeitsprung. Hätten wir dich getötet, egal ob sofort oder nach dem Stammesbeschluß, oder wärst du für immer in der Anderwelt geblieben, es hätte gar keinen Zeitsprung gegeben. Nicht für uns und nicht für alle anderen in unserer Welt."

"Dann habt ihr euer Leben aufs Spiel gesetzt und das von vielen anderen, nur um mich zu retten?", fragte Tom ungläubig.

"Ja, *certainment*", antwortete der Kobold ungerührt. "Aber das ändert nichts daran, daß diese Apfelstücke schon anfangen, braun zu werden. Iß! Oder such dir nächstes Mal selbst Äpfel."

Magnus stopfte sich einige Apfelstücke in den Mund und Tom tat es ihm nach, obwohl ihm so viele Fragen durch den Kopf schossen, daß er das Frühstück beinahe vergessen hätte. Die kleinen fliegenden Wesen in dem Kobolddorf fielen ihm wieder ein.

"Waren das Elfen, die bei euch im Dorf herumgeflogen sind? Leben die bei euch?"

"Ja, natürlich waren das Elfen", antwortete Magnus zwischen zwei Apfelstücken. "Sie gehören nicht zu unserem Dorf, aber sie sind oft bei uns. Wir glauben, sie mögen einfach unsere Gesellschaft. Außerdem schlafen sie gerne unter einem Dach, bauen aber keine eigenen Häuser. Sie kommen und gehen oder besser, sie fliegen hierhin und dorthin, aber bei uns finden sie immer eine Nische, in der sie sich ausruhen können. Zum Dank bringen sie Nachrichten zu anderen Kobolddörfern, wenn wir welche schicken wollen."

"Wie unsere Post? So was! Sie fliegen herum und liefern Briefe aus?", rief Tom.

"Nein, keine Briefe. Die wären viel zu schwer für sie. Wir schreiben in Stein, wir Kobolde, das heißt, wenn wir überhaupt schreiben. Kannst du dir eine kleine, fliegende Elfe mit einer Steinplatte um den Hals vorstellen? Ich auch nicht. Nein, wir sagen ihnen die Nachricht und sie müssen sich dann erinnern. Wir schicken auch nur ganz kurze Nachrichten, denn dummerweise sind sie so vergeßlich wie beweglich. Es gibt eine Redensart bei uns: 'Der Gedanke ist mir weggeflogen.' So ist das mit den Elfen. Kaum sind sie gestartet, haben sie die Hälfte schon vergessen. Einmal ist ein Koboldstamm gegen einen anderen in den Krieg gezogen wegen einer falschen Elfennachricht. Hat sich aber schnell aufgeklärt. Es ist nämlich so, daß sie auch ständig vergessen, wie vergeßlich sie sind. Sie erfinden beim Abliefern der Nachricht einfach den Teil hinzu, den sie vergessen haben. Das ist so ihre Art. Oft ist das dann nah dran, an der ursprünglichen Nachricht, aber nicht immer und man kann nie ganz sicher sein."

"Das klingt nicht sehr effizient." Tom war enttäuscht.

"Das ist nicht effizient, aber es ist ziemlich lustig, meistens."

Als der Tee getrunken und die Äpfel gegessen waren, räumte Magnus ihr Lager auf. Er gab sich Mühe, alles wieder in den Zustand zu versetzen, in dem sie es vorgefunden hatten. Es war kühl in dem Schuppen. Deshalb durfte Tom den Dachsmantel weiterhin tragen. Der roch etwas streng und war erstaunlich schwer, aber gegen die

Morgenkälte half er wunderbar. Doch gerade als sie aufbrechen wollten, öffnete sich die Tür des Schuppens und Nidal kam herein. Es dauerte einen Augenblick, bis sich seine Augen an das Halbdunkel gewöhnt hatten, doch dann entdeckte er Tom und erschrak.

"Allah, Junge, hast du mich geschreckt. Was machst du hier? Du darfst hier nicht sein. Bitte verschwinde, schnell." Nidal schien weniger verärgert, als verängstigt zu sein. Tom war auch erschrocken, aber faßte sich schnell.

"Natürlich. Entschuldigung, Herr Nidal, wir verschwinden. Jetzt gleich. Ich möchte nicht, daß Sie Ärger bekommen."

"Wir?", fragte Nidal erstaunt. "Du und dein *Tier?* Haha. Tolle Jacke, übrigens. Du bist ein Wilder, ja? Wild wie deine Tierjacke. Paß auf! Ich gehe jetzt weg, und wenn ich gleich komme wieder, bist du verschwunden. Wir dürfen nicht zusammen gesehen werden und am besten wirst du gar nicht gesehen. Achte auf die Kameras!" Mit diesen Worten verließ Nidal den Schuppen und ließ die Tür einen Spalt offen.

"Puh!" Tom blies die Luft aus seinen Lungen. "Das war knapp. Ich hätte nicht gedacht, daß er deinen Anblick so locker wegsteckt, Magnus. Magnus?" Doch der Kobold war nirgendwo zu sehen. Tom sah sich nochmals um. Da konnte er in einer Ecke des Schuppens die Umrisse des Kobolds ausmachen. Seine Linien auf dem Körper hatten eine andere Farbe angenommen. Sie leuchteten nicht mehr rot und golden, sondern sie leuchteten gar nicht und schienen die Umrisse der Umgebung nachzubilden. Die Bretter der Hütte, den Riß im Betonboden. Jetzt wo er wußte, wo der Kobold stand, konnte er ihn leicht entdecken, aber bei einem flüchtigen Blick und ohne die Erwartung, einen Kobold dort zu sehen, war er kaum zu erkennen. Wie getarnt. Magnus öffnete die rotglühenden Augen. Die hätten ihn sofort verraten und seine Linien pulsierten wieder in den gewohnten Farben. Vielleicht ein bißchen schneller als sonst.

"Jep", stimmte der Kobold zu. "Das war knapp."

"Wie machst du das?", fragte Tom.

"Ich mache es einfach. Wir können das, wir Kobolde. Ich halte die Luft an, stelle mir die Umgebung vor und schließe die Augen. Mehr ist das nicht. Ich brauche natürlich einen dunklen Hintergrund bei meiner Haut und es hilft ungemein wenn es nicht so hell ist. Vor einer weißen Wand kann ich die Luft anhalten soviel ich will. Das wird dann nichts. Wenn ich aber in der Umgebung meines Gesteins bin – und das gilt für jeden von uns – dann muß man schon auf uns drauftreten, damit man uns findet. Da muß ich auch keine Luft anhalten."

Sie verließen beide vorsichtig den Schuppen und Tom machte Magnus auf die beiden äußerst kleinen Videokameras aufmerksam, die in den Bäumen angebracht waren. "Schau", erklärte er. "Das ist vorne. Dort wo du diesen dunklen Kreis sehen kannst. In diesem Bereich können sie dich sehen. Aber nicht hier an der Seite und auch nicht dahinter. Ich glaube jedenfalls, daß das immer noch so ist." Tom war stolz, einen Beitrag leisten zu können und gemeinsam gelang ihnen die Flucht vom Gelände des Resorts ohne Zwischenfall.

Was ihnen dabei entging, waren die beiden Zwerge, die sich auf dem Gelände postiert hatten, um den Zugang an dem kleinen Hügel zu überwachen. Aldewin war nicht untätig gewesen, als er endlich das Kobolddorf verlassen konnte. Er war nicht irgendein Zwerg. Er war ein Zwergenhauptmann und seine Entscheidung galt und in diesem Fall wußte er ohnehin alle Zwerge des Königreichs der Dales hinter sich. Auch seinen König. Dieser Dieb durfte nicht entkommen. Auch nicht sein Helfer. Nicht nach all dem, was die Zwerge auf sich genommen hatten, um solche Vorkommnisse zu beenden. Nicht nach all den Opfern. Es war wichtig und er hatte es geschworen. Als er mit seiner Truppe am Ausgang an der alten Ulme angekommen war, war ihm schnell bewußt geworden, daß diese Fährte kalt war. Aber Geduld war eine Tugend der Zwerge. Er wußte nicht, welchen Weg der Kobold eingeschlagen hatte, aber er wußte, daß auch der Kobold auf der Suche war. Auf der Suche nach der Familie des Diebes. Wo würde diese Suche beginnen? Aldewin war ein erfahrener Jäger. Fische schwammen immer dann ins Netz, wenn es an der richtigen Stelle ausgebracht war und wenn es keine Lücken hatte. Alle Zugänge der Umgebung waren überwacht, die Wege wurden patrouilliert, die Dörfer der Menschen beobachtet. Sein Netz war ausgebracht. Er brauchte nur auf den Fisch zu warten.

Und tatsächlich verging kaum ein Tag, da erreichte ihn die Nachricht, die Späher am kleinen Hügel hätten die Fährte aufgenommen. Er und sein Gefolge machten sich sofort auf den Weg. Die Anweisung an die Späher war: "Folgen, aber nicht angreifen." Das war ihm vorbehalten.

Interlude

Unten schrien sie wieder. Zwei Stockwerke lagen dazwischen und doch konnte er jedes Wort verstehen. Er hörte schon länger nicht mehr hin, da sich die Vorwürfe und Anschuldigungen wiederholten. Die Anlässe waren jedesmal neu, nicht der Inhalt. Diesmal hatte sich der Streit an den Flugblättern entzündet. Seine Mutter hatte offenbar die Tinte des Druckers seines Vaters aufgebraucht. Sie hatte den Radius ihrer Suchaktionen in letzter Zeit nochmals vergrößert und benötigte daher noch mehr Flugblätter. Aber es ging nicht wirklich um die Tinte. Sein Vater hatte von allen für seine Arbeit nötigen Utensilien einen Vorrat angelegt. Er hatte sogar einen Ersatzdrucker auf dem Dachboden.

Der eigentliche Grund für den Streit war, daß sein Vater einen Schlußpunkt setzen wollte, für einen Neubeginn, wie er sagte. Und das konnte seine Mutter nicht. Die Polizei hatte die offizielle Suche schon längst eingestellt. Aus Mangel an verwertbaren Hinweisen, wie ein Polizist in ihrem Wohnzimmer einmal zugegeben hatte. Niemand hatte das ein zweites Mal gesagt, nicht wenn seine

Mutter in Hörweite war. Sie hatte dem Polizisten mit ihrer Handtasche auf den Kopf geschlagen. Fest genug für ein paar Blutstropfen. Sein Vater hatte viel Energie aufbringen müssen, um das Opfer von einer Anzeige abzuhalten, aber das scherte seine Mutter wenig.

Sie war weiterhin der Polizei und dem Bürgermeister und dem Schuldirektor und einer Menge anderer Leute auf die Nerven gegangen. Und sie hatte ein starkes Argument: "Das Kind ist nach wie vor verschwunden und das ist doch wohl Hinweis genug!" Aber die Polizei konnte einfach nichts finden und hatte deshalb den Fall zu den Akten gelegt.

Sie hatten eine alte Falltür hinter dem Haus entdeckt, das schon. Und diese Falltür stand offen. Ein Vorhängeschloß lag daneben. Dieses war mit Gewalt und einer Metallsäge geöffnet worden. Alle waren zu dem Zeitpunkt davon ausgegangen, daß man den Jungen ganz schnell finden würde. Aber in der Höhle unter der Falltür war er nicht. Da waren Spuren. Er mußte dort gewesen sein. Er blieb dennoch unauffindbar. Der Tunnel in der Höhle war eine Sackgasse. Spezialisten waren gekommen und hatten mit allerneuester High Definition Kamera-Technik jeden Zentimeter der Höhle und des Tunnels nach einem unentdeckten Riß oder Spalt abgesucht. Aber da war rundherum nichts als massiver Fels. Dort in dem Tunnel waren alle Hoffnungen gestorben. Nur seine Mutter stemmte sich mit all ihrer Kraft gegen jede Einsicht in das Unabänderliche. Sie hatte inzwischen Hausverbot im Rathaus, was zwar juristisch nicht so ganz wasserdicht war, einer Bürgerin den Zutritt zu verwehren, aber der Bürgermeister begründete es schlicht mit Selbstverteidigung.

Und das war das Wort, welches mitten in dem Streit plötzlich zu ihm durchdrang. Sein Vater hatte diesen Ausdruck noch nie vorher verwendet. Er hatte immer defensiv gestritten, aber nicht heute, nicht jetzt. Er hörte seine Mutter schluchzen. Auch das war ungewöhnlich, denn normalerweise weinte sie hinterher auf den Stufen bei der Terrasse. Rauchte und weinte leise, niemals vor ihm oder vor seinem Vater. Er hatte gar nicht gewußt, daß sie vor den Schwangerschaften eine Raucherin gewesen war. Nun rauchte sie wieder.

Die Stimme seines Vaters war nur noch ein heiseres Krächzen. Er hörte jetzt genau hin. Plötzlich in Sorge wegen des Ausgangs dieses Streits. Sein Vater sagte es nochmal, das Tabu-Wort Selbstverteidigung. Und da kam noch mehr. Er habe lange genug gewartet. Er habe alle Geduld der Welt bewiesen. Und nun habe sie mit ihrer Sturheit endgültig die Familie zerstört.

Nun klang seine Mutter defensiv, als sie erwiderte, es könne doch nicht sein Ernst sein, daß das alles jetzt ihre Schuld wäre und was er denn bitte zu beweisen hätte. Es ginge doch um ihr Kind, um ihr gemeinsames Kind!

Das Letzte, was er von seinem Vater hörte, klang wie: "Ich muß das hinter mir lassen. Mit ihm oder ohne ihn!" Lange Jahre würde er sich einreden, daß sein Vater ihn, den Sohn der nicht verschwunden war, mit diesem letzten

*"ihm" gemeint hatte. Aber tief in seinem Herzen wußte
er, daß sein Vater an diesem Abend nicht einen Gedanken an ihn verschwendet hatte, als er das große, leere
Haus verließ, um nie wieder zu kommen.*

XII

Tom ging bei strahlendem Sonnenschein die Hauptstraße des kleinen Dorfes entlang. Magnus hatte ihm
eingeschärft, daß er ein *Mensch* sei und sich ganz normal
bewegen könne. Das war ein unnötiger Ratschlag, aber
erstaunlicherweise klopfte Tom doch das Herz. Er fühlte
sich fremd, nicht ganz dazugehörend und das tat er auch
nicht. Er kam aus der Vergangenheit.

Sie hatten einen Plan geschmiedet und es war Toms
Plan. Das tat ihm gut und eine Aufgabe zu haben oben-
drein. Der Plan war, mit Hilfe des Internets nach Toms
Familie zu suchen.

"Wir müssen ins Netz, Magnus. Herausfinden, wo meine
Familie jetzt lebt", hatte Tom gesagt, aber Magnus hatte
ihn nur verblüfft angesehen: "Du willst einen Fisch fangen und ihn nach deiner Familie fragen? Also darauf bin
ich wirklich gespannt."

"Nein, nicht so ein Netz. Das Internet. Computer? Ach,
laß mich einfach machen, ja?"

"Gern. Aber wo willst du Fischen gehen?"

"Gar nicht weit, Magnus. Gar nicht weit. Die haben hier bestimmt alle Internet. Die Frage ist nur, wie ich jemanden dazu bekomme, daß ich seinen Computer benutzen darf."

"Ah", sagte Magnus. "Jeder hier hat ein Netz, aber du weißt nicht, welches das richtige für den Fisch ist, den du fangen willst. Das verstehe ich."

"Ja, so ungefähr", hatte Tom geantwortet und nun befand er sich allein inmitten des Dorfes auf der Suche nach dem richtigen Netz. Das Dorf sah weitgehend unverändert aus. Der Gemischtwarenladen war verschwunden, die Verkaufsräume standen leer, aber dafür sah der Pub genauso aus, wie Tom ihn in Erinnerung hatte. "Warum nicht", sagte er zu sich selbst.

Der Pub war jetzt geschlossen, aber die Eingangstür stand weit offen. Tom betrat den Gastraum und rief "Hallo? Jemand da, bitte?" Und erst jetzt, in dem Moment, als ein Kopf aus der Küche herausschaute, glaubte Tom restlos, daß all das, was er erlebt hatte, alles und der Zeitsprung, tatsächlich real war. Es war der gleiche Barkeeper, wie an dem Mittwochabend bevor Tom zu seiner Entdeckungstour aufgebrochen war. Allerdings sah er deutlich älter aus. Er war sichtlich ergraut und hatte eine Halbglatze bekommen.

Der Barkeeper erkannte Tom natürlich nicht. "Was ist los? Wir haben geschlossen!", stellte er barsch fest.

"Ich weiß. Entschuldigung, daß ich trotzdem störe", entgegnete Tom. "Es ist so. Wir haben ein Schulprojekt. Es ist so eine Art Abenteuerprojekt, und dafür soll ich unter anderem einen Fremden, das sind Sie, bitten, ob ich kurz ins Internet darf. Dort soll ich ein paar Sachen recherchieren. Ob Sie wohl so freundlich wären? Es dauert nicht lange und ich würde Sie auch gar nicht stören. Ich müßte nur mal kurz an ihren Computer." Irgendwie hörte sich die Geschichte nicht mehr ganz so plausibel an, wie vorhin, als Tom sie sich zurechtgelegt hatte.

"Ein Schulprojekt? Jetzt in den Ferien?" Der Barkeeper sah ihn verwundert und ein bißchen ungläubig an.

"Ja, genau. Es ist ein Ferien-Abenteuer-Schul-Projekt."

"Ich kenn' dich nicht. Wo kommst du so plötzlich her? Wo sind deine Eltern? Das ist ein Pub. Du darfst in deinem Alter hier gar nicht alleine rein."

Ich wohne oben im Hideaway", antwortete Tom, was nicht ganz gelogen war.

"In dem Nobelschuppen?" Die Laune des Barkeepers verdüsterte sich zusehends. So würde das nichts werden. Tom mußte improvisieren.

"Nein. Nicht so. Meine Mutter arbeitet dort und jetzt in den Ferien darf ich sie besuchen."

"Aha! Jessica aus der Küche kann es nicht sein. Die hat kein Kind. Als was arbeitet sie denn da, deine Mutter?", fragte der Barkeeper immer noch mißtrauisch.

"An der Rezeption. Sie arbeitet an der Rezeption, meine Mutter." Tom hoffte, daß der Barmann die junge Frau von der Bildschirmklingel nicht so gut kennen würde.

"Ah, Miss 'Gibt-es-hier-keine-Cocktails'. Ja da schau her."

"Ja", stimmte Tom zu. "Das ist sie."

"Verdammt jung für einen Bengel in deinem Alter, würde ich sagen." Die Schlacht war offensichtlich noch nicht gewonnen.

"Es soll ja auch eigentlich niemand wissen, daß sie so früh schon ein Kind bekommen hat, meine Mutter. Deshalb bin ich auch auf diesem Internat. Den Job hätte sie nicht bekommen, wenn sie sich täglich um mich kümmern müßte. Bitte, das muß unser Geheimnis bleiben. Nur zwischen Ihnen und mir, ja?" Tom verstrickte sich immer tiefer in seine Lügengeschichte.

"Also gut. Wenn jemand ein Geheimnis bewahren kann, dann sind das wir Barkeeper. Wir hören viel und wir behalten es für uns. Komm mit. Dahinten in der Ecke steht der Computer, aber kein dummes Zeug anklicken, hörst du?" Tom atmete tief durch. Das mit dem Geheimnis war der Durchbruch gewesen.

Kurz darauf saß er an einem ziemlich in die Jahre gekommenen Rechner und begann, nach seiner Familie zu suchen. Der Nachname Larson brachte unzählige Ergebnisse. Mit dem Vornamen seines Vaters waren es immer noch viele Tausend. So ging das nicht. Er gab ein: "Edward Larson, technische Übersetzung." Dafür gab es nur noch 5 Treffer. Vier in Amerika und einen in Australien. Tom dachte nach. Er gab das Geburtsdatum seines Vaters ein und den Namen und technische Übersetzung.

Treffer! Edward Larson, wohnhaft in Sydney, Australien, sagte LVM. Tom hatte von diesem Internetunternehmen schon gehört. "Les Visages du Monde" also so was wie ein Buch aller Gesichter der Welt. Das gab es also immer noch. Irgend ein Belgier hatte das gegründet, glaubte sich Tom zu erinnern. Der war mal auf der Titelseite eines Magazins gewesen, welches sein Vater regelmäßig las. Erstaunlich, daß so viele Menschen Lust hatten, ihr Gesicht auf eine Internetseite zu stellen. Da gab es sogar noch mehr Informationen. Dieser Edward Larson aus Sydney hatte eine Art persönlichen Steckbrief bei LVM hinterlegt. Tom wurde eiskalt. Es war sein Vater, kein Zweifel. Auf dem Foto hatte er ihn nicht sofort erkannt. Mit dem Bart und älter und so. Aber alle Informationen stimmten überein. Also die älteren. Tom wußte ja nicht, was sein Vater in den vergangenen 14 Jahren gemacht hatte. Jetzt allerdings schon. Jetzt wußte er, daß sein Vater bereits im Jahr 2012 nach Sydney ausgewandert war. Er arbeitete dort offenbar für eine Minengesellschaft und er war wieder verheiratet. Mit einer Sanya Larson aus Thailand. Sein Vater hatte also zwei Jahre nach Toms Verschwinden die Familie verlassen, oder die Familie ihn, aber das glaubte Tom nicht. Er war nach Australien ausgewandert und hatte dort wieder geheiratet. Tom schloß die Seite seines Vaters. Er war enttäuscht, verletzt, unendlich traurig und Australien war zu weit weg für Magnus und ihn.

Tom versuchte es mit seiner Mutter. Aber LVM zeigte keinen aktuellen Eintrag für Nora Larson mit Geburtsdatum an. Jedenfalls nicht unter den ersten einhundert. Mist! Er versuchte, die Kombination mit ihrem Mädchennamen, aber wieder nichts. Er nahm sich die älteren Einträge vor. Vielleicht gab es ja dort einen Hinweis. Bis zum Jahr 2020 fand er eine Menge Treffer und alle standen in Bezug zu vermißten Kindern. Eine Lokalzeitung hatte sogar ein Interview mit ihr veröffentlicht. Aber mit dem Jahr 2020 rissen die Informationen über sie im Netz ab. War auch sie ausgewandert? Nein, das konnte er sich nicht vorstellen. Außerdem wäre das kein Grund für das Internet, sie nicht mehr zu finden. Er las einige der älteren Meldungen. Sie war offenbar in einem Verein aktiv gewesen, der sich die Suche nach verschwundenen Kindern zur Aufgabe gemacht hatte. Ein dicker Kloß steckte plötzlich in seinem Hals. Er versuchte die Homepage des Vereins, aber diese war offline. Da war auch ein Hinweis in einem Chat, daß der Verein seine Aktivität eingestellt habe. Der Chatbeitrag war von 2021. Darin wurde noch gefragt, ob es den Verein überhaupt noch gebe. Die Antworten waren sich unschlüssig, verwiesen aber alle auf andere, ähnliche Selbsthilfeeinrichtungen. Seine Mutter hatte nicht aufgehört, nach ihm zu suchen, so schien es. Jedenfalls bis 2020, aber danach, was war danach geschehen? War sie tot? Er erschrak fürchterlich bei dem

Gedanken. Nein! Tote kannte das Netz. Wenn sie gestorben wäre, würde das hier irgendwo stehen. Ein Nachruf ihres Vereins, irgend etwas. Der Gedanke tröstete ihn ein wenig, aber es blieb dabei, daß seine Mutter aus dem Internet verschwunden war.

 Da ihm nichts Besseres mehr einfiel, öffnete er erneut den LVM Steckbrief seines Vaters und schrieb einige persönliche Daten samt Email-Adresse auf einen Bestellungszettelblock, der neben dem Computer lag. Aber er konnte sich nicht dazu durchringen, eine Nachricht an seinen Vater zu schicken. Der Schock saß zu tief.

Er beendete das Internetprogramm, bedankte sich bei dem Barkeeper und wollte schon gehen, da rief ihm dieser hinterher: "Brauchst du nicht irgend eine Art Nachweis, daß du dein Abenteuerprojekt mit einem Fremden erfolgreich absolviert hast?" Tom kehrte hastig um und ließ sich auf dem gleichen Bestellblock einen Zweizeiler quittieren: "Tom hat die Abenteueraufgabe samt Internetrecherche im Goblin's Share erfolgreich erledigt." Er dachte gerade noch rechtzeitig daran, seinen Nachnamen nicht aufzuschreiben. Am Ende kannte der Barkeeper den der Rezeptionistin des Hideaway. Das hätte Tom erneut in Erklärungsnot gebracht. Der Barkeeper fragte noch: "Alles in Ordnung? Du siehst aus, als hättest du ein Gespenst gesehen." Aber Tom sagte nur "alles in Ordnung" und verließ den Pub.

Erst draußen auf der Straße kam ihm der rettende Gedanke. Er wetzte zurück und bat den Barmann so inständig, daß er nochmal ganz kurz an den Computer müsse, daß dieser nur mit den Achseln zuckte und "du kennst den Weg" sagte. Mit klopfendem Herzen öffnete Tom erneut die LVM Seite und gab diesmal den Namen seines Bruders mit Geburtsdatum ein. Volltreffer! Fred Larson, 25 Jahre alt, Bachelorabschluß in Creative Design, was immer das war, wohnhaft in Liverpool, auch die Adresse stand da. Tom tat einen unterdrückten Freudenschrei, schrieb alles auf, bedankte sich erneut bei dem Barkeeper, diesmal so richtig herzlich und rannte zurück zu dem Versteck, in dem Magnus bereits ungeduldig wartete.

XIII

"Très bon! Très, très bon! Gut gemacht!", lobte Magnus. Tom war stolz. Fassungslos wegen seines Vaters, unsicher wegen seiner Mutter und verwirrt wegen einfach allem, aber auch stolz. "Liver-by-the-Pool", wiederholte Magnus. "Gut. Das kenne ich. Und da gibt es einen Ort, da können wir bleiben und man wird uns auch weiterhelfen, denke ich."

"Ich habe seine Adresse, Magnus", widersprach Tom. "Wir brauchen nur dorthin gehen, zu Fred meine ich."

" Aaaah, ich weiß nicht. Stell dir vor, plötzlich steht dein Bruder vor der Tür, der vor vielen Jahren verschwunden ist und nicht nur das ... er ist außerdem nur einen einzigen Tag älter. Ich glaube nicht, daß du einfach klopfen und 'Hallo, hier bin ich wieder!' sagen kannst", gab der Kobold zu bedenken.

"Wenn du meinst." Tom konnte sich nichts anderes als ein großartiges Willkommen vorstellen, aber eine Stimme in ihm gab dem Einwand recht. "Und was unternehme ich wegen der Rezeptionistin des Hideaway? Ich glaube, ich habe da etwas angestellt."

"Was meinst du?"

"Oh? Habe ich gar nicht erzählt ... paß auf." Und Tom erklärte seine Notlüge und wie unangenehm das für die junge Frau werden würde, wenn sie wieder mal in dem Pub auftauchte, jedenfalls, wenn der Barkeeper sein Stillschweigen brechen würde.

Doch Magnus war ungerührt: "Was soll schlimm daran sein, einen Sohn zu haben. Einen Sohn wie dich! Mach dir mal keine Sorgen."

Tom wurde irgendwie warm ums Herz. Und dann zogen sie los. Den Bus konnten sie nicht gut nehmen. Geld wäre außerdem ein Thema gewesen. Auch Trampen kam nicht in Frage. Wie sollte man einen Kobold verstecken und irgendwo heimlich mitzufahren, in einem LKW-Anhänger zum Beispiel, war Tom unheimlich. Nicht jeder würde so freundlich reagieren wie Nidal im Schuppen des Resort. Zudem war keineswegs gesagt, daß eine Schwarzfahrt in einem Anhänger sie wirklich näher ans Ziel bringen würde. Also zu Fuß. Das würde eine gewisse Zeit dauern. Tom konnte es nicht abschätzen, ob Tage oder Wochen und Magnus hatte einfach ein anderes Zeitgefühl. Auch für Wesen der Anderwelt war natürlich ein Tag ein Tag. Die Sonne ging für sie genauso auf und unter wie für die

Menschen. Aber die Bedeutung von Pünktlichkeit oder eben wann genau man voraussichtlich an einem Ort ankommt, das war für den Kobold schwer durchschaubar.

"Ich könnte versuchen, Freds Telefonnummer herauszufinden und ihn anrufen. Dann könnte er uns einfach abholen", dachte Tom. Aber dann fiel ihm wieder Magnus' Einwand ein, daß es eben nicht darum ging, einfach an der Tür zu klopfen. Wieviel seltsamer würde sich so ein Anruf ausmachen. Wahrscheinlich würde Fred die ganze Geschichte am Telefon gar nicht glauben. Ganz sicher sogar nicht.

Also machten sie sich auf den Weg. Sie folgten vergessenen Hohlwegen und Tierpfaden, die der Kobold von seinen Ausflügen in die Menschenwelt kannte und er orientierte sich an der Sonne, Richtung Westen. "Erst mal ans Meer", sagte Magnus. "Dann sehen wir weiter. Dann ist der Pool bei den Liverbirds nicht mehr weit."

Der Kobold war verwundert über das Ausmaß an Straßen und Schienen, die das Land zerschnitten und die ihnen das Fortkommen erschwerten. Natürlich kannte er Straßen, auch Schienen und Kanäle, "aber so viele ... so viele", ereiferte er sich ein ums andere Mal. "Wo wollt ihr denn immerzu hin, daß ihr so viele Straßen braucht?" Als die Dämmerung einbrach, war Tom erledigt. Seine Füße taten ihm weh, sein Kopf dröhnte von der Sonneneinstrahlung. Er fühlte sich schwach vor Hunger. Er war ein Stadtkind und nicht gewohnt, den ganzen Tag über Land zu ziehen, auch nicht an einem wunderschönen, warmen und trockenen Sommertag. Sie hatten zwar Wasser aus der Blase bei sich und diese war auch zweimal im Verlauf des Tages aufgefüllt worden. Wenn auch aus dubiosen Quellen, wie Tom fand. Aber die drei Äpfel vom Vortag, die sie sich geteilt hatten, reichten bei weitem nicht aus. Magnus war überrascht über die aus seiner Sicht geringe Ausdauer und hohen Ansprüche des Menschenkindes. Aber er nahm seine Aufgabe, für Tom zu sorgen, durchaus ernst, für einen Kobold jedenfalls. Er hielt nach einem Lager für die Nacht Ausschau und binnen kurzem hatte er eine kleine Höhle entdeckt, in deren Nähe ein Bach verlief.

Magnus hatte das Stück Abdeckplane aus dem Schuppen mitgenommen und errichtete für Tom und sich selbst in der Höhle ein Lager aus Moos und Gras mit der Plane darüber. Tom war wenig begeistert. "In diesem Loch werden wir schlafen? Sag mal, soll das jetzt jeden Tag so gehen? Ich weiß nicht, ob ich das durchhalten kann." Da entdeckte Magnus ein graues Eichhörnchen in den Bäumen. Er wühlte in den Taschen seines Dachsmantels und einen Moment später hielt er eine Schleuder in der Hand. Mit geübtem Griff legte er einen Kieselstein in die Schlinge und ließ in fliegen. Einen Augenblick später lag das große, graue Eichhörnchen tot am Boden. Tom war schockiert.

"Warum hast du das getan? Das arme Eichhörnchen!"

"Na ja, wir sind doch hungrig", erwiderte Magnus. Er schnappte sich das tote Tier und mit ebenso geübten Bewegungen seiner langen, scharfen Fingernägel häutete er es ab, entfernte die Innereien und hing es über einen Ast. Toms Entsetzen wuchs.

"Du willst das Eichhörnchen nicht etwa essen, oder?"

"Das ist jetzt mal eine dumme Frage, Kleiner. Wir! Wir werden dieses Eichhörnchen essen. Es ist groß und dick. Es wird ganz vorzüglich schmecken. Ich wundere mich nur, warum ist es grau? Waren die nicht immer rot, die Eichhörnchen?"

"Die Grauen kommen aus Amerika. Die wurden importiert, irgendwie, und jetzt sind nicht mehr viele Rote übrig. Die grauen Eichhörnchen sind größer und kräftiger und sie vertreiben die roten. Und ich werde davon übrigens nichts essen. Auf keinen Fall."

"Gut. Dann wirst du eben nicht essen. Wie du willst. Aus Amerika sagst du? Ein paar aus unserem Dorf sind nach Amerika gegangen, das ist gar nicht lange her."

"Nach Amerika?", fragte Tom erstaunt. "Du kennst Amerika? Ich meine, ihr ... ihr Kobolde kennt Amerika und *geht* da hin? Im Ernst?"

"Ja, ja, im Ernst. Und ob wir das kennen, Amerika. Was glaubst du? Wir leben doch nicht auf dem Mond." Der Kobold war entrüstet. "Das ist eine lange Reise, ein großes, ein sehr großes Abenteuer. Wir lieben Abenteuer, wir Kobolde. Also, die meisten von uns. Und wir *gehen* natürlich nicht nach Amerika. Wir fahren mit dem Schiff! Mit euren Schiffen, um genau zu sein. Wir Kobolde bauen keine Schiffe. Wir haben auch für Wasser nicht so viel übrig. Außer zum Trinken und auch das nur in Maßen. Aber gerade deshalb ist es auch ein besonders großes Abenteuer, mit euch, heimlich natürlich, in euren Schiffen mitzufahren. Früher war das schwierig und manche von uns sind entdeckt worden. *Oh là là,* das waren Zeiten. Aber heute? Heute ich das ganz leicht, weil die Schiffe so groß und unübersichtlich geworden sind. Das ist nicht schwer, sich auf so einem Schiff zu verstecken. Also, was wollte ich erzählen? Ah ja, ein paar aus unserem Dorf, dem Dorf, das du kennengelernt hast, hatten sich in den Kopf gesetzt, nach Amerika zu gehen. Das kommt immer häufiger vor, weil es hier immer enger wird. Die Anderwelt meine ich. Es ist nicht mehr so viel übrig. Und es heißt, in Amerika, da wäre Platz und da gäbe es Orte, da würde man tagelang keinem Menschen begegnen, in der Menschenwelt meine ich. Ich weiß nicht, was davon alles wahr ist. Es sind mehr Gerüchte. Ich habe jedenfalls noch mit keinem Kobold gesprochen, der aus Amerika zurück gekommen ist. Wie dem auch sei. Wir sind nach Süden gegangen. Dort ist ein großer Hafen. Wir nennen den Südhafen, klar. Es sind auch schon Kobolde von Liver-by-the-Pool abgefahren. Deshalb kenne ich die Stadt. Aber diesmal war es der Südhafen. Als wir ankamen war tatsächlich ein Schiff zum Ablegen bereit. Das war großes Glück. Ich war dabei, um sie zu verabschieden und ich wollte das Schiff sehen. Und das Schiff, das war ganz anders, als ich es von früher kannte. Ich weiß schon, daß die Schiffe sich verändert haben, seitdem ich nach England gekommen bin, mit Guillaume. Aber das war wirklich ein großes Schiff. Wie eine ganze Stadt auf dem Wasser. Ganz leicht, sich darin zu verstecken. Es war ein ganz neues Schiff, ganz in Schwarz und Weiß, mit vier großen Schornsteinen. Wir mögen neue Schiffe, wir Kobolde. Sie sinken nicht so schnell und wir können Wasser nicht ausstehen, wie gesagt. Das Schiff war wirklich ganz neu. Es war wohl seine allererste Fahrt. Die Menschen haben große Umstände darum gemacht. Mit einem Fest und Musik und so. Wir haben seitdem nichts von den Kobolden gehört, seitdem sie weg sind, aber ich denke, sie sind bestimmt wohlauf. Es ist zu schade, daß die Elfen nicht soweit über's Wasser fliegen wollen. Sonst könnten sie eine Nachricht schikken."

Tom gingen gleich mehrere Fragen im Kopf herum, aber eine war am dringlichsten. "Sag, Magnus, wann war dieses gar-nicht-lange-her genau?"

"Vor acht auf zwölf Jahren vielleicht. Nein, neun auf zwölf. Wir sind ja ein paar Jahre weiter gesprungen."

"Also vor etwa 110 Jahren. Kann es sein, daß der Hafen Southhampton hieß?", fragte Tom mit einem merkwürdigen Unterton in der Stimme.

"Könnte sein. Ich würde sagen, ja. Klingt irgendwie vertraut und nach Südhafen. Ein wirklich schönes und großes und neues Schiff ist das gewesen."

"Und erinnerst du dich an den Namen des Schiffes?"

"Nein, tut mir leid. Aber ich erinnere mich, daß wir auf dem Weg zurück gesungen haben:

Hab ich nicht genug Tee,
dann bekomme ich Panik,
aber es gibt für alle genug
auf der ... auf der ..."

"... Titanic!", ergänzte Tom plötzlich den Reim.

"Ganz genau, ja! Das war der Name des Schiffes!", rief Magnus erfreut. "Woher weißt du das?"

In der Zwischenzeit hatte der Kobold einige Kräuter, Knoblauch und Salz aus anderen Taschen seines Dachsmantels gefischt und in Windeseile das Eichhörnchen vorbereitet. Dabei schien er das Interesse an der Schiffspassage verloren zu haben. Nun streifte er suchend durchs Unterholz und kam mit einem großen, flachen Stein zurück. Er legte seine beiden Hände auf den Stein und seine Körperlinien begannen zu leuchten. Tom erschrak vor Überraschung, als der Stein ebenso glutrot zu glühen begann. Magnus plazierte das Fleisch auf dem heißen Stein, der sofort zu zischen begann. Kurz darauf speiste der Kobold mit unüberhörbarem Genuß. Tom weigerte sich standhaft, von dem Mahl zu kosten.

"Très bien, so bleibt mehr für mich übrig", meinte der Kobold mit einem Achselzucken und Tom mußte an dem letzten Apfel knabbern, den sie noch übrig hatten.

"Mein Vater hat uns einmal alle in ein japanisches Restaurant eingeladen", erinnerte sich Tom. "Es war ein besonderer Anlaß, weil er einen wichtigen Übersetzungsauftrag bekommen hatte. In diesem Restaurant haben sie das Essen genauso zubereitet. Auf einem heißen

Stein. Aber sie konnten diesen natürlich nicht mit ihren Händen aufheizen."

"Ich habe keine Ahnung, was *japanisch* ist, aber wer weiß, woher die Japanisch die Idee ursprünglich haben", sagte Magnus. Dann entzündete er ein kleines Feuer, indem er erneut den Stein zum Glühen brachte, legte sich in die Höhle auf die Schlafstelle und innerhalb kürzester Zeit war er tief eingeschlafen, während Tom mit knurrendem Magen wach lag und überlegte, ob er diese Reise wohl überleben würde.

XIV

Als die Sonne aufgegangen war, lag Tom steif und frierend auf seinem Schlafplatz. Das Feuer war erloschen und er fühlte sich schrecklich unausgeruht. Magnus war nirgendwo zu sehen. Tom stand ächzend auf und wusch sich flüchtig mit dem Wasser des nahegelegenen Baches. Als er zum Lager zurückkehrte, saß der Kobold auf einem Baumstumpf und futterte unreife Walnüsse. Tom spürte einen gewaltigen Hunger in sich aufsteigen.

"Heute abend machst du mal das Schlaflager. Du hast gesehen, wie ich das mache. Dann sind wir schneller fertig", sagte Magnus.

"Ich werde es versuchen."

"Du sollst es nicht versuchen. Du sollst es tun."

"Was willst du von mir? Ich habe doch gesagt, ich werde es versuchen", widersprach Tom genervt.

Der Kobold schüttelte seinen Kopf und warf Tom eine Walnuß zu. "Versuch mal, die zu essen."

Tom verstand nicht und nahm die Walnuß fest zwischen Zeigefinger und Daumen, um die Schale zu knacken.

"Non, non", rief der Kobold. "Ich habe gesagt, du sollst es *versuchen*."

Tom verstand immer noch nicht und blickte verwirrt auf die Walnuß in seiner Hand.

"Siehst du, Kleiner. Du ißt diese Walnuß oder du ißt sie nicht. Aber versuchen führt dich nirgendwo hin."

Jetzt verstand Tom, "aber wenn ich etwas *tue* und es nicht gelingt. Zum Beispiel, ich bekomme diese Schale einfach nicht geknackt. Wenn ich also versage, ist das nicht das gleiche wie *versuchen?*"

"Nein, wenn du etwas versuchst und es gelingt nicht, dann gehst du weg und hast nichts gelernt. Aber wenn du etwas tust und es gelingt nicht, dann wirst du es wieder tun, weil es Bedeutung für dich hat. Und wenn es hundertmal nicht gelingt, du wirst mit jedem Mal besser werden, bis es gelingt, oder bis du einen Stein nimmst, anstatt die Hand, wenn die Schale nicht aufgeht. Es ist deine Entscheidung aufzuhören, ja, aber du wirst weitermachen, weil du es *tust* und nicht nur versuchst. Dann kann sogar Mißerfolg ein Erfolg sein. Vielleicht kannst du die Walnuß gar nicht essen, selbst wenn du die Schale mit einem Stein geknackt hast, weil der Kern darin aus Gold ist. Stell dir das vor, auf *diese* Weise zu versagen. Ich möchte das gar nicht missen, zumindest inzwischen nicht mehr."

"Welches Versagen möchtest du nicht missen? Das ergibt doch keinen Sinn!"

"Na, als ich meine Koboldkameraden davon abgehalten habe, dich auf der Stelle aufzuessen, du erinnerst dich vielleicht?"

Tom schauderte. Natürlich erinnerte er sich.

"Ich habe versagt! Es hat einen Zeitsprung gegeben und ich bin, anstatt mit vollem Bauch in meiner Hütte zu liegen, hier mit dir gefangen und muß mich abplagen. Das nenne ich Versagen und das ist im Moment mein liebstes Versagen, *je pense*. Es war eine gute Entscheidung, ein gutes Versagen."

Da konnte Tom nicht widersprechen. Er fand den Gedanken immer noch absurd, aber irgend etwas stimmte an der Ausführung des Kobolds.

Nachdem alle Walnüsse und einige Waldbeeren aufgegessen waren, fragte Tom: "Magnus, du hast gestern erwähnt, daß du mit dem Schiff nach England gekommen bist. Zusammen mit einem ... ich erinnere mich nicht an den Namen. Ist das der Grund, weshalb dein Englisch so merkwürdig klingt?"

"Natürlich klingt mein Englisch merkwürdig für dich, *crétin anglais*. Ich komme aus dem Frankenreich. Ich wurde dort gemacht. Dort spricht man Französisch. Und später bin ich mit Guillaume und seinen Nordmännern hierher nach England gefahren. Mein Vater war vorher mit den Nordmännern in das Frankenreich gekommen, aber dies war *mein* Abenteuer, da war ich gerade mal erwachsen. Ich und die anderen Kobolde, wir sind auf den Schiffen mitgefahren, aber kleine Schiffe mit Segeln. Viel schwieriger, sich zu verstecken. Die meisten von uns waren bei den Pferden. Das ging ganz gut. Es gab eine Schlacht kurz danach, zwischen Guillaume, ich glaube ihr nennt ihn William, und den Engländern. Und Guillaume hat gewonnen, genau wie wir. Wir hatten auch eine Schlacht mit den englischen Kobolden. Viele kleine Schlachten eigentlich. Das war ein König, Guillaume meine ich. Ein großer König mit einem vulkanischen Charakter."

"Du meinst aufbrausend? Du erzählst mir ernsthaft, daß du und andere Kobolde mit William, dem Eroberer, nach England gekommen seid, auf seinen Schiffen, vor eintausend Jahren und daß er aufbrausend war? Willst du mich auf den Arm nehmen?"

"Nein, gar nicht. Du bist zu groß für meinen Arm. Ja, aufbrausend, wenn man das so sagt. Er war ein großer, aufbrausender König und er sprach Französisch, genau wie meine Mutter und genau wie ich. Wir mußten Englisch erst lernen, Guillaume und ich. Ich bin eben ein zivilisierter Kobold, wild ... und zivilisiert. Heute habt ihr keinen König, es ist eine Königin, oder? Ist sie auch aufbrausend? Gibt es keinen König an der Seite eurer Königin?"

"Nein, das wäre dann Prinz Philip, aber er ist eben nicht König. Er ist der Ehemann der Königin, wenn die beiden noch leben."

"Das hätte es bei Guillaume nicht gegeben, glaube ich. Aber er ist lange vergangen. Er und seine Nachfahren. Das waren wilde Zeiten, Tom, wilde Zeiten. Die Nordmänner waren wild. Wir waren wild. Aber, sag mal, ist es nicht Prinz Albert? Es fällt mir wieder ein, der Ehemann der Königin, meine ich. Ich habe den Überblick verloren, mit euren Königen und Königinnen. Die wechseln immer so schnell."

"Nein, nein! Prinz Albert war der Ehemann von Königin Victoria. Jetzt, oder vielmehr vor 14 Jahren waren es Prinz Philip und Königin Elisabeth. Und die wechseln gar nicht schnell. Ein ganzes Zeitalter ist nach Königin Victoria benannt, weil sie so lange auf dem Thron saß. Und wieso waren alle *Wilde?* Ich meine, bist du dir sicher, daß du da nicht etwas verwechselst? Das waren doch immerhin ein König und seine Adeligen und so."

"Na ja, Tom. Wer war dabei? Du oder ich? Dein William und seine Adeligen waren aus dem Norden, ursprünglich. Und dort sind alle Wilde. Frag meinen Vater. Wie glaubst du, sind diese Nordmänner ins Frankenreich gekommen, vorher meine ich? Indem sie höflich gefragt haben: Hallo? Hallo? Jemand zu Hause? Wir möchten gerne all euer Land und euer Vieh und euer Gold haben. Und wenn ihr schon dabei seid, könnt ihr auch noch eure Frauen dalassen, die jungen jedenfalls, wenn ihr eure

Häuser verlaßt und eure Dörfer, um für uns Platz zu machen. Wir haben nämlich nicht genug Frauen mitgebracht aus dem Norden, wißt ihr? Unser Fehler, Verzeihung. Haben wir nicht daran gedacht. Also wenn es euch nichts ausmacht, packt eure Sachen und zwar flott, bitte schön. Ha! Denkst du, das war so, als die Nordmänner kamen? Sie nannten sich Wikinger, Tom, und sie hatten so eine Angewohnheit, erst zu nehmen und dann zu fragen, falls irgend jemand noch am Leben war, den man fragen konnte. Alle, die nach England kamen, haben das so gemacht. Die Wikinger, die Sachsen, William und auch wir. Wir Kobolde. Alles Wilde. Alle. Das kann ich dir sagen. Vielleicht ist das heute anders. Vielleicht sind sie jetzt zivilisiert, so wie ich, und nicht mehr nur wild, die Nordmänner und die Sachsen und alle die. Man könnte sich das mal ansehen. Bei den Wikingern, im Norden, heute. Das wäre ein schönes Abenteuer. Mit Schiff und allem."

"Ich weiß nicht, aber ich würde sagen, die wilden Zeiten sind vorüber. Deine Wikinger, die kamen aus Norwegen, glaube ich. Und die Sachsen aus Deutschland. Also heute ist das Deutschland. Und beide, die Norweger und die Deutschen, haben keine Königin, sondern eine Art Premierminister, wie wir auch, und beide sind Frauen. Da siehst du es. Kein wilder König, nirgendwo", sagte Tom, stolz im Unterricht aufgepaßt zu haben.

"Stein und Bein", rief Magnus überrascht. "Also wir. Wir Kobolde, meine ich. Wir waren immer bei ihnen. Nicht so richtig nah, aber nah genug, daß ich sagen kann: Damals waren wilde Zeiten. Bei den Menschen und bei den Kobolden. Heute bin ich zivilisiert, wenn ich will jedenfalls, und vielleicht sind es die Premierdingse und die Königinnen auch. Aber tief drinnen, im meinem Herz aus Stein, da bin ich immer noch wild, *sauvage*, von der Wurzel an. Als meine Vorfahren väterlicherseits mit den Nordmännern ins Frankenreich kamen, da haben sie ganz höflich gefragt. So wie es die Nordmänner auch getan haben. Deshalb heißt die Gegend auch *Nordmanndie*, wegen der Höflichkeit. Da lebten natürlich schon andere Leute. Menschen und Kobolde. Die Kobolde waren ein bißchen anders, aber Kobolde auf alle Fälle und ganz schön viele. Die waren ihrerseits mit irgendwelchen Römern eine Zeit umhergezogen. Und sie waren richtig zivilisiert. Sehr viel mehr als die Kobolde aus dem Norden, soviel ist sicher. Das ist der Grund, weshalb ich Französisch spreche, bis heute. Vor allem, wenn ich zivilisiert sein will. Es ist eben die Sprache meiner Mutter. Aber damals, als die neu ankommenden Kobolde ganz höflich fragten, ob man ihnen bitte all die Höhlen und Nischen, Steinbrüche und Metalladern überlassen könne, da waren auch die römischen Kobolde wild genug, kannst du glauben. Spätestens da zeigte sich, daß es doch richtige Kobolde waren, mit ihren drei Fingern. Wenn sie einen der Nord-Kobolde zu fassen bekamen, dann häuteten sie ihn und hingen die Haut an ihre Höhlenwand und sagten: 'Seht mal, was für einen hübschen *Gobelin* wir gefunden haben.' Du weißt, daß wir Kobolde auch manchmal Goblins genannt werden, ja? Jetzt weißt du auch, woher das kommt. Und irgendein Mensch damals hat das wohl mitbekommen und natürlich gleich falsch verstanden und dann fingen die Menschen an, ihre Teppiche *Gobelin* zu nennen. Den hängt man an die Wand, so einen *Gobelin* und geht nicht darauf herum. Das ist beleidigend! Aber die römischen Kobolde, die haben nur gelegentlich einen der Nord-Kobolde gefangen, um ihn an die Wand zu hängen. Die Nord-Kobolde hingegen ... ich sage nur so viel: Einige wurden in dieser Zeit furchtbar fett! Wilde! Alles Wilde!"

"Moment", unterbrach Tom den Redefluß. "Ihr eßt eure eigenen Artgenossen? Das ist fürchterlich. Das ist widerlich. Das ist Kannibalismus!"

"Oh, keine Sorge. Wir essen alle möglichen *Genossen*, von unserer Art und von anderen. Aber beruhige dich. Ich esse andere Kobolde nicht, noch nie. Ich bin *zivilisiert*, aber damals war eine Menge anders und ich war noch nicht gemacht. Ich bin ja erst dort in der *Nordmanndie* gemacht worden" und er hielt Tom seine beiden krallenbewehrten Hände hin. Drei Finger links, vier Finger rechts. "Jedenfalls bin ich lange genug dabei, um zu sagen: Die Menschen waren damals anders und die Kobolde auch. Auch wenn die römischen Kobolde nur drei Finger hatten. Ist das dann auch kannibalisch? Wenn meine eine Hand die andere futtert?" Und er machte eine Handbewegung, als wenn seine rechte Hand, die mit den vier Fingern, die linke, die mit den drei Fingern, fressen würde.

"Deine Mutter war also eine römische Koboldin, die die anderen *gehäutet* hat und dein Vater war ein Nord-Kobold aus ... Norwegen? ... und er hat die anderen *gefressen*. Das nenne ich mal eine herzliche Familiengeschichte. Da bin ich mit meiner doch ganz zufrieden."

"Sei nicht so hart mit ihnen, Tom. Nimm die aus dem Norden. Wenn du von dort kommst, dann fragst du nicht, woher das Essen stammt, wenn es mal etwas zu essen gibt. Du bist froh, daß es etwas gibt, weil normalerweise gibt es nicht so viel. Das war ja der Grund, weshalb sie mit ihren Schiffen losgefahren sind. Menschen und Kobolde. Neben dem Abenteuer, natürlich."

Tom stand da und überlegte. "Ich habe jetzt verstanden, weshalb du Französisch sprichst und weshalb du diesen Akzent hast. Aber warum sprachen die Kobolde deiner Mutter Französisch? Ich meine, gibt es denn kein Koboldisch?"

"Es ist so, Kleiner. Ihr Menschen habt eine Menge der Anderwelt zerstört. Die Orte, an denen die Wesen aus euren Märchenbüchern leben, sind zusammengeschrumpft, wie wenn du einen Apfel mit einem Apfelbaum vergleichst. Aber ihr Menschen wart auch hilfreich und wichtig für uns. Früher jedenfalls, als es noch ein Kommen und Gehen gab. Wir haben uns durch euch ... entwickelt. Oder mit euch, für eine gewisse Zeit zumindest. Früher, vor dem Fluch, da gab es keine zwei Welten. Da war alles eins. Jeder lebte in derselben Welt und jeder wurde in dieser einen Welt gefressen, früher oder später, außer du bist ein Drache. Es gab natürlich immer Grenzen, Barrieren, aber es war eine Welt. Wir Kobolde, wir hatten eine Sprache, bevor wir auf euch Menschen trafen. Aber diese Sprache bestand aus nicht viel mehr als 'willst du deine Nase mit mir reiben' oder 'willst du mit mir Kopf zusammenschlagen' oder 'willst du Steinkind mit mir machen'. Echte Sprache, mit vielen Wörtern, haben wir von Menschen gelernt, vom Zuhören, vor langer, langer Zeit. Nur diese Schrift. Als ihr damit angefangen habt, da haben die Kobolde damals gesagt, *non, je passe*. Das ging nicht in ihre Köpfe und tut es auch heute nicht. Das ist so kompliziert! Wir haben unsere drei auf zwölf Runen behalten. Die genügen uns. Das ist heute das Koboldisch. Ich spreche Französisch, weil meine Mutter Französisch sprach, und als William die Segel nach England setzte, da sprach auch mein Vater inzwischen Französisch, weil wir lernen, schnell mit den Ohren, aber langsam mit dem Kopf." Dabei wackelte er mit seinen spitzen Ohren, was ein bißchen komisch aussah. "Die meisten der Nord-Kobolde, die mit den Wikingern gekommen waren, sprachen bald Französisch. Die Sprache eben, die die römischen Kobolde zu der Zeit gesprochen haben. Und so wie William, lernte ich die Sprache der Kobolde, auf die wir hier getroffen sind. Und am Ende haben wir alle uns an die Sprache gewöhnt, die du heute Englisch nennst. Wir sind nicht taub und blind, weißt du. Wir wollen wissen, was da draußen vor sich geht. Wir wollen etwas sehen von der Welt, jedenfalls einige von uns. Und so ist aus mir ein zivilisierter Kobold geworden."

"Aber nur wenn du *willst*", ergänzte Tom grinsend. "Aber die Kobolde, auf die du hier getroffen bist, hier in England. Ihr habt sie bekämpft. Wo sind die jetzt?"

"Ah, Tom. So viele Fragen. Ja, natürlich waren hier schon Kobolde, als wir hier eintrafen. Und ja, wir haben gekämpft. Und dann irgendwann haben einige von uns und von ihnen angefangen, Steinkinder zusammen zu machen und heute ist alles gemischt, mehr oder weniger. Aber wir waren Wilde. Es gab damals eine Menge ... na ja, wilde Ereignisse. Und an manchen Orten weiter oben im Norden und auch im Westen und vor allem drüben auf der anderen Insel, Eire meine ich. Dort überall ging es wirklich wild zu. Wir haben uns von dort wieder zurückgezogen und uns hier niedergelassen. Die schlagen auf Eire, manche sagen auch Irland, die Köpfe zusammen, als gäbe es nichts anderes zu tun. Wenn man sie in Ruhe läßt, kümmern sie sich auch nicht weiter um andere Dinge, weiter weg, wie hier zum Beispiel. Ich glaube, ihre Köpfe sind härter, auf Eire. Mehr Stein, härterer Stein, wenn du mich fragst. Wir Kobolde bauen keine Schiffe, habe ich schon gesagt, nicht? Wir lieben auch die See nicht besonders, weil Steinwesen nicht schwimmen können. Wir fahren mal mit, wenn Menschen die Segel setzen, manchmal, aber oft auch nicht. Also, diese Wilden auf Eire, die kommen nicht hierher und wir fahren nicht mehr hinüber, jedenfalls nicht, um uns zu bekriegen. Und das ist auch besser so."

"Aber du bist auf dieses Segelschiff gestiegen, als es nach England in See gestochen ist, Magnus. Warum machst du das, wenn du Schiffe und Wasser nicht ausstehen kannst?"

"Abenteuer, Tom! Es geht um's Abenteuer."

Sie hatten den halben Vormittag verquatscht. Hauptsächlich Magnus, der ein recht gesprächiger Kobold war. Allerdings hatte er auch noch nie in seinem Leben einen so interessierten menschlichen Zuhörer gehabt. Aber auch Tom hatte es gar nicht so eilig. Einerseits schon. Andererseits machte er sich Sorgen, wie das Wiedersehen mit seiner Familie, oder was davon übrig war, von statten gehen würde. Für ihn war die Familie nur drei Tage entfernt. Aber für seinen Bruder, für seine Mutter, von der er noch kein Lebenszeichen gefunden hatte, oder auch für seinen Vater mußte sich das ganz anders anfühlen. Der Kobold hatte während ihrer Unterhaltung das Feuer wieder entzündet und trotz seines Hungers fühlte sich Tom mit durchgewärmten Knochen am Feuer sitzend einfach wohl.

Irgendwann packte Magnus ihre wenigen Habseligkeiten ein und sie brachen auf. Doch wenn der letzte Tag Tom bereits an seine Grenzen gebracht hatte, dieser Tag gab ihm den Rest. Kaum waren sie losgelaufen, fing es an zu nieseln. Aus dem Nieseln wurde ein Regen und der regnete sich ein. Dem Kobold gefiel der Dauerregen auch nicht, zu viel Wasser. Aber für Tom wurde es zur Tortur. Seine Kleidung war bald völlig durchnäßt, seine Füße waren pitschnaß und eiskalt. Es ging ihm schrecklich und es wurde schlimmer. Auch der Hunger. Magnus hatte in der Zwischenzeit einige wilde Beeren gefunden und sie hatten die Sträucher gemeinsam abgeerntet, aber Beeren waren zwar lecker, machten aber nicht satt.

Am frühen Nachmittag war es soweit. Tom streikte. "Magnus", sagte er. "So geht das nicht weiter. Du bist ein Kobold, du kannst das aushalten. Ich aber nicht. Es geht mir schlecht. Ich will nicht mehr. Ich brauche etwas zu essen und zwar weder Beeren noch Eichhörnchen. Richtiges Menschenessen. Ich brauche eine heiße Dusche, ein Bett, trockene Sachen und zwar schnell. Bring mich in die Zivilisation, bitte. Es wird uns irgend etwas einfallen."

Magnus war überrascht von diesem Ausbruch, aber da er ja keinerlei Erfahrung im Behüten von Menschenkindern hatte, war er insgeheim über die Initiative und Entschlossenheit froh. Immerhin gehörte es zu seiner Aufgabe, auf Tom aufzupassen. Da war es durchaus hilfreich, wenn Tom sagte, was er brauchte. Er änderte den Kurs. Den Sonnenstand konnte er ohnehin nicht mehr erkennen und er verließ sich einfach darauf, daß die Asphaltstraße, die sie vor kurzem gequert hatten, schon irgendwohin führen würde, wo es das alles gab, wonach Tom begehrte.

Tom wiederum war überrascht, wie bereitwillig der Kobold auf seine Wünsche einging. "Warum auch nicht", dachte er. Aber genau dieser Gedanke war eben neu. Mit frischem Elan schritt er die schmale Straße entlang und seine Gedanken schweiften von einem Kaminfeuer und einem großen Teller Pommes Frites zu dem Gehörten ab. Das war eigentlich ungeheuer faszinierend. Er ging neben einem Wesen her, welches über eintausend Jahre alt sein mußte. Welches William, den Eroberer, persönlich gesehen hatte. Das war ... verrückt. Magnus hatte die Titanic auslaufen sehen. Das war komplett verrückt.

"Sag mal Magnus, bist du eigentlich alt, für einen Kobold?"

"Nein, nicht so besonders. Es ist schwer mit euch zu vergleichen. Ihr Menschen seid recht lange jung und dann, zack, auch schon tot. Wir Kobolde sind mit ungefähr 100 Jahren schon erwachsen. Das kommt immer auch auf den einzelnen Kobold an. Und dann leben wir recht lange, ohne zu sterben. Andersherum als bei euch. Ich war erwachsen als ich nach England aufgebrochen bin und seitdem bin ich nur langsam gealtert. Sagen wir, ich bin in einem guten, frischen Alter. Außerdem mußt du die Zeitsprünge abziehen. Hundert Jahre fehlen mir bestimmt. Auf jeden Fall habe ich noch viel mehr vor mir, als hinter mir liegt. Ist das eine Antwort?"

"Wow! Du bist über eintausend Jahre alt und hast noch mehr als das vor dir. Unvorstellbar. Sterbt ihr denn überhaupt?"

"Oh ja. Wir sterben. Wir können getötet werden, natürlich. Aber wir sterben auch von selbst. Wir zählen die Jahre nicht wie ihr, aber irgendwann haben die ganz alten Kobolde genug. Die bleiben dann immer länger irgendwo sitzen, wo sie schon immer gerne gesessen haben. Und eines Tages stehen sie gar nicht mehr auf. Ganz langsam werden sie wieder zu dem Stein, aus dem sie einmal gemacht worden waren."

"Aus Stein gemacht", sinnierte Tom und blickte in die tief hängende Wolke über ihnen. "Kein Wunder, daß dir der Regen nicht soviel ausmacht. Du hast das schon mal heute gesagt, daß du ... gemacht worden bist. Und du hast einmal gesagt, du hättest ein Herz aus Stein. Das stimmt nicht wirklich, oder?"

"Ah, du willst wissen, wie die kleinen Kobolde gemacht werden, *mais oui*. Das ist es, worum es dir geht. Die kommen nicht vom Nasereiben, die Kleinen, das kann ich dir sagen", lachte Magnus.

Tom errötete.

"Nun sei nicht schüchtern. Das ist kein ganz großes Geheimnis. Die kleinen Kobolde werden nicht oft geschaffen. Kobolde sind sehr alte Kreaturen und wir werden sehr alt bevor wir sterben, habe ich ja schon erzählt. Deshalb haben wir gar keine Eile damit und die meisten Kobolde mögen viel lieber ihre Köpfe zusammenschlagen als eine Familie gründen, *tu comprend?* Aber wir mögen auch das Nasereiben. Es kommt also vor, daß zwei Kobolde ihre Nasen so lange aneinander reiben, bis sie auf die Idee kommen, sie könnten ein kleines Steinkind machen."

"Du hast schon von männlichen und weiblichen Kobolden gesprochen. Ich habe das nicht so deutlich gesehen, im eurem Dorf. Allerdings war ich dort auch ... abgelenkt", sagte Tom konzentriert.

"Aber ja, gibt es männliche und weibliche Kobolde. Du hast doch unsere Dorfältesten erlebt. Konntest du die nicht unterscheiden? Hmh, ich hab' das schon mal gehört, daß wir uns recht ähnlich sehen sollen, durch fremde Augen. Ich kann das sofort an den Linien erkennen, weißt du. An den Linien sehe ich, ob ich einen weiblichen oder männlichen Kobold vor mir habe. Aber auch, ob der Kobold gutgelaunt ist oder traurig, ob er Köpfe zusammenstoßen will oder eher Nase reiben. Wir lesen in unseren Linien wie ihr in euren Büchern, aber bei uns geht es schneller. Manchmal will ein Kobold den anderen ... entführen, nennt ihr das, glaube ich. Weil, wenn du Nase reiben willst, brauchst du nicht ständig das Remmidemmi von den anderen. Das ist dann romanisch."

"Du meinst romantisch", verbesserte Tom.

"Ah, ja, gut, romantisch, *tant pis*. Stell dir vor, du entführst eine feine Koboldin und hast nicht vorher ihre Linien gelesen. Hui, auch eine Koboldnase kann brechen! Mit den Entführten ist nicht zu spaßen, wenn da keine romantischen Linien waren."

"Moment", unterbrach Tom. "Ihr Kobolde findet es romantisch, euren Partner zu *entführen?* Das hört sich für mich aber nicht besonders zivilisiert an."

"Liebe ist auch nicht zivilisiert, Kleiner. Liebe ist eine wilde Sache, *très sauvage*. Wo war ich ... Kinder machen. Zum Steinkind machen brauchst du jedenfalls zwei Kobolde, die gar nicht mehr aufhören wollen, Nase zu reiben. Das sind oft ein männlicher und ein weiblicher Kobold, aber nicht notwendiger Weise. Du wirst gleich verstehen, warum. Zuerst müssen die beiden nach einem geeigneten

Stein suchen. Keine kleinen Kiesel. Große Steine oder kleine Felsen. Das kann schon eine Weile dauern."

"Wie lang ist eine Koboldweile so ungefähr?"

"Das ist wirklich ganz unterschiedlich, aber es kann Jahre dauern. Das muß zusammenpassen. Der Stein und das Koboldpaar. Da kann man schon ein paar Wanderungen machen, bis der richtige Stein den beiden in die Hände hüpft. Haben sie einen Stein gefunden, der einen vielver-sprechenden Eindruck macht, legen sie ihre Hände dar-auf und schauen in den Stein hinein, so nennen wir das. Du mußt wissen, alle Stein sind verschieden und kleine Metalladern oder die Mischung von Mineralien und viel-leicht auch ein bißchen Edelstein oder Gold machen je-den Stein ganz einzigartig. Manchmal ist auch noch was an dem Stein dran. Ein Grünzeug oder so. Das gibt dann ganz spezielle Kobolde. Du erinnerst dich an Magrogh, der dich fressen wollte, ja? Da waren eine Menge Flech-ten an seinem Stein und drinnen eine Menge Schwefel. Da braucht man sich nicht wundern, daß er immerzu Hunger hat."

Tom nickte stumm. Seine erste Begegnung mit Magrogh würde er ganz sicher sein Leben lang nicht vergessen.

"Zuletzt ist da noch die innere *structure* des Steins. Viel-leicht ist er vulkanisch? Erkaltete Magma? Das wird dann ein ganz schön explosiver kleiner Kobold, das kannst du glauben. Oder vielleicht ist es Granit? Sehr hart! Sehr gut, um die Köpfe zusammen zu schlagen. Gnarg ist ein Granitkobold. Ist dir bestimmt aufgefallen. Es muß ganz genau die richtige Mischung in dem Stein sein, damit der Stein zu dem Koboldpaar paßt und welche Mischung das ist, ist kaum vorherzusagen. Nicht daß du denkst, da treffen sich ein Granitkobold und eine Granitkoboldin und schwups, suchen die sich einen Granitstein. Nein! So geht das nicht. Deswegen sind sie auch so schwer zu finden, die richtigen Steine. Das Hineinschauen sagt den beiden Koboldeltern jedenfalls, ob der Stein wirklich zu ihnen beiden paßt. Zu ihrer gemeinsamen *structure*. Es ist schwer zu erklären, weil Kobolde es eben fühlen müssen. Jedenfalls, alle drei müssen zusammenpassen. Sonst schaut das Koboldpaar eben weiter nach einem geeignetem Stein. *Bon.* Wenn sie den guten Stein endlich gefunden haben, dann bereitet sich das ganze Dorf auf das Steinkind vor. Jedes Köpfe-zusammen-schlagen ist verboten für zwölf Tage und das Dorf erklärt einen Steinkindfrieden an alle Dörfer in der Umgebung und auch an andere Nachbarn, damit die nicht reinplatzen, aber nicht an die Trolle. Die hören eh nicht zu. Also wenn dann alles ganz ruhig und friedlich und recht langweilig ist in dem Dorf, dann verbindet sich das Koboldpaar mit dem Stein. Das ist so eine Art Hineinschmelzen und dann bleiben die so für ungefähr drei Tage und drei Nächte."

"Die ganze Zeit? Kein Essen, kein Schlafen? Sie können noch nicht mal zur Toilette?"

"Ja. Die ganze Zeit. Wir können so was. Wir sind Kobolde. Nach drei Tagen und drei Nächten ist der Stein, wie sagt man, *transformer?* Ah, danke, also transformiert in ein

Steinkind, einen kleinen Kobold. Mit ganz vielen neuen Elementen und Stücken von den beiden Eltern. Und mit Leben! Das kommt von der Liebe und von der Entschlossenheit der Eltern, das Leben. Das ist wie mit dem Tun und dem Versuchen. Danach haben die beiden ganz schön Hunger. Das ist anstrengend, so ein Leben zu machen. Die Transformation ist komplett, wenn die Hände der Eltern von dem Stein abgestoßen werden. Dann bricht der Stein auf, ein bißchen wie ein Ei, und da ist das kleine Steinkind!"

Warum dauert der Steinkindfrieden dann zwölf Tage?", wunderte sich Tom.

"Gut aufgepaßt, aber nicht nachgedacht. Na, die übrigen Tage feiert natürlich das ganze Dorf und auch viele Nachbarn feiern mit. Das ist ein seltenes und deshalb großes Ereignis. Da muß man ein paar Tage lang feiern. Nur die Elternkobolde, die feiern nicht. Für die ist die Feierzeit erstmal vorbei für vier auf zwölf Jahre, ungefähr."

"Warte. Ein Kobold braucht 48 Jahre um erwachsen zu werden? Das ist aber lang!"

"*Non, non*. Nicht erwachsen. Vier auf zwölf Jahre nur für Jugendalter, so wie du. Nochmal so lange für erwachsen. Habe ich doch schon gesagt. Jetzt verstehst du, warum das wirklich selten ist und etwas ganz Besonderes, wenn zwei Kobolde sich entscheiden, ein Steinkind zu machen."

Tom wurde plötzlich mulmig. "Aber weil sie den Stein am Anfang so genau aussuchen, können sie keinen Fehler machen, richtig? Es ist immer das richtige Kind für die richtigen Eltern. Manchmal ... manchmal denke ich, ich habe die falschen Eltern, oder sie haben das falsche Kind mit mir bekommen. Manchmal denke ich ... ich bin ein Fehler." Eine tiefe Traurigkeit umschloß Tom wie ein Kokon. Tränen schossen ihm in die Augen.

Magnus kam näher, zog Tom ein wenig zu sich herunter und rieb ganz sachte seine lange, nasse Nase an Toms feuchter Nase. "Du bist kein Fehler, Kleiner. Du bist das Kind deines Vaters und deiner Mutter. Sogar mehr als ich das bin. Weil, als du begonnen hast zu existieren, da war vorher nichts als die Liebe deines Vaters und deiner Mutter. Vor der Liebe meiner Eltern war ich ein Stein und deshalb kann man sagen, daß ich ein Herz aus Stein habe, ein ziemlich hartes sogar, bei meinem Stein, auch wenn das nicht die ganze Wahrheit ist."

"Aber kommt es vor, bei Kobolden meine ich, daß Eltern ihr Kind nicht wollen, daß sie es ablehnen ...", Toms Stimme brach.

"Nein!", sagte Magnus. "Ich habe noch nie gehört, daß ein Steinkind seine Eltern oder die Eltern ihr Steinkind abgelehnt hätten. Und davon hätte jeder gehört! Von dem Moment an, wenn die *création* beginnt, da sind die Bindungen so stark, so hart wie Stein, da gibt es kein Zögern. Sie sind eins, auf eine gewisse Weise, und dann auch wieder nicht. Aber der Stein fragt sich nicht, ob der Berg der richtige Vater ist oder die richtige Mutter. Genauso wenig wie der Berg sich fragt, ob der Stein das richtige Kind ist. Das ist so."

"Ich wäre gerne ein Kobold und ich hätte gerne Koboldeltern", seufzte Tom.

"Laß mal sehen, wieviel Kobold in dir steckt", rief Magnus, versetzte ihm einen Klaps und begann, die Straße entlang zu traben. Das brach Toms düstere Stimmung und hinterher zu traben wärmte auch ein bißchen auf.

Interlude

Er hatte so darauf gehofft. Es war sein 18. Geburtstag, immerhin. Und er hatte einen recht passablen Schulabschluß vorzuweisen. Allein der Gedanke. Er ärgerte sich über sich selbst. Er brauchte gar nichts vorweisen. Es ging um seinen Vater und er war der einzige Sohn, der einzige verbliebene jedenfalls. Da konnte man doch erwarten, daß ein Vater sich in ein Flugzeug setzt, um dem Sohn zum Geburtstag zu gratulieren, auch wenn der Flug lang war und teuer. Das konnte man doch verlangen. Konnte er das verlangen? Hatte er überhaupt schon mal etwas von seinem Vater verlangt?

All die Jahre hatte er sich eingeredet, es sei doch toll, daß der Kontakt nicht ganz abgebrochen war. Immerhin hatte sein Vater neu geheiratet, auf der anderen Seite des Erdballs. Hatte dort eine neue Familie, ein neues Leben. Er war Teil des alten Lebens. Da verlangt man nicht. Da freut man sich über das, was man bekommt. So hatte er sich die Spielregeln im Umgang mit seinem Vater selbst zurecht gelegt. Nicht böse sein, nicht enttäuscht sein oder es jedenfalls nicht zeigen, nichts erwarten. Und doch hatte er so sehr gehofft, daß sein Vater die Einladung zu seiner Geburtstagsfeier, zu dieser Geburtstagsfeier nicht ausschlagen würde. Er war sich sicher gewesen. Sein Fehler! Er hatte etwas erwartet und nun war er enttäuscht. Nicht der Fehler seines Vaters, nein, sein Fehler.

Sein Vater hatte nie einen Hehl daraus gemacht, daß er nicht daran dachte, zu ihm zu Besuch zu kommen. Niemals. Nicht ein einziges Mal in den vergangenen Jahren. Denn dann hätte er auch seine Ex-Frau, die Mutter seines Sohnes, besuchen müssen. Das kam nicht in Frage. Das war so selbstverständlich, daß es nicht einmal ausgesprochen werden mußte. So etwas konnte man nicht von ihm verlangen. Er hatte einige Besuche seines Sohnes bei sich in Australien bezahlt. Alleine. Bei der Mutter war ja nichts zu holen. Dafür konnte man ruhig etwas Dankbarkeit zeigen. Das war ja keineswegs selbstverständlich. Das war ehrenhaft und verantwortungsvoll von ihm, daß er immer noch Interesse zeigte an seinem Sohn, er als Mann. Für eine Mutter war das ja etwas anderes.

Nichts von dem war je ausgesprochen worden. Aber er wußte, daß es so war. Und deshalb war er dankbar, denn das wurde von ihm verlangt. In dieser Richtung funktionierte das einwandfrei, mit dem Erwarten und Verlangen. So gut, daß es noch nicht einmal verlangt werden mußte. Warum eigentlich nicht in der anderen Richtung? Diese Frage verdrängte er so gut er konnte, aber sie nagte an ihm unaufhörlich.

Und so saß er nun am Küchentisch mit seiner Mutter und hielt diesen Brief, diesen Sicherheits-Versicherungs-Einschreiben-Brief, in Händen. Allein der Brief mußte teuer gewesen sein. Darin war eine Geburtstagskarte gewesen. So eine, die man im Schreibwarengeschäft kauft oder die in manchen Läden kurz vor der Kasse auf Drehständen sich den wartenden Kunden anbietet. Als wenn man daran erinnert werden müßte, daß vielleicht jemand einen Geburtstag zu feiern hat. Auf der Karte war ein grinsender Ballon abgebildet. Darauf stand: "18! Wow! Ich hebe ab!" Auf der Rückseite hatte sein Vater mit seiner unverwechselbaren Handschrift ein "Alles Gute! Gruß, Papa!" geschrieben. Auf die Karte unter das "Papa" hatte er eine australische Goldmünze geklebt. Einen sogenannten Kangaroo. Nicht nur Gold, sondern irgendwann ein wertvolles Sammlerstück. Das war toll! Das war ein tolles Geschenk zum Geburtstag. Er war ein schlechter Sohn, daß er sich nicht freute. Über so etwas freut man sich doch!

Nora hielt Fred solange im Arm, bis seine letzte Träne geweint war.

XV

Es war eine kleine Stadt. Das schmale Sträßchen hatte sich einen sanften Hügel entlang gewunden und nun konnten sie die Stadt zu ihren Füßen liegen sehen. Sie war wirklich klein. In anderen Gegenden nicht mehr als ein halber Vorort, aber hier in der Einsamkeit der Dales war es eine richtige Stadt. Viele der Häuser waren aus dunklem Stein gemauert und nicht verputzt. Magnus schnupperte und sagte: "Basalt. Sehr sympathisch. Da komme ich mit. Auch bei Tag." Tom ging los. Nur noch ein kleines Stück und dann: Zivilisation! Er hatte immer noch keine Idee, wie er zu einer warmen Dusche kommen sollte, aber das würde sich schon finden, dachte er.

Oben auf dem Hügel, ein ganzes Stück von der Straße entfernt, lehnten zwei gedrungene, bärtige Gestalten an einer niedrigen Steinmauer. "Besonders vorsichtig sind sie nicht", sagte der eine Zwerg. "Nein, gar nicht", gab ihm der andere recht. Sie verabredeten, daß einer von ihnen hier auf dem Hügel bleiben und der andere auf der gegenüberliegenden Seite eine ähnliche Beobachtungs-position beziehen würde. Die Stadt lag in einer Mulde. Sie hatten alles im Blick.

Tom war den Hügel hinunter gegangen und betrat die Stadt gewissermaßen durch den Hintereingang. Zu-nächst säumten nur Wohnhäuser und einige Bauernhöfe seinen Weg. Er überlegte, ob es nicht am einfachsten wäre, an der Tür eines Hofes zu klingeln. Aber was sollte er dann erzählen? "Entschuldigung, ich bin versehentlich in die Anderwelt geraten, bin von Kobolden gefangen-genommen worden und würde gerne warm Duschen und dann drei halbe Hähnchen essen, bitte." So ging das nicht. Dafür war er auch noch nicht entkräftet genug. Er war naß, durchgefroren und schrecklich hungrig, aber seitdem er sich mit seiner Planänderung durchgesetzt hatte, fühlte sich das nicht mehr ganz so unerträglich an.

Einen Augenblick würde er das wohl noch aushalten. Einen Augenblick, für eine Gelegenheit.

Vorsichtig erkundete er die Stadtmitte. Da waren der Marktplatz, Geschäfte, eine Arztpraxis, eine Polizeistation. Im Augenwinkel entdeckte er immer wieder den Kobold, der sich mit großem Geschick von Basaltblock zu dunkler Ecke und so weiter vorarbeitete. Gut, um Magnus brauchte er sich keine Sorgen zu machen. Was jetzt? Da entdeckte er ein wenig abseits eine Pizzeria. Eine Pizza oder drei wären vielleicht sogar noch besser als gebratene Hähnchen.

Vor der Pizzeria, unter einem Sonnenschirm, der jetzt als Regenschirm diente, saß ein Mann mit weißer Schürze und rauchte. "Pizzeria Oswaldo. Original italienischer Steinofen" stand über dem Eingang. Tom näherte sich und dachte ... nichts. Kein Plan, keine Geschichte. Er war einfach zu hungrig für beides.

"Hallo. Guten Tag. Sie sind bestimmt Oswaldo."

Oswaldo blickte den jungen und völlig durchnäßten Landstreicher abschätzig an.

"Sie machen bestimmt eine sehr gute Pizza, nicht wahr?" Tom schämte sich für seine Einfallslosigkeit und dachte: "Wenn er nicht antwortet, gehe ich einfach."

"Si, eigentlich schon, aber mein Ofen ist heute kaputt gegangen. Keine Pizza, kein Geschäft, *merda"*, beklagte sich Oswaldo. "Aber auch du hast nicht den besten Tag erwischt, junger Freund, bei dem Regen. *Tiempo brutto.*"

Er hatte sich entschieden, dem Landstreicher freundlich zu begegnen. Dieser war so jung und Oswaldo hatte eine tief sitzende Abneigung dagegen, seine eigene schlechte Laune, wenn er denn welche hatte, an anderen Leuten auszulassen.

"Ein kaputter Steinofen?!", sagte der jugendliche Landstreicher wie zu sich selbst. "Wissen Sie was, Herr Oswaldo, ich bin gleich wieder da. Nicht weggehen!" Sprachs und verschwand um die Ecke. Oswaldo war überrascht. Was sollte das denn werden? Das war ein original italienischer Steinofen. Zwar nicht mit Holzfeuerung sondern mit elektrischen Heizstäben, aber das war eh viel moderner und sauberer, fand Oswaldo. Holzfeuer hatte er in seiner Jugend zu Hause genug gehabt. Immer war es kalt, morgens. Immer mußte erst das Feuer entfacht werden, in der Küche. Was für ein Fortschritt demgegenüber ein elektrischer Thermostat war, aber so eine Elektrik konnte eben auch kaputt gehen. Und jetzt kam da dieser Bengel und sagte zu ihm, er solle nicht weggehen. Das war schon dreist, fand er. Der Reparaturdienst war natürlich informiert. Drei Tage würde es dauern. Es gäbe zu viel zu tun. Drei Tage! *Incredibile!*

Und da war er auch schon wieder zurück. Na der konnte sich jetzt auf was gefaßt machen ... Aber ehe Oswaldo zu einer Standpauke ansetzen konnte, nahm ihm der Junge das Wort aus dem Mund. "Hören Sie, Herr Oswaldo. Ich glaube, ich habe eine Idee, wie ich ihren Steinofen wieder in Gang bringen kann. Fragen Sie nicht wie, das ist ein Geheimnis. Ich bitte Sie lediglich um fünf Minuten.

Dann können Sie sich überzeugen. Und wenn ihnen das Ergebnis nicht zusagt, dann schmeißen Sie mich raus. Aber wenn ich den Ofen zum Glühen bringe, dann möchte ich Pizza, soviel ich essen kann, eine Möglichkeit, meine nassen Sachen zu trocknen und ein Bett für die Nacht, bitte."

Oswaldo stand der Mund offen. Dreist? Das war extra dreist! Und unverschämt! Anmaßend! Dann schloß Oswaldo seinen Mund wieder. Seine Großmutter sagte gerne, "wenn du etwas nicht glauben magst, weil es dir zu schön erscheint, dann seh es dir doch erst mal genauer an". Seine Großmutter hatte unzählige solcher Lebensweisheiten auf Lager und manchmal ging sie ihm damit auch gehörig auf den Wecker. Aber jetzt, jetzt dachte er: "Was kann es denn schaden. Kaputt ist der Ofen ja schon."

"Gut", hörte sich Oswaldo sagen. "Ich bleibe hier 5 Minuten sitzen. Dann komme ich rein und schmeiß' dich raus."

Der Junge nickte nur und strahlte. Er schien sich seiner Sache sehr sicher zu sein. "In 5 Minuten hat er noch nicht mal den Fehler gefunden", dachte Oswaldo. "Er sieht sehr jung aus. Hoffentlich ist das nicht verboten. Hier ist so viel verboten! Am Ende ist das Kinderarbeit." In Bella Italia war auch immer viel verboten. Noch mehr eigentlich. Nur kümmerte es da keinen. Meistens. Und wenn doch, konnte man mit einer Kiste Selbstgebranntem die Carabinieri auch wieder wegschicken. Meistens. So, jetzt waren 5 Minuten um. Oswaldo erhob sich und ging in seine Pizzeria, um den Landstreicher rauszuschmeißen. Er tat ihm leid, weil er so jung war, aber man konnte ja nicht irgendwelche ... dahergelaufenen ... durchfüttern ... *"INCREDIBILE!"* Er stand vor seinem Steinofen und die riesige Steinplatte, die das Herzstück des Ofens ausmachte, glühte! "Stop! Stop!", rief er. "Das ist viel zu heiß. Da bekommt mir der Stein noch Risse." Im selben Moment ließ das Glühen nach. Der Junge stand neben dem Ofen und grinste über beide Ohren. "Wie macht er das? Ein Landstreicher repariert meinen Ofen, in 5 Minuten", stammelte Oswaldo wie zu sich selbst. Dann sah er den Jungen fest an: "Wie machst du das, sag schon?" Aber dieser legte nur den Zeigefinger auf die Lippen, wie um "Geheimnis" zu sagen.

"Sie sind der Chef", sagte der Junge. "Sie bestimmen, wie heiß Sie es haben wollen. Sie müssen es nur deutlich sagen, bitte. Wir verstehen nicht so viel vom Pizzabacken."

"Wir?", fragte Oswaldo verwirrt.

"Nein, ich natürlich, Entschuldigung. Ich meinte, damit wir, also Sie und ich, das richtig hinbekommen, müssen Sie es mir bitte deutlich sagen, wann Sie den Ofen wie heiß haben möchten."

Und jetzt lächelte dieser unverschämte, wunderbare Bengel ein derart entwaffnendes Lächeln ... Oswaldo konnte nicht anders. Er mußte ihn fest an sich drücken, naß wie er war und er roch auch ein bißchen nach Landstraße.

"So", sagte Oswaldo. "Ich zeig dir jetzt dein Zimmer und das Bad, das du benutzen kannst. Solltest! In der Zwischenzeit mache ich dir schnell eine Pizza fertig, ja? Der Ofen ist ja noch heiß. Und dann sehen wir weiter. Ich muß ein paar Telefonate führen. Mit dem Lokalradio, daß wir nun doch geöffnet haben. Und ein Schild muß ich rausstellen. Das ist ganz wunderbar. Ganz wunderbar. Komm mit, ist im Obergeschoß."

Das Zimmer war geräumig und vollständig für Gäste eingerichtet. Es hatte sogar ein eigenes kleines Bad. Familienangehörige von Oswaldo benutzten es manchmal, wenn sie in der Pizzeria aushalfen, bei Festen und Feiern und wenn sich größere Gruppen anmeldeten. Es war für Tom wie ein wahr gewordener Traum. Oswaldo legte ihm Handtücher hin und auch ein paar frische, trockene Sachen zum Anziehen. "Wird dir zu groß sein, aber was soll's", sagte er. "Paß auf, ich öffne um 18 Uhr, ja? Die essen so früh, die Engländer. Komm bitte um 18 Uhr herunter und sei sanft mit meinem Stein, hörst du? Nicht so aufglühen, wie eben. Erhitze ihn langsam, so daß ich gegen 18.20 Uhr die erste Pizza machen kann, ja? Verstanden?" Tom nickte. Oswaldo sah ihn noch einmal fragend an, aber dann machte er auf dem Hacken kehrt, schloß die Tür und kümmerte sich um sein Geschäft. Tom wartete einen Moment und öffnete dann leise die Tür, um sie angelehnt zu lassen, damit der Kobold hereinschlüpfen konnte, wenn die Luft rein war. Er ging ins Bad, zog die nassen Sachen aus und seufzte behaglich, als das herrlich warme Wasser der Dusche über ihn strömte.

Unten probierte Oswaldo mehrmals die Elektrik seines Ofens, die natürlich genausowenig funktionierte wie zuvor. Er strich sich nachdenklich über die Bartstoppeln, wobei ihm auffiel, daß er sich auch noch rasieren mußte, bevor Gäste kamen. Schnell machte er für Tom eine Margherita fertig und brachte sie ihm auf's Zimmer. "Pizza fertig!", rief er, denn Tom war noch im Bad zu gange. Dann telefonierte er mit seiner Cousine Gigi, die regelmäßig als Kellnerin bei ihm arbeitete, daß ein Wunder geschehen sei und sie bitte doch heute abend zur Arbeit kommen solle, was sie mit deutlich weniger Begeisterung als Oswaldo zur Kenntnis nahm. Wie immer diskutierte er eine Weile mit der Frau vom Lokalradio über den Preis und handelte eine höhere Anzahl von Sprachmeldungen heraus, nicht ohne sie selbst auch zum Kommen aufzufordern. Schild schreiben, Rasieren, Küche vorbereiten ... es war noch viel zu tun.

Tom hatte sich inzwischen trocken gerubbelt, lag auf seinem Bett, futterte Pizza und fühlte sich zum ersten Mal, seitdem er die verflixte Falltür geöffnet hatte, so richtig wohl. Und er war stolz. Immerhin war es seine Idee gewesen, die ihn in dieses herrliche Zimmer mit dem weichen Bett gebracht hatte. Magnus hatte es sich in einem Ohrensessel am Fenster bequem gemacht, knabberte an einem Pizzastück und beobachtete den Regen. Er vermißte seinen Dachsmantel, den er außerhalb der Stadt in einem verlassenen Fuchsbau versteckt hatte. Das war der Nachteil an dem Mantel, daß er sich mit ihm nicht tarnen konnte, aber dafür hielt er warm und trocken. Er würde ihn nachts holen, wenn er auch ohne Tarnung unbemerkt durch das Städtchen schleichen konnte. Oder vielleicht erst morgen, denn dem gräßlich nassen Regen wollte er sich nur ungern wieder aussetzen. Vorsichtig dehnte er seine Gelenke. Sie machten quietschende Geräusche und auf seiner Haut waren kräftig rostrote Flecken zu sehen.

"Das schmeckt lecker, aber was ist eine Pizza eigentlich?", fragte er unvermittelt.

"Das ist eine italienische Spezialität", antwortete Tom. "Ein dünner Teig wird mit Tomatensauce eingestrichen und mit leckeren Sachen belegt. Salami, Käse, Peperoni, Anchovis, Oliven ... worauf du Lust hast. Das hier ist eine Margherita mit Mozzarella und Basilikum. Ein Klassiker. Und das wird dann langsam im Ofen gebacken. Eine gute Pizza hat einen köstlichen Teig, der im Steinofen so richtig aufgeht. Da mag man sogar den Rand essen, so wie bei dieser hier. Nicht wie bei dem Tiefkühlzeug, welches man sonst bekommt. Da ist die Mitte noch roh wenn der Rand schon hart und trocken ist."

Magnus tunkte einen Finger in den geschmolzenen Mozzarella und begann mit dem fettigen Finger die rostroten Stellen an seinen Gelenken einzureiben. "Italienisch sagst du? Ich kannte mal einen Italienisch. Der machte aber keine Pizza. Der machte *Crème* von Eis. Köstlich! Ganz köstlich!"

"Italiener", verbesserte Tom und stutzte: "Moment mal? Du hast das schon mal gesagt. Du ißt Eiscreme? Das gibt's doch nicht!"

"Warum nicht? Stein und Bein! Warum machst du immer so ein Theater, wenn es um's Essen geht. Kobolde und Menschen ... darf man nicht essen. Eichhörnchen ... darf man auch nicht essen. Jetzt soll auch die *Crème* von Eis nicht erlaubt sein", schnaubte der Kobold empört.

"Nein, nein! So habe ich das nicht gemeint. Ich habe gar nichts dagegen, wenn du Eiscreme ißt, überhaupt nicht. Nur der Gedanke, daß ein italienischer Kobold Eiscreme herstellt, so wie wir ... . Ich meine, habt ihr auch Nachmittagstee und eßt Scones dazu mit Clotted Cream, oder was?", fragte Tom überrascht.

Der Kobold sah Tom verwirrt an. "Kein Kobold stellt *Crème* von Eis her. Das wäre ja was. Nein, der Italienisch hat das gemacht. Habe ich doch gesagt. Im Dorf, in deinem Dorf, bei dem kleinen Hügel. Der hatte eine ... wie sagt man? ... Eisdiele, genau, danke. Dort in der Eisdiele gab es die köstliche *Crème* von Eis."

"In einer Eisdiele? Im Dorf? Das Dorf in dem wir gestern noch waren? Da gab es eine Eisdiele und da bist du immer hingegangen und hast dir eine Kugel Eis gekauft, einfach so?" Tom traute seinen Ohren nicht.

"*Non*, natürlich so nicht. Ich schleiche mich da hinein, nach Sonnenuntergang, wenn alles ganz still und friedlich ist und kein Mensch mehr in der Eisdiele sitzt und dann esse ich eine Kugel oder zwei von der *Crème* von die Eis, so geht das."

"Eiscreme, Magnus. Es heißt Eiscreme. Und du bezahlst auch für deine Kugel? Wie soll das gehen, wenn da kein

Mensch an der Kasse ist. Falls er denn ruhig sitzen bleiben würde, wenn du hereinkommst, so ganz still und friedlich." Tom mußte lachen bei der Vorstellung.

"Ja. Natürlich bezahle ich, aber später. Ein Kobold hat keine Schulden."

"Wie, später? Du bezahlst später in der Eisdiele?"

"Non, non, imbécile, ich bezahle natürlich zu einer anderen Gelegenheit bei jemand anderem. Und großzügig. Wir zahlen immer in Gold, wenn wir nicht tauschen, wir Kobolde."

"Also hast du die Eiscreme gestohlen und dann irgend jemand anderem Gold dafür gegeben? Jemand, der mit der Eisdiele gar nichts zu tun hat?"

"Non, ich sage doch, ich habe nichts gestohlen", fauchte Magnus wütend. "Ich habe ganz normal nach Koboldart bezahlt. Ich versuche es dir zu erklären. Gold wandert immer im Kreis. Es benötigt ein bißchen Zeit, aber am Ende kommt es immer da an, wo es hingehört. Wenn ich eine Schuld bei einem Kobold oder jemand anderem habe und diese nicht so einfach bei ihm selbst bezahlen kann, so wie in der Eisdiele, ich will ja niemanden erschrecken, dann kann ich einen anderen Kobold bezahlen und damit ist es erledigt. So ist das schon immer gewesen."

"Das ist ganz sicher nicht die Art, wie wir Menschen das regeln, das kann ich dir sagen." Tom schüttelte den Kopf vor Erstaunen. "Wie ging die Geschichte aus? Deine Beziehung zu der Eisdiele im Dorf?"

"Oh, das ist eine ganz traurige Geschichte. Die Eisdiele war von einem Italienisch geöffnet worden, habe ich schon gesagt. Und der Italienisch hat die Eisdiele von einem Tag auf den anderen wieder geschlossen. Ich glaube, das Dorf war einfach zu klein für eine ganze Eisdiele. Er hätte vielleicht nur eine halbe aufmachen sollen. Jedenfalls warte ich seitdem auf eine neue Gelegenheit, diese herrliche Eiscreme zu bekommen, ich armer Magnus." Der Kobold ließ seine spitzen Ohren hängen und schien zutiefst betrübt. Ein kleiner goldener Tropfen bildete sich an seiner Nasenspitze.

"Wie oft bist du da eingestiegen, bei Nacht, und hast den armen Italiener um sein Eis und um seinen Schlaf gebracht, Magnus? Kannst du dir nicht vorstellen, daß er die Eisdiele wegen dir geschlossen hat?"

"Ich kann mich jetzt gar nicht mehr erinnern und ich werde auch nicht mehr davon sprechen", erwiderte Magnus mit fester Stimme und schleuderte mit einem Ruck den goldenen Tropfen von seiner langen Nase. "Du hast einfach kein Herz, Mensch!"

XVI

Der Abend war ein schöner Erfolg. Magnus begab sich wieder in den kleinen Hohlraum, der sich unter dem Steinofen befand. Eigentlich wäre dieser zur Lagerung von Brennholz gedacht gewesen, aber es war ja ein elektrisch betriebener Steinofen. Wie so oft, war ein vormals nützliches Element erhalten geblieben, obwohl es gar keinen Nutzen mehr hatte. Dort in dem Hohlraum war er vor neugierigen Blicken sicher und Tom achtete darauf, immer davor zu stehen, wenn Oswaldo am Ofen zugange war oder seine Cousine in die Küche kam.

Es hatte ein bißchen gedauert, bis die neue Feuerung des Ofens so ganz nach Oswaldos Vorstellung funktionierte. Am Anfang war er nervös gewesen. "Heißer! Nicht ganz so heiß! So bleiben, so ist gut, so bleiben!" Aber nach kurzer Zeit waren sie eingespielt und der Ofen hielt auch die Wärme. Es war ja ein Steinofen, so daß Magnus nur gelegentlich nachfeuern mußte und es sich in seinem Hohlraum gemütlich machte, soweit das ging.

Als der erste Ansturm an Pizzen geschafft war, tupfte sich Oswaldo den Schweiß von der Stirn und fragte: "Wie heißt du eigentlich? Ich habe meinen neuen Ofenmeister noch gar nicht nach seinem Namen gefragt?"

"Tom", antwortete Tom.

"Thomas oder Tom?"

"Tom, nur Tom."

"Sehr gut. Ich bin Oswaldo. Oswaldo Malipietro. Erfreut." Oswaldo reichte Tom die Hand und dann brachte seine Cousine neue Bestellungen herein und es ging wieder los mit dem Pizza backen.

Als der letzte Gast gegangen war, machte Oswaldo noch je eine Pizza für seine Cousine, Tom und sich selbst. Sie saßen im Gastraum und speisten und plauderten. Die beiden Italiener waren so höflich, nicht nach Toms Herkunft oder Ziel zu fragen. Sie sahen ihn neugierig und auffordernd an und warteten, bis er von selbst aus seinem Leben erzählen würde. Aber Tom schwieg dazu. Es war auch so ein netter Ausklang. Oswaldo erzählte vom *Valdostana*, dem Aostatal, seiner Heimat. Wie ein Großteil seiner Familie und er selbst vor vielen Jahren nach England ausgewandert waren, aber sie alle immer noch das Heimweh plage, vor allem seine Großmutter. "Dabei war es ein karges und einsames Leben, dort auf unserem Hof in den Bergen. Harte Arbeit und wenig zu beißen. Bei den Nachbarn stand das Gras hoch und grün und unser Vieh mußte braune Stengel zupfen. Daher auch unser Name. Das war der Name des Hofes gewesen: *Il maso di malipietra*. Der Hof der schlechten Steine. Denn Steine waren dort überall, auf den Wiesen, auf dem kleinen Feld. Und so wurde aus *malipietra* unser Name *Malipietro*. Es waren nicht nur zu viele Steine. Es war auch eine besondere Sorte. Die gab es bei den Nachbarn nicht. Die gab es im ganzen Tal kaum noch ein zweites Mal."

"Die machen die Milch sauer, hat Großmutter immer gesagt", warf Oswaldos Cousine ein.

"Genau. Und sie waren uns unheimlich, als wir Kinder waren", erinnerte er sich.

"Die Steine waren euch unheimlich? Wie das?", fragte Tom.

"Ach was. Das sind doch nur wieder die Märchen von Großmutter", rief Cousine Gigi. "Du warst immer ihr Liebling, Oswaldo. Ich weiß noch, wie ihr beide am Fenster gesessen und auf die Schutthalde gestarrt habt, als wenn es dort etwas zu sehen gäbe. Dabei war es nachts! Da hat dir Großmutter ihren Aberglauben weitergegeben, von dem kleinen Volk und was die so treiben. Ich hätte nicht gedacht, daß du das heute noch glaubst."

"Da war etwas", beharrte Oswaldo nachdenklich. "Es ist so lange her und in der Erinnerung, gerade weil ich noch ein Kind war, kann sich manches verselbständigen, aber ich erinnere mich, daß da manchmal etwas war, wenn Großmutter mich ans Fenster geholt hat."

Tom hätte gerne mehr gehört. Aber die Cousine war plötzlich müde und wollte nach Hause und auch Oswaldo gähnte und meinte, morgen sei auch wieder ein Tag. Da fiel Tom der Kobold ein und er bat Oswaldo inständig, noch eine letzte Pizza zu machen. Die wollte er mit auf sein Zimmer nehmen und vor dem Schlafen gehen noch essen. Oswaldo war überrascht, was der Junge alles verdrücken konnte, aber er erinnerte sich an sein Versprechen und mit der Resthitze des Ofens zauberte er schnell noch eine kleine Kinderpizza und legte sich dann schlafen.

Magnus wartete oben schon ungeduldig. Als er die Pizza aufgegessen hatte, sah er aus dem Fenster. "Es hat aufgehört zu regnen. Ich gehe jetzt meinen Mantel holen. Kommst du mit?"

Tom war zwar müde, aber der aufregende Tag hielt ihn noch wach. Ein Spaziergang kam ihm da ganz recht. Leise verließen sie das Haus. Den innen steckenden Schlüssel der Eingangstür nahm Tom kurzerhand mit. Die Luft atmete sich nach dem langen Regen frisch und sauber. Die kleine Stadt lag still da. Zunächst schwiegen sie und Magnus hielt sich dicht an den Basaltblöcken der älteren Häuser und vom Lichtschein der Laternen fern. Als der letzte Bauernhof hinter ihnen lag, räusperte sich Tom, wegen einer Frage, die er schon eine Weile mit sich herumgetragen, aber nicht zu stellen gewagt hatte.

"Du Magnus!" Tom war unsicher, wie er es formulieren sollte. "Magrogh wollte mich fressen und ich denke Gnarg auch. Hast du eigentlich ... also hast du schon mal einen Menschen ... gefressen? Früher, vielleicht? Immerhin freßt ihr euch sogar gegenseitig auf."

Magnus lachte ein herzhaftes Lachen. "Ah, die Geschichte von den Kobolden aus dem Nordland, die im Frankenreich dick und fett geworden sind, die geht dir wohl nicht aus dem Kopf, *non?*"

"Na ja, nein, geht sie nicht ... natürlich nicht. Das ist entsetzlich!"

"Ich habe dir aber gesagt, daß das andere Zeiten waren, wilde Zeiten, unzivilisierte Zeiten. Und daß ich nie einen Kobold aufgegessen habe. Oder habe ich das nicht gesagt?"

"Doch, ich glaube schon. Aber ich habe nach *Menschen* gefragt, Magnus. Ich frage nach mir! Mußt du dich irgendwie beherrschen, mir gegenüber, wenn du Hunger hast?" Jetzt war es heraus. Tom beäugte den Kobold mißtrauisch. Er konnte ihn im Mondschein nur schemenhaft erkennen. Er bereute, diesen dunklen Ort für das Gespräch gewählt zu haben.

Magnus blieb stehen und gab Tom mit einem langen, krallenbewehrten Finger Zeichen, sich zu ihm herabzubeugen, als hätte er ein Geheimnis mit ihm zu teilen. Seine Augen glitzerten dunkelrot und er leckte sich mit seiner langen, spitzen Zunge über die Lippen. "Das wirst du wohl selbst herausfinden müssen. Da du gerade mit einem Kobold unterwegs bist, dürfte das eigentlich nicht zu schwer sein. Du mußt nur abwarten, ob dir eines morgens ein Bein fehlt oder ein Arm. Früher oder später kennst du die Antwort, ganz bestimmt. Vielleicht schon bald, so frisch gewaschen, wie du bist."

Tom war mit dieser Antwort keineswegs zufrieden. "Würdest du wohl aufhören, mich *so anzusehen*, bitte? Bin ich nun Futter für dich oder nicht? Sag schon!"

"Futter sollte nicht so viel quasseln, Kleiner", sagte der Kobold und schielte schelmisch zu Tom hinauf. "Obwohl, diese kleinen Fingerchen von deiner Hand ... die sehen wirklich lecker aus." Magnus schnappte probeweise mit seinen spitzen Zähnen nach Toms Hand und als dieser schockiert zurückschreckte, fiel der Kobold rücklings um, wie vom Blitz getroffen und rollte röhrend und prustend hin und her. Aus seinen Nasenlöchern stiegen feine

Rauchschwaden auf und seine Körperlinien leuchteten in kräftigem Gold.

"Oh, du widerliches, gemeines Scheusal!", rief Tom. "Sich die ganze Zeit über mich lustig zu machen! Das ist nicht komisch! Überhaupt nicht!"

"Oh ja, oh ja, das ist komisch, ganz bestimmt", japste der Kobold vor Lachen und *puff, puff,* züngelten Flammen am Ende seiner spitzen Ohren auf. Das Geräusch erinnerte an Fehlzündungen und die Luft begann, nach Schwefel zu riechen.

"Du brennst", sagte Tom in einem beiläufig empörten Tonfall.

"Jaaa! Ich weiß!", brüllte der Kobold vergnügt. Von einer weiteren Lachsalve geschüttelt, versuchte er erfolglos, die Flammen an seinen Ohren mit den Händen zu erstikken. Nach einer Weile erstarb das Feuer von selbst und die leuchtenden Linien auf seinem Körper verdunkelten sich wieder. Magnus rang nach Atem. "Tu das bloß nicht mit mir, wenn ich meinen Dachsmantel trage, hörst du."

"Wieso?", fragte Tom mit gespielter Arglosigkeit und konnte sich dabei trotz seines Ärgers ein Grinsen nicht mehr verkneifen. "Alle würden denken: Ist doch bloß ein brennender Dachs, na und?"

Tom hätte im Dunkeln die Fuchshöhle niemals gefunden, aber Magnus sah hervorragend bei Nacht. Sie bargen den Mantel aus seinem Versteck und machten sich auf den Rückweg, der Kobold immer noch vor sich hin kichernd. Plötzlich blieb er stehen und schnupperte in Richtung der Anhöhe rechts von ihnen.

"Was ist?", fragte Tom alarmiert.

"Nichts. Ich dachte, ich hätte ... aber nein, da ist nichts", beschwichtigte der Kobold, immer noch schnuppernd.

"Sag schon."

"Alles gut, Tom. Laß uns zurückgehen. Es ist spät."

Kurze Zeit später waren sie in ihrem heimeligen Zimmer und legten sich schlafen. Tom in seinem weichen Bett und Magnus machte es sich in dem Ohrensessel bequem. Aber es war eine Atmosphäre im Raum. Eine Anspannung. Tom sah im Halbschlaf, wie der Kobold ein ums andere Mal aus dem Fenster spähte. Und dann war Tom plötzlich wieder wach. Ihm waren die Zwerge eingefallen, die wohl immer noch Jagd auf sie machten. Hatten sie sie gefunden? War es das, was Magnus gerochen hatte und wollte es ihm nicht sagen, um ihn nicht zu beunruhigen?

Der Schlaf war dahin. In Toms Vorstellung war das Haus bereits umzingelt und ein Heer von Zwergen machte sich bereit zum Sturm. Selbst ein wilder Kobold würde ihn dann nicht beschützen können. Der Kobold war indes eingeschlafen. Tom konnte seinen gleichmäßigen Atem hören. Na toll! Ihm war angst um sein Leben und sein Beschützer schlief!

Irgendwann wurde Tom bewußt, daß diese Gedanken an seiner Situation nichts ändern konnten. Nicht wenn tatsächlich ein Heer von Zwergen draußen stünde und auch nicht, wenn dem nicht so wäre. Das einzige, was er gerade erreichte, war, am nächsten Tag todmüde und entkräftet zu sein. Er versuchte, die albtraumhaften Gedanken aus seinem Kopf zu verbannen. Ohne Erfolg. Dann fiel ihm die Walnuß ein, die er hatte öffnen sollen, anstatt es nur zu versuchen. Er stellte sich die Walnuß vor und wie er die Schale knackte. Ganz leicht ging das. Im Hintergrund tobten weiter die Zwerge durch seinen Kopf. Er ließ aber nicht davon ab, diese eine Walnuß wieder und wieder zu knacken. Dann stellte er sich zusätzlich vor, daß der Kern der Walnuß aus purem Gold wäre. Er knackte die Walnuß und hielt den Goldkern in Händen. Und nochmal. Und noch einmal. Und dann war er eingeschlafen.

Interlude

Nora saß auf der Bettkante in seinem WG-Zimmer. Sie hatte sich nicht angekündigt und so war es nicht nur eine Überraschung, sondern sie hatte auch Glück, daß er an diesem Nachmittag keine Kurse hatte und außerdem zu Hause war, um ein paar Zeichnungen für die Uni fertig zu stellen. Sie hatte bislang nichts gesagt, außer "Hallo" und "da habe ich ja Glück, daß du da bist, schön dich zu sehen, geht es dir gut?" Er wußte, daß sie nicht dafür die mehrstündige Fahrt auf sich genommen hatte. Also nahm er sich den Drehstuhl an seinem Schreibtisch, setzte sich und wartete. Er mußte nur wenig Geduld auf-bringen.

Nora atmete tief ein und aus, nahm ihre Brille ab und sagte tonlos: "Es ist vorbei zwischen Herrn Fletcher und mir."

Das war tatsächlich eine Überraschung und eine sehr ernste Nachricht. Seine Mutter hatte vor zwei Jahren wie-der geheiratet und er hatte sich für sie gefreut. Er selbst konnte mit Herrn Fletcher nicht besonders viel anfangen, aber er war damals 18 gewesen und dabei, eine pas-sende Universität für sein Studium zu finden. Er war ge-danklich bereits ausgezogen und deshalb betraf es ihn nicht so direkt. Herr Fletcher war der Vorsitzende eines Vereins für Eltern, deren Kinder vermißt wurden. So rich-tig lange vermißt. Jahrelang. Die hoffnungslosen Fälle. Seine Mutter hatte sich schon eine ganze Zeit in dem Verein engagiert. Sie hatte sogar eine Halbtagsstelle dort bekommen. Natürlich arbeitete sie Vollzeit und darüber hinaus, aber mehr konnte der Verein nicht finanzieren. Er hatte gedacht, daß seine Mutter ein bißchen Liebe und Zuneigung gut gebrauchen konnte. Und ihm war klar ge-wesen, daß sie wohl nur im Umfeld von Vermisstenfällen jemanden kennenlernen würde. Andere Kontakte hatte sie ja kaum. Dann eben Herr Fletcher, hatte er gedacht.

"Was ist passiert?"

"Fremdgegangen ist er! Ich habe ihn mit Beatrice er-wischt. Heute morgen. Das scheint schon eine Weile zu gehen."

Beatrice war ihm nur flüchtig dem Namen nach bekannt. Auf jeden Fall eine aus dem Verein. Auch eine Betroffene. Im Zusammenhang mit Spendensammelaktionen war der Name einige Male gefallen. Er hatte bei so etwas früher auch mitmachen müssen. Er war ja auch Betroffener. Kein Elternteil, nur Bruder, aber immerhin. Irgendwann hatte er sich aus diesen Aktivitäten zurückgezogen und seine Mutter hatte ihn nicht weiter gedrängt, wofür er dankbar war.

"Mist", sagte er, weil ihm nichts Besseres einfiel.

"Mist", wiederholte Nora. "Das kannst du laut sagen. Mist, Mist, Mist!" Und dann kamen die Tränen, endlich. Jetzt konnte er sich neben sie auf die Bettkante setzen und sie umarmen. Ein bißchen spröde zwar, aber es war auch schwer, jemanden seitlich zu umarmen, vor allem wenn man so tief saß. Nora schluchzte und ergriff das Taschentuch, das er ihr hinhielt. Sie schneuzte sich ausgiebig, was irgendwie unpassend war. In den dramatisch-traurigen Filmen, die er gerne sah, wurde auch unaufhörlich geweint, aber nie lief jemandem so richtig der Rotz aus der Nase. Da wurden auch Taschentücher gereicht, so wie er es gerade gemacht hatte, aber die waren danach nicht tropfnaß mit Körperflüssigkeit. Im Film wurde stilvoll geweint. Da durfte so eine Szene ruhig ein bißchen dauern. In der Realität war er froh, wenn das Weinen schnell zu Ende ging. Er kam sich herzlos vor, daß ihm solche Gedanken durch den Kopf schossen, wenn seine Mutter gerade um ihre Ehe betrogen worden war. Ihr ging es wahrscheinlich richtig schlecht. Aber er

konnte nichts dagegen machen, gegen das Gefühl, bei dramatischen Situationen ein Zuschauer zu sein, selbst wenn er Teil der Situation war. Ihm kam es oft vor, als sähe er sein eigenes Leben wie auf einer Leinwand. Als wenn er selbst oder zumindest sein Kopf in einem Zuschauerraum sitzen würde, wie im Kino. Manchmal hatte er sogar das Gefühl, da säßen noch andere in dem Kino und würden sein Leben kommentieren. Sein Vater war in diesem imaginierten Kino ein häufiger Gast und ihm gefielen die Filme, die da liefen, eigentlich nie. "Der soll sich mal nicht so wichtig nehmen!", "komm mal zu Potte!" oder "der glaubt wohl, nur er hätte Probleme!" waren übliche Kommentare aus dem Kinopublikum, wenn es dem Hauptdarsteller, also ihm selbst, gerade nicht so gut ging.

Nora richtete sich plötzlich in seiner Umarmung auf. "Können wir einen Spaziergang machen, bitte?" Natürlich konnte er. Sie gingen lange und schweigend. Nora tief in Gedanken versunken und er dankbar, daß er keine Ratschläge geben mußte. Zum einen war er darin nicht besonders geübt und zum anderen ging es um seine Mutter. Wie sollte er da Ratschläge geben. Irgendwann landeten sie im Sefton Park und ließen sich auf einer Bank im Palmenhaus nieder.

"Soll er mit ihr glücklich werden, wenn er kann!" Die ersten Worte seiner Mutter seit ungefähr zwei Stunden. "Ich nehme das jetzt als Zeichen. Als Zeichen mit den Dingen abzuschließen, die mir nicht guttun, die ich nicht brauche und an denen ich ohnehin nichts ändern kann."

"Ich dachte er hätte dir gut getan. Vor ... vor heute morgen jedenfalls."

"Ja. Nein. Dachte ich auch. Tatsächlich habe ich ihn aus Mitleid geheiratet. Das klingt jetzt vielleicht ein bißchen hart und nach einer Retourkutsche für heute morgen, aber ich meine es ernst und der Gedanke ist für mich nicht neu. Mitleid und Verständnis. Wir mußten uns nie erklären, wie furchtbar unsere Situation ist. Er kennt es ja genauso. Du weißt, wie ich es meine. Aber ich will das nicht mehr. Ich will kein Mitleid mehr bekommen und ich will keines mehr zeigen müssen. Das wird mir gerade klar. Weißt du, Fred", seine Mutter setzte sich so hin, daß sie ihm in die Augen sehen konnte. "Diese Selbsthilfegruppen, der Verein ... das ist alles gut und wichtig, aber vor allem für diejenigen, die die Angebote gerade brauchen. Die Angebote des Zuhörens, des Nicht-Unterbrochen-Werdens, der Gruppenarbeit und so weiter. Aber für mich bringt es schon länger nichts mehr, zuzuhören, nicht zu unterbrechen und in den Gruppen zu sitzen. Ich glaube, ich habe mir den Schmerz von anderen so lange angehört, damit ich meinem eigenen Schmerz soweit wie möglich aus dem Weg gehen konnte. Ich habe meinen eigenen Schmerz an die Wand gehängt und bin, weil ich das Bild nicht ertragen konnte, aus dem Haus gegangen und habe mir die Bilder von anderen angesehen. Verstehst du, wie ich das meine?"

Fred nickte. Er verstand genau, was seine Mutter meinte. Bei ihm fühlte es sich zwar anders an. Er hatte auch nicht Jahre in Selbsthilfegruppen verbracht, aber innerlich stand er gerade in seinem Kinosaal auf und suchte den Ausgang.

"Und jetzt gehe ich in MEIN Haus zurück", sagte seine Mutter mit fester Stimme. "Im Verein werde ich kündigen. Das ist ja klar. Es wäre nicht nur unerträglich, mit Herrn Fletcher weiter zusammen zu arbeiten, ich habe auch heute morgen, gleich danach, eine Rundmail an den Gesamtverteiler geschickt, mit einem Foto. Da ist nicht viel darauf zu sehen, aber ich denke, es genügt, daß Herr Fletcher keine Hosen an hat und daß das Gesicht von Beatrice hinter ihm auf dem Bett zu erkennen ist. Arbeitsrechtlich hätte ich das wahrscheinlich nicht verschicken dürfen." Nora lächelte ein humorloses Lächeln. "Und wenn ich in meinem Haus angekommen bin, dann nehme ich das Bild von der Wand. Von allen Wänden! Tom kommt nicht zurück, wenn ich weiter um ihn trauere. Tom kommt NICHT zurück!" Fred stockte der Atem, diesen Satz von seiner Mutter zu hören. "Ich werde mein Leben lang um ihn trauern, aber ich nehme ihn jetzt von der Wand. Ich werde aufhören, mich jeden Tag um andere zu kümmern und fange jetzt an, mich um mich zu kümmern. Und ich will für dich da sein. Nur wenn du willst und du mich brauchst, natürlich. Ich kann nichts wieder gut machen, was ich dir in den vergangenen 10 Jahren vorenthalten habe. Aber ich werde ab jetzt dir das geben, was du noch von deiner Mutter haben willst. So! Und jetzt gehen wir ein Eis essen und dann fahre ich zurück und hole meine Sachen."

Fred öffnete den Mund, doch seine Mutter ließ ihn nicht zu Wort kommen. "Nein, danke. Das ist lieb von dir, aber ich brauche dabei keine Hilfe. Wir sind austherapierte, erwachsene Menschen. Wir können uns trennen, ohne uns die Schädel einzuschlagen und wenn einer mitanzufassen hat, bei meinem Auszug, dann ja wohl Herr Fletcher."

Seine Mutter behielt den Nachnamen Fletcher. All ihre Online-Aktivitäten zur Suche nach Tom, aber auch allgemein zu verschollenen Kindern, hatten entweder unter dem Namen Larson oder unter ihrem Mädchennamen stattgefunden. Ihr Mädchenname war ihr Pseudonym in vielen Chatforen gewesen. Ein schlechtes Pseudonym, wie Fred schon immer gesagt hatte. Deshalb wollte sie nicht zu diesem Namen zurückkehren. Denn sie machte Ernst. Sie kündigte im Verein und zu ihrer Genugtuung mußte der Vorsitzende Herr Fletcher diesen ganz schließen. Er hatte nach der Rundmail ein Glaubwürdigkeitsproblem und niemand anderes wollte in dem aufgeladenen Klima diesen Verein weiterführen. Nora wollte auch nicht mehr von Hilferufen und fremder Trauer behelligt werden, weshalb sie ihre Online-Existenz praktisch über Nacht beendete. Ihre Stimme war verstummt.

XVII

Am nächsten Morgen erwachte Tom spät. Er hatte bis weit in den Vormittag geschlafen. Magnus saß in seinem Ohrensessel und lutschte ein Basaltbonbon. Er blickte dabei aus dem Fenster und es hatte gar nichts mehr von einer unheilvollen Vorahnung an sich. Es war einfach ein wunderschöner Morgen. Die Sonne schien, die Vögel zwitscherten und auf sie wartete Pizza. Tom streckte sich, ging ins Bad und war kurz darauf bereit für das Frühstück. Als er die Treppe hinunter ging, hörte er Stimmen. Oswaldos Stimme und eine unbekannte weibliche Stimme. Er betrat den Gastraum.

"*Bellisima!* Da ist er ja endlich, der Retter in der Not. Komm mal her, mein Junge, daß ich dich drücken kann. Ja, so ist es brav, *bene, bene*. Oswaldo, sieh mal, wie schüchtern er ist. Komm. Trink erst mal einen *Cafè*. Oder bist du noch zu jung dafür? Sag, kannst du schon sprechen, ja?"

"Großmutter! Nun laß ihn doch erst mal sich setzen. Du überfällst ihn ja geradezu." Oswaldo nahm Tom schützend bei den Schultern und führte ihn zu einem Tisch am Fenster. "Paß auf, du bekommst jetzt eine heiße Milch mit einem Hörnchen. Ein mittelmäßiges Hörnchen, bessere gibt es hier leider nicht, und wenn du magst, bekommst du einen Schuß Kaffee in deine Milch. Und sei unbesorgt, Großmutter wird dich nicht fressen."

Tom mußte wegen der Redensart lächeln. Wenn die beiden wüßten, wie nah dran er gewesen war, tatsächlich gefressen zu werden.

"Siehst du, Oswaldo. Schon lächelt er. Ist doch nicht aus Zuckerwatte, der Kleine. Nun erzähl mal. Wie hast du das gemacht? Wie bringt man einen großen Pizzaofen zum Laufen, der immer noch kaputt ist, hmh?" Oswaldos Großmutter setzte sich zu Tom und sah ihn prüfend über den Rand ihrer dicken Hornbrille an. Sie war einen halben Kopf kleiner als er und trug einen blauen Putzkittel. Ihre Haare waren schneeweiß und ihre Hände auf dem Tisch sprachen von einem langen Leben voller harter Arbeit. Sie hatte einen scharfen Blick und Tom fühlte sich schutzlos vor ihren kritischen Augen, aber dann blitzten eintausend Lachfalten auf und sie sagte nur: "Nenn mich Großmutter, ja? Meinen richtigen Namen habe ich schon ganz vergessen." Sie nahm seine Hand in die ihre und tätschelte sie herzlich. Dann stand sie plötzlich auf, ging zu dem erkalteten Steinofen und strich mit ihrer faltigen Hand über die dicke Steinplatte. Nachdenklich blickte sie in den Hohlraum unter dem Ofen. Ihre Hand prüfte nun die steinerne Decke des Hohlraums und wieder warf sie Tom einen stechenden Blick zu, der ihm durch und durch ging. Dann kam seine heiße Milch mit dem Schuß Kaffee und der Bann war gebrochen.

"Gigi und ich, wir haben gestern von zu Hause gesprochen", sagte Oswaldo. "Wie wir als Kinder nachts mit dir am Fenster gesessen und auf die Steine geschaut haben, ob sie leuchten. Weißt du noch? In dem steilen Abgang hinterm Haus. Im Frühjahr ein Wildbach und im Sommer eine Schutthalde. Wir durften dort nie spielen, weil es zu gefährlich war."

"Ich habe nur mit dir am Fenster gesessen. Gigi hat sich nicht interessiert und hatte keine Geduld. Du schon. Und dann und wann haben wir tatsächlich leuchtende Steine gesehen, erinnerst du dich?"

"Ach, Großmutter, das ist so lange her. Heute glaube ich, wenn man lange ins Dunkle schaut, dann sieht man auch irgendwann irgend etwas."

"Ja, mein kleiner Oswaldo, so wird es gewesen sein, mit den leuchtenden Steinen und dem kleinen Volk mit ihren Linien ... Die Linien auf ihren Körpern konnte man nur in mondlosen Nächten sehen und sie waren immer zu zweit", erzählte die Großmutter und streichelte liebevoll den Ellenbogen ihres Enkels. Höher hinauf kam sie nicht, so klein war sie und so groß war ihr Enkel.

Oswaldo hörte schon nicht mehr zu. Er war dabei, die Einkaufsliste für den heutigen Abend zu überprüfen. Mit einem Mal schreckte er auf und sah Tom fragend und bittend zugleich an: "Du bleibst doch noch, oder? Heute abend und morgen und vielleicht übermorgen. Bis der Ofen repariert ist, ja? Ich bitte dich, bleib so lange!"

Ehe Tom antworten konnte, tat dies eine tiefe, fremde Stimme für ihn: "Keine Sorge. Er wird nirgendwo hingehen." In der Tür stand Aldewin, der Zwergenhauptmann, breitbeinig auf seine beidhändige Axt gestützt.

XVIII

Einer nach dem anderen kamen sie herein, fünf Zwerge, samt ihres Hauptmanns. Einer postierte sich an der Tür in Richtung Küche, einer am Haupteingang, den er abschloß, einer an der Treppe nach oben, einer Oswaldo gegenüber, dem einzigen ernstzunehmenden Gegner im Raum und in der Mitte Aldewin, mit triumphierender Miene. Er sah Tom an. "Gefangen in der eigenen Falle, *Mensch.*" Tom war aufgesprungen, als die Zwerge hereingekommen waren. Er tat drei Schritte rückwärts, bis er mit dem Rücken an der dekorativen Seite des Steinofens stand, die in den Gastraum hineinragte.

Großmutter war die erste, die nach dem Schreck ihre Fassung wiedergewann. "Für dich gibt es hier nichts zu holen, Zwerg!", sagte sie streng und dann zu Oswaldo, *"telephono, Oswaldo, familia, subito!"* Sie machte herausfordernd einen Schritt auf Aldewin zu, der regungslos dastand. "Hast du nicht gehört, Zwerg? Hier gibt es nichts für dich, nicht einen Stein! Du hast Händel mit dem Jungen hier? Schäm dich! Ist das ein Gegner für dich? Hast du keine Ehre? Ist dein Volk so tief gesunken, daß ihr euch an Kindern vergreift?"

Der Zwerg schien überrascht von der resoluten, alten Dame. Oswaldo schloß derweil den Mund, der ihm vor Überraschung offen stehen geblieben war und tippte schnell einen Text in sein Smartphone. "Nimm ihm das ab!", herrschte Aldewin plötzlich den Zwerg an, der Oswaldo gegenüber stand. Oswaldo übergab das Gerät kampflos. Als der Zwerg es in der Hand hielt, ertönte eine kleine Melodie. Der Zwerg nahm es daraufhin genauer in Augenschein, aber nun blieb es stumm und der kleine Bildschirm verdunkelte sich. Er legte es auf die Kommode im Eingang neben die Speisekarten.

In diesem Moment knackten die Stufen der Treppe, die ins Obergeschoß führte. Der Zwerg an der Treppe machte sich bereit. Von oben kam Magnus herabgestiegen, eine Hand am Geländer, die andere locker an der Seite. Der Zwerg an der Treppenstufe wechselte in Verteidigungsstellung und machte einen Schritt zurück. Er hatte nichts dagegen einzuwenden, daß sich ihr zweites Opfer freiwillig in ihre Mitte begab. Oswaldo erschrak erneut und blickte verwirrt zwischen dem Zwerg und dem Kobold hin und her. Die Großmutter hingegen murmelte: "Ich hab' es mir doch gedacht."

Der Kobold blieb auf der letzten Treppenstufe stehen, wohl um auf Augenhöhe mit den Zwergen zu sein. "Aldewin, Aldewin! Was machst du nur? Warum geduldest du dich nicht einen oder zwei Tage, bis wir dir direkt in die Arme laufen. Die Stadt umstellt, alle Straßen und Wege bewacht. So ist es doch da draußen, oder? Aber du! Du mußt hier reinplatzen und diese unbeteiligten Menschen in deine Rache hineinziehen. Schäbig finde ich das. Und ich frage mich, was dein König dazu sagen wird. Gibt es da nicht ein Abkommen, daß ihr Menschen unbehelligt lassen müßt in der Himmelswelt, oder wie war das? Erkläre es mir!"

Von seiner Haltung her schien Magnus ruhig, doch seine Körperlinien glühten in den kräftigsten Rot- und Gold-

Tönen. Der Zwerg am Haupteingang scharrte mit dem Fuß und der gegenüber von Oswaldo legte das Smartphone auf die rechte Seite der Kommode, nur um es erneut aufzunehmen und auf die linke Seite zu legen. Der Kobold hatte offenbar einen wunden Punkt getroffen. Womöglich hatten die Zwerge diese Diskussion auch geführt. Aber Aldewin antwortete direkt und entschieden. Bei dem Hauptmann war keine Unsicherheit zu spüren.

"Ich bin hier, um dich zu töten, Kobold. Dich und den Mensch, den du an dich gebunden hast. Du machst die Sache eines Diebes zu der deinen. Damit bist auch du ein Dieb! Diese Menschen hier", er machte eine Handbewegung in Richtung der beiden Italiener, "werden mich nicht abhalten. Es sind nur zwei. Ihnen wird kein Haar gekrümmt und niemand wird ihnen später Glauben schenken. Wir sind hier gleich wieder verschwunden und eure Leichen nehmen wir mit uns. Dann wird alles sein, als wäre nichts geschehen."

Tom setzte sich unwillkürlich auf einen Stuhl neben dem Steinofen. Er stand kurz vor einer Ohnmacht, was er nicht wußte, da er noch nie in seinem Leben in Ohnmacht gefallen war, aber die Knie waren ihm ganz weich geworden. Aldewin rückte aufgrund der Bewegung einen halben Schritt vor und hob seine Streitaxt seitwärts, gleicherweise für Angriff und Verteidigung bereit. Und tatsächlich hatte der Kobold die kleine Ablenkung genutzt und war an Aldewins Flanke gelangt. Seine langen Finger mit den dolchähnlichen Krallen waren abgespreizt und jede Faser in ihm schien zum Sprung bereit. Da ergriff erneut Großmutter das Wort. Sie war inzwischen mit einem Nudelholz bewaffnet, welches zur Dekoration auf einem Wandsims gelegen hatte.

"Du tötest niemanden in diesem Haus, hörst du, du feiger Steinklopfer. Was heißt hier Dieb? Was soll er denn gestohlen haben, der Kleine? Sag mir das, bevor ich dir das hier über den Schädel ziehe!"

Aldewin war erneut irritiert von der streitsamen Alten. Und er war in seiner Ehre angegriffen worden. Deshalb ließ er sich herab, den Sachverhalt zu erklären, zum Erstaunen der übrigen Zwerge.

"Das hier! Das hat er gestohlen, Mütterchen. Es ist ein Zwergenrubin und er hat ihn in der Anderwelt an sich genommen. Er ist ein Dieb. Wie all die anderen Menschen, die in unsere Welt kommen, um unser Eigentum zu stehlen. Wir dulden das nicht. Wir dulden das nie wieder. Er muß sterben, so will es unser Gesetz und so habe ich es geschworen."

"So!", sagte die Großmutter ungerührt. "Und wenn er diesen Stein gestohlen hat. Wie kommt es, daß er um deinen Hals hängt? Wie geht das, Zwerg?"

Und tatsächlich hatte Aldewin den fingernagelgroßen Rubin als Zeichen seines Schwures durchbohrt und trug ihn an einer dünnen Kette um den Hals. Der Rubin leuchtete nicht mehr. Vermutlich tat er das nur in der Anderwelt. Instinktiv griff er nach dem Stein. "Er wurde ihm bereits abgenommen. Aber die Strafe wurde nicht ausgeführt, weil dieser ... dieser fehlgeleitete Kobold vergessen hat, auf welcher Seite er stehen sollte. Wer ist für die Raubzüge in unsere Welt verantwortlich? Wer zerstört unsere Heimat? Wer ist der Feind, Kobold, weißt du das nicht mehr?"

"Ich weiß, wer hier in diesem Raum der Feind ist, Aldewin. Und es sind nicht die Menschen. Es ist nicht der Junge hier. Er heißt übrigens Tom und er ist ein aufrichtiger, mutiger und feiner junger Mensch. Und die anderen beiden, das sind Oswaldo und seine Großmutter, deren Name ich nicht kenne. Oswaldo mißt Fremde an ihren Taten und nicht an ihrem Schein und seine Gastfreundschaft sucht ihresgleichen. Während seine Großmutter hier offensichtlich eine furchtlose Menschenkriegerin ist. Das sind *gute* Menschen! Du könntest hier fröhlich sitzen, unter Freunden, und eine wunderbare italienische Pizza genießen, zusammen mit deiner Truppe. Wach auf, Aldewin. Es gibt hier nichts und niemanden zu rächen."

Doch Aldewin war nicht beeindruckt. "Bereit, Kobold?", rief er und im selben Moment sprang Magnus auf ihn zu und zerriß ihm mit seinen Krallen die Kleidung im Brustbereich und am rechten Arm. Darunter kam ein schweres Panzerhemd zum Vorschein, wie es die Zwerge gerne tragen. Es reichte bis knapp an die Ellenbogen und bis kurz vor die Knie, so daß es größtmöglichen Schutz mit Bewegungsfreiheit verband. Hätte der Zwerg den Panzer nicht getragen, die Koboldkrallen hätten ihn sicherlich bis auf die Knochen aufgeschlitzt. Er hob seine Axt und ließ sie niedersausen. Der Kobold war längst wo anders und ein Tisch ging entzwei. Wieder griff Magnus an.

Diesmal hatte er es auf die Waden des Zwergen abgesehen. Doch dieser wehrte den Angriff mit dem breiten Stahl seiner Axt ab. Die übrigen Zwerge hielten sich zurück. Dies war die Angelegenheit ihres Hauptmanns und seines persönlichen Schwures. Großmutter war von Oswaldo aus dem Kampfbereich gezogen worden. Tom konnte sich nicht weiter zurückziehen, aber er war wieder aufgestanden und hielt den Stuhl zwischen sich und das Kampfgeschehen. Der Zwerg und der Kobold tobten durch den ganzen Gastraum. Magnus war flink und konnte ein ums andere Mal den Hieben Aldewins ausweichen. Doch der Zwerg war nur schwer zu treffen, in seinem Panzer und mit seiner gefährlichen Waffe. Nur ein Treffer von seiner Seite schien nötig, dann wäre der Kobold in zwei Stücke gehauen. Doch soweit kam es nicht.

Mitten im Getümmel öffnete sich die Hintertür der Pizzeria und herein stürmten Gigi, Gigis Vater, Gigis Mutter, Gigis älterer Bruder, Oswaldos jüngerer Bruder, Gigis Tante um zwei Ecken und ein weiterer Italiener, der mit keinem der übrigen verwandt war und nur zufällig in der Stadt weilte. Sie waren von Oswaldos Textnachricht an Gigi aufgeschreckt worden und sofort losgeeilt, nachdem sie sich bewaffnet hatten, mit einer Machete, einer alten Schrotflinte, einem nagelneuen, aber illegalen Jagdgewehr, zwei Fleischermessern und einer Langaxt. Gigi selbst war mit ihrem Smartphone bewaffnet und kaum daß sie die Lage durchschaut hatte, was nur den Bruchteil einer Sekunde benötigte, da sie sowohl die

Ausbildung als auch eine mehrjährige Berufspraxis als Frisörin und Stylistin hinter sich hatte, weshalb nichts, aber auch gar nichts, sie überraschen konnte, machte sie auf ihren gelben Lackschuhen kehrt und floh durch dieselbe Hintertür ins Freie, durch die sie gerade gekommen war. Draußen rief sie augenblicklich die Polizei an.

Drinnen bestand ein gefühltes Patt. Auf der einen Seite der Kobold, Oswaldo, inzwischen mit einem Schürhaken in der Hand, seine Großmutter, immer noch mit dem Nudelholz und ein Haufen mehr oder weniger verwandte Italiener, die fest entschlossen schienen, diesen Kampf auf Seiten Oswaldos bis zum letzten Blutstropfen auszufechten, obwohl sie komplett überrumpelt waren vom Anblick der Märchenfiguren, die sich gegenseitig umbringen wollten. Und auf der anderen Seite fünf kampferprobte Zwerge. Am Rande stand Tom, zwar der ersten Seite zugehörend, aber mit seinen weichen Knien unfähig, in den Kampf einzugreifen.

Magnus fauchte und knurrte in Richtung der Zwerge, zog sich aber angesichts der neuen Situation auf die Treppe zurück, bereit erneut loszuspringen. Aldewin hatte nach einem letzten todbringenden Schwinger, der ins Leere ging, vor der neuen Bedrohung die Reihen geschlossen und seine vier Zwerge zu seinen beiden Seiten neu gruppiert.

So standen sich die beiden Parteien einen unendlichen Moment lang gegenüber, starrten sich feindselig an und warteten auf den nächsten Schritt ihrer Anführer, bis Gigi wieder hereinplatzte.

"Salve", sagte sie höflich und dann: "Die Polizei ist unterwegs. Es ist bestimmt besser, jetzt nichts mehr kaputt zu machen. Das gibt nur einen endlosen Kampf mit den Versicherungen. Vielleicht jeder einen Grappa auf's Haus?"

Aldewin schüttelte den Kopf. Es war nicht eindeutig, ob er damit das Angebot eines Grappa ablehnte oder die Situation an sich. Er hatte bisher die allgemein gebräuchliche Sprache benutzt, aber jetzt wandte sich einer seiner Zwerge an ihn und sagte in Zwergensprache: "Es sind zu viele, Hauptmann. Zu viele Menschen. Wir dürfen sie nicht töten! Nicht so viele!" Aldewin schien zu demselben Schluß gekommen zu sein, denn er machte einen großen Schritt zurück und ließ seine Streitaxt sinken. Da ertönte eine Polizeisirene. Die Station war ja am Marktplatz um die Ecke, aber die wachhabenden Polizisten wollten es sich trotz der geringen Entfernung zum Tatort nicht nehmen lassen, mit dem Dienstwagen zu fahren und die Sirene anzustellen.

Das war das Zeichen, welches Aldewin zum Rückzug veranlaßte. Sekunden später hatten die Zwerge die Pizzeria verlassen und waren verschwunden. Als die beiden eifrigen Polizisten den Gastraum betraten, fanden sie lediglich drei zerstörte Tische, zwei zu Kleinholz verarbeitete Stühle, Tom und eine wild durcheinander schnatternde italienische Großfamilie vor. Die Waffen waren rechtzeitig versteckt worden. Lediglich Großmutter wollte ihr Nudelholz nicht aus der Hand legen und Magnus war nirgendwo zu sehen.

XIX

Die Polizisten nahmen Tom mit. Vorläufige Festnahme zur Feststellung der Identität und Klärung des Sachverhalts bei Verdacht auf Minderjährigkeit nannten sie das. Die Großmutter hatte sofort mit dem Finger auf ihn gezeigt und gerufen: "Dieser Vagabund! Sehen sie mal, was er alles kaputtgemacht hat."

Tom war sprachlos gewesen, ob dieser Lüge. Er hätte auch nie gedacht, daß die Großmutter ihm so in den Rükken fallen würde. Die beiden Polizisten hatten sich verwirrt umgesehen. Gut, da war dieser Junge und der gehörte offenbar nicht zum Rest der Anwesenden und die Anschuldigung war unmißverständlich und es waren auch die Spuren eines Kampfes oder eben eines Randalierers deutlich zu sehen. Aber wie sollte der eine Jugendliche das gemacht haben? Die beiden Tische waren regelrecht zerhackt. Da hatte die Großmutter eine Langaxt unter einem Stapel Tischtücher hervorgezogen und den Polizisten gereicht. "Damit! Damit hat er das angerichtet! Mein armer Oswaldo, der ist noch ganz neben sich, so eine Angst hatten wir!" Bei diesen Worten hatte sie die Hand ihres großgewachsenen Enkels ergriffen, sie recht kräftig geschüttelt und ihm tief in die Augen gesehen, wie um etwas mitzuteilen. Tatsächlich hatte Oswaldo etwas blaß ausgesehen, etwas mitgenommen, und als er die Augen von denen seiner Großmutter gelöst hatte, wirkte er noch schwächer und stammelte: "Ja, nehmt ihn mit. *Per favore!* So etwas habe ich noch nie erlebt. Wir kennen ihn gar nicht, Herr Polizeikapitän. Wir haben ihn alle noch nie gesehen. Alles, was ich gesagt habe, war, daß es jetzt noch keine Pizza gibt, weil der Ofen ist doch aus."

Und es bestätigte sich, daß der Ofen aus war, als einer der Polizisten das überprüfte. Glücklich, etwas Licht ins Dunkel bringen zu können. Gleichzeitig hatte die Groß-mutter irgendwelche Papiere aus einer Tasche ihres Kittels gezogen und diese wedelnd dem anderen Polizisten unter die Nase gehalten. "Hier bitte", hatte sie gerufen, "Sie wollen doch bestimmt meine Personalien aufneh-men, oder?"

Als beide Polizisten abgelenkt waren, hatte Oswaldo Tom zugeraunt: "Du mußt hier raus! Weg! Ein zweites Mal lassen sie sich bestimmt nicht von uns in Schach hal-ten. Das ist die Gelegenheit!"

Da war Tom ein Licht aufgegangen und ihm dämmerte, was die Großmutter spontan ausgeheckt hatte. Auf einer Polizeistation war er vor den Zwergen sicher. Sicherer je-denfalls als in Oswaldos Pizzeria. Er beschloß mitzuspie-len. Er hatte allerdings keine Ahnung, was von ihm er-wartet wurde oder wie er sich passend verhalten sollte. Deshalb entschied er, gar nichts zu sagen, überhaupt nichts. Dann konnte er nichts falsch machen und er würde bestimmt den Polizisten durch sein Schweigen ein Dorn im Auge sein. Grund genug, ihn mitzunehmen, hoffte er.

Es funktionierte. Die Polizisten befragten ihn, erst höflich, dann bestimmt, dann verärgert und er antwortete gar nichts. Keine Silbe. Sie durchsuchten die Taschen seiner Kleidung – er hatte inzwischen wieder seine eigenen, dreckigen, aber getrockneten Sachen an – und fanden lediglich ein Multi Tool und ein paar Zettel. Diese Zettel waren handbeschrieben mit zwei Adressen und hatten einen Aufdruck des Pubs "The Goblin's Share". Das waren wichtige Hinweise, die der durchsuchende Polizist an sich nahm. Es fehlte aber alles, was jeder Polizist in so einer Situation gerne finden möchte: Ausweis, Führerschein und Fahrzeugpapiere – gut, dafür war der Beschuldigte noch zu jung – Bankkarten, Krankenversicherungskarte, kurz alles, was man braucht, um die Identität eines störrischen Aussage-Verweigerers herauszufinden.

Auf der anderen Seite eine stadtbekannte Familie, bis auf ein unbekanntes Gesicht, welches sie als einen weiteren Cousin vorstellten. Cousin von wem, war nicht ganz klar. Gigi, Oswaldo und Großmutter kannten die beiden Polizisten seit Jahren. Immerhin war die Pizzeria ein beliebter Treffpunkt und die ideale Quelle für eine gute und günstige warme Mahlzeit bei langen Schichten. Und die Familie hatte eine weiße Weste. Die Polizisten hatten eine Tatwaffe, einen Beschuldigten, der sich nicht äußerte und mehrere ihnen persönlich bekannte, glaubwürdige Personen. Das genügte. Tom wurde mitgenommen.

Auf der Wache versuchten sie es erneut, aber selbst ihr erfahrener Abteilungsleiter, der strafversetzte ehemalige Hauptkommissar Sheridan, brachte aus dem Jungen nicht einen Laut heraus. Als er entnervt den Verhörraum verließ, hörten ihn die Kollegen sagen: "Landstreicher,

Herumtreiber, Vagabunden ... die besten von ihnen sind die toten." Die Kollegen sahen sich vielsagend an. Gerade war ein neues Gerücht entstanden, was wohl der Grund für die Strafversetzung des Abteilungsleiters gewesen sein mochte und beide fragten unisono: "Tee, Chef?"

Der Abteilungsleiter nahm an seinem Schreibtisch Platz, eine dampfende Tasse Tee vor sich und gab einen Schuß Sahne in den Tee. Bei ihm mußte es Sahne sein, keine Milch, niemals Milch. Dann griff er sich die beiden Zettel, die auf seinem Schreibtisch lagen und überlegte. Die eine Adresse stammte aus Australien. Die andere hier aus England. Bei den australischen Daten war auch eine Email-Adresse angegeben. Das vereinfachte die Sache natürlich. Aber beides war zu naheliegend. Wenn der Randalierer keinen Ausweis mit sich führte und schwieg, dann waren diese beiden Adressen keinesfalls seine eigene Anschrift. Dann könnte er sich die Mühe ja sparen. Nein, der wichtige Hinweis war der Pub! Dort war das aufgeschrieben worden. Dort würde er fündig werden. Sicherheitshalber prüfte er noch die Zeitverschiebung nach Sydney, Australien: 9 Stunden. Angenommen, dieser Herr Larson würde, wie es sich gehört, um 9 Uhr vormittags am Schreibtisch sitzen, dann könnte er ihn erst um Mitternacht erreichen, denn es war offensichtlich die Email-Adresse einer Firma. Jetzt war es 13.30 Uhr. Dort also 22.30 Uhr. Keine Chance. Selbst wenn die beruflichen Emails auf das private Smartphone von Herrn Larson weitergeleitet würden oder er ein Firmen-Smartphone hatte, um 22.30 Uhr lag der bestimmt im Bett.

Abteilungsleiter Sheridan schrieb eine Mail nach Australien, mit der Bitte eines Telefontermins um 9.00 Uhr Ortszeit. Schlimm genug, wenn er um Mitternacht noch arbeiten mußte, dachte sich Sheridan. Dann aber wenigstens nicht noch später. Und er leitete die Adresse aus Liverpool an seine Kollegen im Nebenzimmer weiter. Sie sollten die dazugehörige Telefonnummer und weitere Informationen herausfinden. Außerdem sollten sie die aktuelle Vermisstendatenbank abfragen. Die konnten ruhig auch was tun.

Er selbst griff zum Telefon und wählte die Nummer des Pubs, welche ihm auf seinem Bildschirm angezeigt wurde.

XX

"Toll, Chef. Das ging ja schnell. Da hatten Sie wohl einen Riecher."

"Das hat mit Riechen nichts zu tun, sondern mit Erfahrung und konsequenter Polizeiarbeit." Sheridan ließ sich gerne von seinen Untergebenen loben, konnte das Lob aber nie annehmen, wie alle schlechten Vorgesetzten. Er war allerdings selbst überrascht, wie schnell er zum Ziel gekommen war. Das Telefonat mit dem Barkeeper war anfangs recht zäh verlaufen. Der Mann hatte nichts preisgeben wollen. Als er ihn aber mit "Behinderung der Staatsgewalt" und "Lizenzüberprüfung" sowie "unangekündigter Drogenrazzia" angegangen war, da war der schweigsame Barkeeper eingeknickt. Ja, er würde den Jungen flüchtig kennen. Sheridan hatte ihm ein Foto geschickt. Und ja, er sei bei ihm im Pub gewesen. Nein, nicht um etwas zu trinken, soweit käme es noch, das wäre ja verboten. Nein, um an seinem Rechner ein Schulprojekt zu machen, und ja, das habe er geglaubt.

Nun saß Sheridan mit diesem jungen Taugenichts, diesem Herumtreiber, denn das war er ja wohl, im Auto und ließ sich von einem seiner Polizisten zum "The Goblin's Share" kutschieren. Es ging einfach nichts über eine altmodische Gegenüberstellung, fand er. Der Jugendliche neben ihm war weiterhin standhaft schweigsam. Inzwischen kam er Sheridan auch nicht mehr wie 14 Jahre vor, was die Polizisten vor Ort als vermutliches Alter aufgeschrieben hatten. Der war mindestens 16, wenn nicht noch älter. "Der weiß genau, daß er strafmündig ist und deshalb sagt er nichts. Aber dem werde ich es schon beibringen", dachte Sheridan verbissen.

In knapp 45 Minuten waren sie von der Polizeistation zum "The Goblin's Share" gefahren. Bis zum Nachmittags-Tee wollte Sheridan den Fall geklärt haben. Dann könnte er noch den Telefontermin mit Australien absagen und müßte nicht um Mitternacht arbeiten. Wobei es ihn grundsätzlich nicht störte, zu dieser späten Stunde noch ein Telefonat zu führen. Aber er könnte dann nicht abends ins Pub gehen. Irgendein Kollege würde auch da sein und dann würde es die Runde machen, daß er sich das eine oder andere Pint genehmigte, bevor er einen wichtigen, dienstlichen Termin wahrnahm. Das konnte er sich nicht leisten. Nicht, wenn er in absehbarer Zeit wieder in eine richtige Stadt versetzt werden wollte.

Im "The Goblin's Share" wartete dann doch noch ein Stück Arbeit auf Sheridan. Der Barkeeper hatte sich wieder gefangen und wollte partout nicht mehr offenbaren, als das bereits Gesagte. Ja, er erkenne den Jungen wieder. Er habe ihn nur einmal kurz gesehen vor zwei Tagen und mehr wisse er nicht. Aber Sheridan *hatte* einen Riecher. Da war noch mehr. Erneut spielte er sein Päckchen an Drohungen aus und die Minderjährigen-Karte, die stach. "Dieses Kind ist womöglich erst 12 Jahre alt und Sie haben zugegeben, es in ihr Etablissement gelassen zu haben. In ihren Schankraum, der erst für 18jährige zugänglich sein darf. Damit gefährden Sie nicht nur ihre Lizenz. Da fragt man sich doch, was für ein sogenanntes Abenteuer-Projekt das wohl gewesen ist, was Sie mit dem Jungen hier veranstaltet haben." Diese Andeutung war zuviel gewesen für den Barmann. Ja, ihm sei die Mutter des Jungen bekannt. Dieser habe es ihm selbst gesagt. Und nein, es gäbe keine vernünftige Begründung, weshalb er diese wichtige Information zurückgehalten habe. "Diese Kneipenbesitzer! Brauchen sich nicht zu wundern, wenn ich sie grundsätzlich wie Kriminelle behandle. Haben auch immer etwas zu verbergen, anstatt mit der Polizei bereitwillig zu kooperieren", ereiferte sich

Sheridan gegenüber seinem Untergebenen auf dem Weg zum "The Hideaway".

Aber dort biß er auf Granit.

Die äußerst attraktive und zunächst auch freundliche junge Dame an der Rezeption bestritt nicht nur vehement, die Mutter des jugendlichen Verbrechers zu sein. Nein, sie war auch empört und sprach von "übler Nachrede" und "völlig aus der Luft gegriffenen Verdächtigungen" und hatte praktisch gleichzeitig die Nummer eines Anwalts gewählt. Gut, der konnte durch die Telefonleitung nicht viel ausrichten und gegen seinen ausdrücklichen Rat, das hatte Sheridan mitgehört, sprach sie weiter mit ihm. Aber wie! Welche Phantasien er denn so habe, wenn er nachts im Bett liege? Dieser Junge sei mindestens 14 Jahre alt und sie wäre 23 und dabei hielt sie ihm provozierend ihren Ausweis hin. Und dann hätte sie wohl mit 9 Jahren ein Kind bekommen müssen, ob er das für besonders wahrscheinlich hielte. Und es wäre zwar nicht hier und jetzt zu beweisen, aber im Melderegister und überhaupt in allen Behördencomputern dieses *Polizeistaates* würde er keinen Eintrag über eine Schwangerschaft oder ein Kind von ihr finden. Sie redete sich immer mehr in Rage und schrieb ihm die Telefonnummer ihres Frauenarztes auf, den sie offiziell in dieser Sache von seiner ärztlichen Schweigepflicht entbinden würde, um ihm, Sheridan, einem frauenfeindlichen Polizeipsychopathen einmal die Grenzen aufzuzeigen. An dieser Stelle war er sich nicht sicher, ob das Beamtenbeleidigung gewesen war, weil er die Beleidigung, und eine solche war es ja wohl, nicht recht verstand. "Ich war noch nie schwanger, Sie chauvinistischer Mistkerl!", schrie sie endlich und begann höchst eindrucksvoll zu weinen. Als er gerade höchstoffiziell eine Beamtenbeleidigung feststellen wollte, denn diesmal *hatte* er sie verstanden, kam ein Gast des Hideaway, vom Lärm angezogen, in die Lobby. Dieser Gast stellte sich als Frau Lee, Roberta Emily Lee, Staatsanwältin, vor und wollte nach kurzer Bestandsaufnahme seinen Dienstausweis sehen.

Das alles ertrug er stoisch. Er war in seinem Beruf einiges gewohnt, aber der Junge gab ihm den Rest. Stundenlang hatte der geschwiegen, aber jetzt, in diesem heiklen Moment, da machte er den Mund auf, nur um zu sagen, daß es ihm leid täte und er sich entschuldigen wolle. Aber nicht bei ihm! Nein! Bei der streitlustigen Rezeptionistin! Bei der entschuldigte er sich und daß sie selbstverständlich nicht seine Mutter sei und daß er das nur behauptet habe, als Notlüge, um den Computer im "The Goblin's Share" benutzen zu können für eine rein private Angelegenheit, und daß er, Sheridan, den Barkeeper in Ruhe lassen solle, weil ein bißchen Hilfsbereitschaft ja wohl nicht Anlaß für polizeiliche Bedrohung und Verdächtigung sein dürfe. Und dabei sah der Junge ganz intensiv den Gärtner des Hideaway an, der gerade hinzu gekommen war, nur um gleich wieder kehrt zu machen, aber dieser Blick entging Sheridan, der auf die Staatsanwältin Lee konzentriert war. Außerdem sei sein Name Tom Larson und dann sagte der Junge nichts mehr.

Nach diesem Reinfall fuhren sie zurück, schweigend, und Sheridan sperrte den Jungen in eine Arrestzelle, nachdem er das vermutliche Alter in der Akte von 14 auf 16 Jahre geändert hatte. Er war verärgert, schlecht gelaunt und ein bißchen in Sorge, wegen dieser Staatsanwältin. Die konnte seine Versetzungspläne gefährden. Nun saß er in seinem Büro und wartete, daß es Mitternacht würde. Die Flasche Wodka in seiner Schreibtischschublade war inzwischen geöffnet.

Aber diesmal hatte er Glück. Bereits kurz nach 22 Uhr erreichte ihn die Antwortmail, daß er gerne jetzt anrufen könne. Er griff nach dem Hörer, wählte die australische Nummer und am anderen Ende meldete sich ein Edward Larson.

"Guten Morgen, oder besser guten Abend. Wie kann ich ihnen helfen Herr Kommissar?"

"Ja, guten Abend. Danke, daß Sie sich gleich gemeldet haben. Wir haben hier einen Jungen namens Larson in Gewahrsam."

"Fred? Was ist mit ihm?", Herr Larson klang besorgt.

"Nichts. Es ist nichts mit Fred. Es geht gar nicht um Fred, machen Sie sich um ihn bitte keine Sorgen."

"So?", erklang es vom anderen Ende der Welt.

"Ja. Es geht um Tom Larson. Jedenfalls hat er uns gesagt, das sei sein Name. Können Sie mir bitte sagen, in welchem Familienstand Sie zu Tom Larson stehen?"

Es entstand eine Pause. Edward Larson antwortete nicht sofort.

"Hallo? Bitte, sind Sie noch dran, Herr Larson?"

"Jetzt hören Sie mir mal zu, Herr Kommissar Sheridan oder wer oder was auch immer Sie sind. Ich hatte einen Sohn, Tom Larson. Und er ist tot! Seit 14 Jahren ist er tot. Er kann demnach nicht bei ihnen in Gewahrsam sein und wenn Sie glauben, Sie können sich mit mir Scherze erlauben, vielleicht weil Sie aus Langeweile alte Akten aus dem Keller holen und die Angehörigen anrufen, oder vielleicht, weil Sie selbst in diesem Keller sitzen, vor irgend so einer verstaubten Akte, also wenn Sie meinen, daß das witzig ist, oder so etwas, wie die Wiederaufnahme eines alten, kalten Falles, dann sind Sie bei mir aber an den Falschen geraten, das kann ich ihnen sagen. Sie Lump, Sie Aktenzombie, Sie Grabschänder, Sie ... ach wissen Sie was? Warum rede ich überhaupt mit ihnen. Schämen Sie sich!" Und dann legte Edward Larson einfach auf.

Sheridan verbarg das Gesicht in seinen Händen und stöhnte. Womit hatte er das verdient? Er fuhr seinen Computer herunter, griff nach Jacke und Hut und ging auf direktem Weg ins Pub. Als er dort ankam war es 22.30 Uhr. In der verbleibenden halben Stunde bis zur Schließzeit, stürzte er vier Pint Bitter hinunter. Dann ging er nach Hause und legte sich schlafen. Solche Tage mußte man einfach abhaken, daß hatte er in den vielen Jahren bei der Polizei gelernt.

Am nächsten Morgen änderte er seine Taktik. Die Abfrage der Vermisstendatenbank hatte keinen Treffer gebracht. Dafür war aber eine Nachricht mit den erforderlichen Informationen aus Liverpool in seinem digitalen Postfach angekommen. Das war seine letzte Chance, die Angelegenheit zu klären, bevor er höhere Stellen informieren und das Jugendamt einschalten mußte. Beides wollte er vermeiden. Er hatte daher diesen Tom Larson aus der Arrestzelle holen lassen, um das nächste Telefonat in seinem Beisein zu führen. Vielleicht ergab sich eine Gelegenheit. Daß der Junge sprechen konnte, stand ja inzwischen fest. Er hatte eine Handynummer, eine berufliche Telefonnummer und mehrere digitale Kontaktadressen von diesem Fred Larson aus Liverpool. Den würde er schon erreichen. Kurz bevor er seine letzte Attacke reiten konnte, kam noch die wachhabende Kollegin herein und informierte ihn, daß Oswaldo Malipietro, der Inhaber der Pizzeria, gerade auf der Wache gewesen sei, um sich nach dem Streuner zu erkundigen. Malipietro würde keine Anzeige erstatten, wegen des Schadens. Auch die übrigen Familienmitglieder nicht.

"Der weiß, wo nichts zu holen ist und macht jetzt einen Versicherungsfall daraus", dachte sich Sheridan. Aber ihm war das inzwischen ganz recht. Ohne Anzeige stiegen die Chancen, daß er diesen Bengel doch noch los werden würde. Denn das war inzwischen das einzige, was er noch erreichen wollte. Das, und keinen weiteren Eintrag in irgend eine Akte.

XXI

Tom hatte keine Vorstellung gehabt, was ihn bei der Polizei erwartete. Er hatte sich nur vor Aldewin und seinen Zwergen in Sicherheit bringen wollen. Das war jedenfalls der Plan von Oswaldo und seiner Großmutter gewesen und zunächst war dieser ja auch aufgegangen. Die Zwerge hatten ihn seitdem nicht mehr behelligt. Aber dafür hatte er eine Reihe neuer Probleme, mit denen er fertig werden mußte. Kein Vergleich zum Getötet werden mit einer Streitaxt von einem rachsüchtigen Zwerg, das nicht, aber besonders angenehm war es auch nicht gewesen. So hatte er sich seinen Aufenthalt bei der Polizei jedenfalls nicht vorgestellt.

Er mußte eine Entscheidung fällen. Noch vor wenigen Tagen hatte ihm Magnus abgeraten, Fred einfach anzurufen und zu sagen: "Hey, dein Bruder ist zurück. Komm und hol mich." Aber jetzt, da dieser penetrante Kommissar in seinem Beisein Freds Mobilnummer wählte, war er unsicher, was als nächstes geschehen würde. Dieser Sheridan würde ihn nicht einfach gehenlassen und selbst wenn, stünde er auch nur auf der Straße, wenige Meter von der Pizzeria entfernt, wo man ihm zuletzt den Kopf hatte abhacken wollen. Er hätte also nichts gewonnen. Und länger in der Arrestzelle wollte er auch nicht bleiben. Er brauchte einen Ausweg und das war Fred. Sicher nicht die schonende Art, es ihm beizubringen, aber das konnte er jetzt nicht mehr ändern.

Sheridan hatte ein selbstsicheres Lächeln aufgelegt und großzügig die Freisprecheinrichtung des Telefons aktiviert. Er wollte den Jungen aus der Reserve locken und hoffte, daß das leichter gelingen würde, wenn er ihn aktiv an dem Telefonat teilhaben ließ. Das Gespräch wurde entgegen genommen. Es meldete sich ein Fred Larson. Sheridan stellte sich vor, nannte die Polizeidienststelle und wollte gerade seinen Text aufsagen, da unterbrach ihn der Junge: "Fred? Fred, hör zu, ich bin es", rief er leicht vorgeneigt von seinem Stuhl aus in das Mikrofon. "An dem Tag, als wir die Perseiden sehen wollten, wenn auch nicht auf der Terrasse, da hast du dir eine Ohrfeige eingefangen, weil wir uns nicht einigen konnten, wegen des dritten Gewehrs. Die beiden anderen Gewehre hatte Nora schon weggenommen, genau wie das Schwert."

Sheridan war entzückt, wie gut sein Plan funktionierte. Bingo! Am anderen Ende der Verbindung, war es still. Es war einige unendlich lange Sekunden ganz still. Dann antwortete Fred Larson durch den Lautsprecher: "Herr Sheridan? Herr Sheridan, ich bin in ungefähr drei Stunden bei ihnen. Ich fahre sofort los." Und ehe Sheridan etwas sagen konnte, hatte Fred Larson aufgelegt.

XXII

Fred schloß das Grafikprogramm, mit dem er gearbeitet hatte, nahm seinen Fahrradhelm und gab seinem Teamleiter Bescheid, daß eine dringende familiäre Angelegenheit seine Anwesenheit benötige, und zwar sofort. Der

Teamleiter sagte nur: "Dann Homeoffice, Abgabetermin, ganz gleich, was bei ihnen los ist." Und dann war Fred schon im Aufzug, bei der Fahrradgarage, auf seinem Fahrrad, auf der vierspurigen Hauptstraße, die er zwar mit dem Rad nicht befahren durfte, die aber der schnellste Weg zu seinem Apartment in einem der Hochhäuser unten an den ehemaligen Docks war. Dort angekommen, brachte er mit dem Aufzug das Fahrrad ins Apartment, schnappte sich seinen Wagenschlüssel, fuhr mit dem Aufzug in die Tiefgarage, wobei es sich dabei eigentlich um eine Erdgeschoßgarage handelte, wegen der Überflutungsgefahr durch den Mersey, stieg in sein wenig benutztes Elektroauto und fuhr, wie er noch nie gefahren war. Lediglich die Sorge, von der Verkehrspolizei angehalten zu werden und dadurch Zeit zu verlieren, hielt ihn davon ab, über rote Ampeln zu brettern.

Nach etwas weniger als drei Stunden parkte er sein Fahrzeug direkt vor der Polizeistation auf einem Einsatzparkplatz und eilte die Treppenstufen zum Empfangsschalter hinauf. Es dauerte, bis sich die Sicherheitsschleuse öffnete. "Sheridan? Wo finde ich das Büro von einem Sheridan? Bitte!"

"Da dürfen Sie aber nicht parken! Das geht so nicht!", antwortete die Polizistin am Empfang.

"Sheridan? Ich werde erwartet!"

"Sie geben mir zuerst ihren Ausweis, sonst kommen Sie hier nicht weiter."

Fred kramte das Dokument aus der Jackentasche und händigte es aus. Die Polizistin warf einen scharfen Blick darauf, dann auf Fred, dann wieder auf den Ausweis und dann sagte sie: "Zweite Tür links. Aber wundern Sie sich nicht, wenn Sie nachher einen gesalzenen Strafzettel vorfinden."

Fred hörte schon nicht mehr zu. Zweite Tür links. Er klopfte nicht an.

...

Und wachte im Sanitätszimmer wieder auf.

"Ruhig!", sagte eine Stimme, die ihm bekannt vorkam. Etwas wie ein feuchter Lappen wurde von seiner Stirn genommen. "Bleib ganz ruhig", sagte die Stimme wieder. "Laß die Augen erst mal geschlossen, wenn das geht und hör zu." Fred tat wie ihm geheißen. Sein Kopf tat höllisch weh und er fühlte sich ... er wußte nicht, wie er sich fühlte. Nicht gut jedenfalls.

"Paß auf, das ist jetzt sehr wichtig", sagte die Stimme. "Ich bin der Sohn von deiner Tante Nora. Die ist auf einer Kreuzfahrt, einer Expeditionskreuzfahrt in die Arktis und deshalb kann man sie nur schwer erreichen. Und du paßt auf mich auf. Das machst du auch nicht zum ersten Mal, aber diesmal bin ich davon gelaufen. Einfach so. Ohne Anlaß. Du hast dir riesige Sorgen gemacht, aber bist jetzt froh, daß ich wieder da bin. Du wirst mich mitnehmen und du bist dir sicher, daß das nicht wieder vorkommt. Hörst du? Tante Nora, Kreuzfahrt, kann man nicht erreichen, mich mitnehmen! Klar? Und wenn du jetzt die Augen aufmachst, dann bleib ganz ruhig liegen. Du wirst dich erschrecken, aber du tust dir nicht nochmal weh, verstanden? Ich erkläre dir alles später, wenn wir hier raus sind."

Der Lappen war wieder auf seiner Stirn. Kühler und nasser als vorher. Das tat gut. Diese Kopfschmerzen waren wirklich schlimm. Er öffnete die Augen.

XXIII

Ex-Hauptkommissar Sheridan war noch nicht überzeugt. Er drehte gerade die zweite Runde um die Polizeistation. Er mußte nachdenken. Die beiden Larsons kannten sich, soviel schien sicher. Die Geschichte von der Mutprobe, die der Junge ihm aufgetischt hatte, war auch halbwegs plausibel. Er habe in der Schule diesem Mädchen imponieren wollen und die hätte eine Mutprobe gefordert. Etwas Außergewöhnliches. Etwas mit Weglaufen und im Freien übernachten, ohne Zelt und so. Und es mußte bei der Polizei enden. Das waren die Bedingungen. Die Beweise für den ersten Teil habe er vom Computer im "The Goblin's Share" abgeschickt und den zweiten Teil habe er auch erfüllt. Aber jetzt täte es ihm schrecklich leid und er würde das nie wieder tun. Weil ihm bewußt geworden sei, was er da angerichtet habe und auch bei ihm, Sheridan, hatte er sich ausdrücklich entschuldigt.

Soweit so gut. Aber weshalb kommt dieser Cousin, dieser Fred Larson, der natürlich aufgeregt ist, wenn nach zwei Tagen sein verschwundener Verwandter, auf den er aufpassen soll, bei der Polizei auftaucht, bei ihm im Büro an und erschrickt sich dermaßen, daß er mit dem Hinterkopf an den Türrahmen schlägt, als hätte ihn jemand mit ganzer Kraft gestoßen. Warum erschrickt der so? Was gab es denn zu sehen, womit er nicht gerechnet hatte? Da sitzt sein jüngerer Cousin, dieser Tom, in einem Polizeibüro und anstatt wütend zu sein und dem Jungen eine zu kleben oder so etwas – und dafür hätte er, Sheridan, vollstes Verständnis gehabt –, erschrickt dieser Fred, als hätte er ein Gespenst gesehen. Und haut sich dann den Kopf an und geht zu Boden, wie vom Blitz getroffen. Also das war schon ein Auftritt gewesen, alle Achtung! Sheridan lächelte. Irgendwie geschah ihm das recht, diesem Fred. Hätte er besser aufgepaßt, dann wäre ihm, Sheridan, einiges erspart geblieben. Aber warum war Fred Larson nicht zur Polizei gegangen, um seinen Cousin als vermißt zu melden? Auch der andere Larson in Australien paßte noch nicht so recht ins Bild. Dieser Fred war offenbar sein Sohn. Aber sonst? Irgendwas fehlte, irgendwas war faul.

Sheridan gab sich einen Ruck. "Was ist mein Ziel? Und wie erreiche ich das auf einfachstem Weg?", sagte er vor sich selbst auf. Das war der entscheidende Merksatz aus dem Buch über Erfolgsstrategien, welches er gerade las. "Was ist mein strategisches Ziel? Ich will wieder zurück in die Stadt, als Hauptkommissar. Was ist mein taktisches Ziel? Ich möchte diesen Streuner loswerden, denn daraus kann ich keine Erfolgsgeschichte mehr stricken. Was ist mein Problem? Er könnte mich sogar behindern. Wenn diese Staatsanwältin Lee sich erkundigt, muß der Junge weg sein. Fall erledigt, Problem weg. Was muß ich also tun? Ihn loswerden." Das war seine Entscheidung und die setzte er in die Tat um.

Er ging zum Sanitätsraum und auf dem Weg bedeutete er einem seiner Polizisten, ihm zu folgen. Für den Abschluß brauchte er besser einen Zeugen. Er nahm den Ausweis von Fred Larson in die Hand, überflog nochmal die Daten und gab ihn an seinen Kollegen weiter. Er öffnete die Tür und feuerte in schneller Reihenfolge seine Fragen ab.

"Wie heißt der Mann auf der Liege? Nicht nachdenken! Schnell antworten!"

"Fred Larson", antwortete der Junge.

"Wann ist er geboren? Datum? Wo ist er geboren?"

Alle Antworten kamen ohne Zögern und waren richtig.

"In Ordnung. Herr Larson, brauchen Sie einen Arzt? Nein? Dann unterschreiben Sie am Eingangsschalter diese zwei Dokumente und dann können Sie ihn mitnehmen. Fahren Sie vorsichtig. Wenn ihnen schwindelig wird, anhalten und nicht weiterfahren. Ja? Gut! Sie geben uns gleich noch die Adresse von ihrer Tante Nora. Das ist seine Mutter, richtig? Wann kommt die von ihrer Expedition zurück? Aha! Wir werden das dann überprüfen und wundern Sie sich nicht, wenn das Jugendamt bei ihrer Tante vorbeischaut. Den Strafzettel erlassen wir ihnen. Gut. Dann sind wir fertig." Sheridan übergab die beiden Dokumente, eine Vorgangsakte und eine Entlassungsakte sowie den Ausweis an den Kollegen und ging zurück in sein Büro. Durch das Fenster konnte er sehen, wie die beiden Larsons kurze Zeit später in dieses neumodische Elektromobil einstiegen und Fred Larson vorsichtig davonfuhr. Sheridan atmete tief durch. Ziel erreicht. Abhaken. Weitermachen.

XXIV

Als die Polizeistation im Rückspiegel verschwunden war, blieb Fred einfach auf der Straße stehen. Er stellte den leise surrenden Elektromotor ab und legte beide Hände auf das Lenkrad. Er sah Tom nicht an.

"Ich weiß, wie es dir geht", sagte sein Bruder vom Beifahrersitz. "Ich konnte es erst auch nicht glauben. Es tut mir fürchterlich leid, daß du dir den Kopf angehauen hast. Ich wollte es dir schonend beibringen, bevor ich bei der Polizei gelandet bin, aber ich weiß auch gar nicht, wie das gehen soll. Wie man *das* schonend beibringen kann! Ich habe mir zwar nicht den Kopf wehgetan, aber dafür wäre ich beinah gefressen worden. Das ist nicht besser. Laß nochmal sehen? Das ist aber auch eine fiese Beule. Du Armer. Ich vermute, daß dir gerade alles egal ist, außer daß du wissen möchtest, wie das sein kann. Weshalb ich nicht gealtert bin und so. Was passiert ist, wo ich gewesen bin und weshalb ich mich nicht gemeldet habe. Richtig?"

Fred nickte und sah Tom vorsichtig aus dem Augenwinkel an, als wenn er sich sonst in Luft auflösen würde.

"Also. Ich kann dir jetzt eine Geschichte erzählen, die für dich keinen Sinn ergibt", fuhr Tom fort, "oder wir machen es anders. Ich zeige dir die Wahrheit. Dann wird es erst nochmal schlimmer, bevor es besser wird. Weil, die Wahrheit wirst du nicht glauben wollen, selbst wenn du sie siehst. Aber dann hast du es hinter dir, versprochen. Und dann verstehst du es. Soweit man das halt verstehen kann. Ich finde, wir sollten das so machen, weil danach fragst du dich zumindest nicht mehr, ob mit *dir* irgendwas nicht stimmt. Ob du Halluzinationen hast oder so was. Du wirst dich danach andere Sachen fragen, aber es wird sich besser anfühlen. Hoffe ich. Glaube ich. Weil irgendeine Erklärung muß es ja geben, für all das, einverstanden? Ok, dann machen wir das jetzt. Dann fahr mal den Wagen auf den Parkplatz da vorne rechts, bitte. Da bei dem Pizzeria-Schild. Und park den Wagen so, daß er von der Straße nicht so leicht zu sehen ist, bitte. ... Gut gemacht. Wir werden jetzt aussteigen und in diese Pizzeria gehen und wenn du dann siehst, was ich dir zeigen will, dann schlägst du dir bitte nicht wieder den Kopf irgendwo an, ja? Es ist alles gut, na ja, fast alles, außer daß ... aber das mit den Zwergen erzähle ich dir später. Komm jetzt. Wir müssen schnell machen, glaube ich."

Fred ließ diese für ihn mehr oder weniger unverständlichen Sätze über sich ergehen. Er verstand nur, daß es schwer zu erklären war. Das glaubte er sofort. Und er verstand, daß in dieser Pizzeria eine Erklärung auf ihn wartete, die das Verstehen leichter machen würde. Das klang vielversprechend. Zum Schluß verstand er noch, daß er auf seinen Kopf aufpassen sollte. Das nahm er sich fest vor.

Sie betraten die Pizzeria. Drinnen bot sich ihm ein Anblick, der alles übertraf, was er sich hatte vorstellen können. Im Gastraum der Pizzeria saßen zwei Menschen und etwas anderes an einem der Tische und aßen Spaghetti Alio e Olio und auch die roten Stückchen Peperoncino waren gut zu erkennen. Da war eine alte Dame, klein und verrunzelt, aber mit einem hellwachen Blick. Da war ein großer Mann mit weißer Schürze. Und da saß außerdem eine kleine Gestalt an dem Tisch, mit spitzen Ohren, einer spitzen Nase, roten Augen und einer dunkelgrauen Haut, mit Linien darin, die ganz sonderbar golden und rot leuchteten.

Fred nahm sich einen Stuhl, setzte sich und zwickte sich in den Oberschenkel, wie er es manchmal tat, wenn er in einem Meeting müde wurde, was häufig der Fall war. Hier zwickte er sich, um sicher zu gehen, daß er wirklich wach war. Dann stand Tom, sein Bruder Tom, neben ihm und hielt schützend eine Hand an seinen Kopf wie bei einem Säugling. Tom stellte vor: "Also das ist Oswaldo, dem gehört die Pizzeria hier. Daneben sitzt seine Großmutter, nimm dich vor ihr in acht. Und zwischen den beiden sitzt Magnus. Magnus Vierdreifinger." Das Wesen winkte an dieser Stelle mit beiden Händen. "Magnus ist ein Kobold. Er kommt aus der Anderwelt. Das ist da, wo all die magischen Wesen leben. Trolle, Zwerge, Elfen und eben Kobolde. Mehr habe ich nicht kennengelernt. Das heißt, da war noch so ein Baumwesen, aber von dem kenne ich den Namen nicht. Ich bin jedenfalls in diese Anderwelt hineingeraten und dann hat sich die Zeit hier draußen ziemlich schnell vorgedreht, und als ich wieder rausgekommen bin, mit der Hilfe von Magnus hier, da war ich noch genauso alt, aber ihr alle, du, alles, ihr seid plötzlich 14 Jahre älter. So ist das gewesen. Die übrigen Details lasse ich jetzt mal aus. Du kannst Magnus übrigens gerne anfassen. Das hilft vielleicht, beim Verstehen. Magnus, halt still, bitte. Also, das ist mein Bruder Fred. Er hat sich gerade übel den Kopf gestoßen, wegen mir, und ihr seid bitte ganz nett zu ihm."

Fred nahm seinen Bruder beim Wort. Er stand auf, gab Oswaldos Großmutter die Hand, gab Oswaldo die Hand. Und dann, zögernd, gab er dem Wesen, dem Kobold, die Hand. Es, er, fühlte sich ganz real an. Der Kobold sah dann Tom an und sagte: "Ich glaube, er mag mich, *ton frère*."

Das war zuviel, sprechen tat es auch noch. Fred rannte aus der Pizzeria als wäre die wilde Jagd hinter ihm her.

Tom wollte hinterherlaufen, aber Oswaldo hielt ihn fest. "Gib ihm einen Augenblick. Der kommt wieder. Setz dich Tom. Nimm einen Teller Pasta. Dann erzählst du uns kurz, was passiert ist und vorher frage ich schnell, warum du ausgerechnet hierher zurückkommst, wo du dir doch denken kannst, daß wir beobachtet werden."

"Ich weiß", sagte Tom, "aber bei der Polizei ging es nicht weiter und Fred hat ein Auto. Wenn wir von hier verschwinden, bevor ... bevor Aldewin wieder auftaucht, dann könnten wir davon kommen und er wüßte nicht, wohin wir gefahren sind."

Magnus pfiff durch die Zähne. "Das ist ein Plan. Und ich bin noch nie in einem Auto gefahren. Das gefällt mir."

Während Tom seine Pasta verspeiste, klärte er kurz über seine Erlebnisse auf. An der Stelle mit der falschen Mutter, brach Heiterkeit am Tisch aus. Oswaldo erzählte kurz, daß Magnus bei ihnen geblieben sei, weil sie sich gedacht hätten, daß er für die Zwerge im Moment die beste Spur zu ihm, zu Tom, wäre, jedenfalls sobald er bei der Polizei wieder herauskommen würde. Deshalb hätten sie zunächst nicht mit einem weiteren Angriff rechnen müssen. Außerdem habe er, Oswaldo, den Kobold einfach zu dringend am Pizzaofen gebraucht. Aber jetzt, wo sie beide wieder vereint seien, wäre wirklich keine Zeit mehr zu verlieren. Der Plan mit Fred und seinem Auto würde hoffentlich funktionieren. Oswaldo verschwand kurz und kam mit einem uralten, aber höchst stabilen Koffer wieder. Er bohrte schnell ein paar Luftlöcher hinein. "Damit könnt ihr Magnus in den Wagen schaffen, ohne daß ihr für Aufsehen sorgt." Magnus rümpfte die Nase, aber sah ein, daß das unumgänglich war. So hatte er sich Auto fahren nicht vorgestellt.

Wie auf Bestellung kam Fred wieder herein. Er setzte sich wortlos hin und ließ sich einen Teller Pasta von Großmutter reichen. Als er ihn leergegessen hatte, sagte er: "Das ist unmöglich und es ist komplett verrückt, aber hier stehst du, Tom, genauso, wie an dem Tag, an dem ich dich zuletzt gesehen habe. Und da hockt ein Kobold in einem alten Koffer. Wenn das, was nicht sein kann, sich plötzlich als wahr herausstellt, ist alles möglich. Ich gehe jetzt einfach mal davon aus, daß alles was du gesagt hast, zutreffend ist. Denn anders kann ich mir das hier nicht erklären. Ihr sagt mir bitte gleich, wie es weitergeht und was nun zu tun ist, aber vorher, vorher muß ich mal kurz ..." Seine Stimme stockte. Er stand auf, ging auf Tom zu, breitete die Arme aus und Tom flog ihm entgegen und sie hielten sich lange fest, bis es Magnus zu langweilig wurde und er begann, den schweren Koffer schon mal alleine in die Nähe des Hinterausgangs zu zerren.

Kurz vor der Abfahrt entschied Oswaldo, daß er Fred mit seiner dicken Beule und womöglich einer Gehirnerschütterung unmöglich den weiten Weg nach Liverpool fahren lassen konnte. Das wäre unverantwortlich. Er würde fahren und zur Sicherheit Fred ins Krankenhaus bringen.

"Unsinn, bei einer Gehirnerschütterung braucht man Ruhe und keinen Arzt", sagte die Großmutter. "Bei so einem Schlag gegen den Kopf können die auch nichts machen im Hospital. Aber Auto fahren, sollte Fred nicht. Da hat mein kleiner Oswaldo ganz recht."

"Ich kann das nicht annehmen", sagte Fred. "Sie müssen doch hier in ihrem Restaurant bleiben, oder?"

"Keineswegs", antwortete Oswaldo. "Ihr nehmt gerade meinen Ofenmeister mit. Da bleibt die Küche ohnehin kalt. Zum Glück soll morgen endlich dieser Reperaturdienst kommen."

Und so machten sie es. Kein Arzt, aber auch kein Autofahren. Oswaldo und Tom wuchteten den ziemlich schweren Koffer in den Kofferraum von Freds Wagen. "Was wundert ihr euch. Ich bin aus Stein gemacht und ein bißchen Eisen und ein bißchen Gold. Das wiegt", schallte es aus dem Koffer, den sie mit dem Dachsmantel ausgepolstert hatten. Ein Teil der Rückbank des Wagens war umgeklappt, so ging es ganz gut. Oswaldo stellte noch das "Heute geschlossen" Schild auf den Gehweg. Der Abschied von der Großmutter war kurz, aber herzlich. Sie wünschte ihnen allen das Beste und wischte sich verstohlen eine Träne aus dem Augenwinkel. Magnus rief noch Grüße an Gigi und den Rest der Familie aus seinem Koffer und dann fuhren sie los.

Oswaldo war angespannt. Er sagte, daß die Zwerge mit Sicherheit die Polizeistation und die Pizzeria überwachen würden, was Fred nicht verstand, aber auch nicht nachfragte. Doch sie fuhren unbehelligt durch die kleine Stadt und nahmen auf Toms Einfall hin zunächst gerade nicht die Straße Richtung Westen, Richtung Liverpool. Alles blieb ruhig. Keine Horde Zwerge stellte sich dem Fahrzeug in den Weg. Tom atmete tief durch. Es hatte geklappt.

Leider hatte er übersehen, daß am Heck des Fahrzeugs ein Aufkleber angebracht war. Darauf stand "Liverpool

University", aber die Zwerge an der Straße nach Norden hatten sich gar nicht um die Schriftzeichen gekümmert, denn über dem Text war das Wahrzeichen Liverpools abgebildet: Ein Liverbird. Und mit dieser Nachricht eilten sie zu Aldewin. Dieses geflügelte Wesen kannte nun wirklich jeder in der Anderwelt. Und jeder wußte, wo die beiden letzten ihrer Art lebten.

XXV

Die Fahrt verlief ohne Zwischenfälle. Tom begann, Fred die Geschichte mit den Zwergen zu erzählen. Aber Fred stoppte ihn und sagte, er möge ihm das alles bitte später erklären und dann schlief Fred auf dem Beifahrersitz ein. Er erwachte erst wieder, als sie die Stadtgrenze von Liverpool erreicht hatten. Das Navigationsgerät führte sie komfortabel bis in die Garage und Oswaldo half, den schweren Koffer in Freds Apartment zu schleppen.

Sie ließen den Kobold frei und Magnus sauste sofort los, um die neue Umgebung auszukundschaften. Oswaldo tauschte mit Fred alle möglichen Kontaktdaten aus und schärfte ihm ein, sich sofort zu melden, wenn etwas Ungewöhnliches passieren würde oder wenn er einfach Hilfe brauche. Unvermittelt sagte Fred: "Wieso könnt ihr das so gelassen nehmen, deine Großmutter und du? Hat euch das denn gar nicht schockiert, mit dem Kobold und allem anderen?"

Oswaldo überlegte kurz. "Ich war entsetzt, aber viel mehr über den Zwerg mit seiner Streitaxt. Ah, du hast vorhin schon geschlafen. Tom, wird dir das bestimmt bald erzählen. Und als Magnus aufgetaucht ist, um mit dem Zwerg zu kämpfen, war ich schon überrascht, aber ich bin dir gegenüber im Vorteil, Fred. Ich habe das kleine Volk, so nennen wir die Kobolde bei uns im *Valdostana*, bereits kennengelernt. Als Kind. Aus der Ferne. Großmutter hat sie mir gezeigt und ich hatte es vergessen oder verdrängt, aber ich war vorbereitet, zumindest ein bißchen."

"Aha", meinte Fred ungläubig. "Deine Großmutter hat dich als Kind mitgenommen, um *Kobolde* anzusehen. Wie im Zoo?"

"Nein, natürlich nicht", Oswaldo lachte. "Manchmal, in dunklen Nächten, waren sie in der Nähe unseres Hofes und haben etwas mit den Steinen gemacht. Großmutter hat immer vermutet, sie würden etwas suchen. Und da habe ich sie ein paarmal gesehen. Ein Stück weit weg und hauptsächlich ihre Linien, wenn die aufleuchteten. Und die glühenden Steine natürlich. So meine ich das. Ich habe zum Glück nie erlebt, wie ein Angehöriger aus der Anderwelt zurückgekommen ist. Ich finde, du hältst dich wacker, Fred. Kopf hoch." Er drückte ihn spontan an sich und dann Tom. Magnus gab er beide Hände und verneigte sich leicht. Der Kobold tat ebenso. Und dann ging Oswaldo. Er hatte noch einem langen Rückweg mit dem Zug vor sich. "Gigi holt mich vom Bahnhof ab. Das ist gar nichts", rief er fröhlich zum Abschied und dann waren sie alleine.

Freds Apartment bestand aus zwei Zimmern. Einem großen Wohnzimmer und einem Schlafzimmer. Natürlich gab es noch eine Küche, ein Bad und ein WC. Magnus hatte sich inzwischen an den alten Koffer gewöhnt und so richteten sie diesen mit Decken und Kissen als Schlafplatz für ihn her. Tom konnte auf der Schlafcouch nächtigen, aber er bat Fred um einen Platz in seinem geräumigen King Size Bett. Es war Abend geworden, als sie gemeinsam Freds Kühlschrank und sein Eisfach plünderten. Der Kühlschrank war nämlich nicht besonders gut gefüllt. Bald saßen sie müde und satt um Freds Eßtisch herum. Nur der Kobold war nicht müde, sondern nur satt. Er hatte das Bücherregal mit den vielen Design-, Architektur- und Kunstbänden für sich entdeckt. Wohl wegen der vielen Bilder darin.

Den beiden Brüdern fiel im selben Moment etwas Wichtiges ein und sie sprachen gleichzeitig: "Was ... *Weißt* ... ist ... *du* ... eigentlich ... *eigentlich* ... mit ...*was* ... Mutter, ... *für* ... lebt ... *eine* ... sie ... *Nacht* ... noch ... *heute ist?"* Sie mußten lachen. Dann wurde Fred ernst: "Oh? Ich dachte, du weißt Bescheid. Wobei, entschuldige, ich habe gar nicht viel gedacht, scheint mir. Ed hat sich scheiden lassen, schon vor vielen Jahren, und ist nach Australien ausgewandert."

"Das weiß ich", sagte Tom. "Hab' ihn im Internet gefunden. Bei LVM. Genau wie dich. Aber nicht Mutter."

"Verstehe! Nora lebt hier ganz in der Nähe, drüben auf der Halbinsel Wirrel. Ich kann dir erklären, weshalb du sie im Netz nicht gefunden hast. Ich habe dir ohnehin so viel zu erzählen. Ich weiß gar nicht, wo ich anfangen soll."

"Ja. 14 Jahre! Bei mir sind es nur 4 Tage!", sagte Tom betrübt. "Aber was ist denn für eine Nacht, heute?"

"Heute ist der 12. August, Tom. Die Perseidennacht!"

Die beiden Brüder sahen sich mit einem Glänzen in den Augen an, bis Tom tief Luft holte.

"Das ist großartig. Das ist wunderbar. Mir fällt ein Stein vom Herzen, daß Mutter lebt und zwar nicht in Australien oder so. Wir müssen es ihr sagen. Ich muß es ihr bald sagen, daß ich wieder da bin. Aber ich habe Angst, Fred. Was, wenn sie sich nicht ... wie soll ich das sagen? Sie wird sich freuen, das weiß ich, aber hat auch sie wieder geheiratet? Hat sie ... andere Kinder? Ich habe im Internet gesehen, daß sie Jahre lang nach mir gesucht hat. Und dann plötzlich nicht mehr. Als ich vor vier Tagen wieder hierher in unsere Welt gekommen bin, da habe ich gar nicht darüber nachgedacht, wie es euch ergangen ist. Auch als ich das mit dem Zeitsprung bemerkt hatte. Ich war nur mit mir beschäftigt. Es ging auch ziemlich wild zu."

"So wild auch wieder nicht", meldete sich der Kobold von der Couch. "Sind noch alle Finger dran, ein Jammer." Tom schüttelte den Kopf.

"Es ging wild zu, für meine Verhältnisse jedenfalls. Aber gestern in der Arrestzelle bei der Polizei. Da hatte ich Zeit zum Nachdenken. Ich habe versucht, mir vorzustellen, wie es sein muß, wenn jemand 14 Jahre nicht da ist und dann plötzlich wieder auftaucht. Und nicht nur das. Ich bin 13, Fred. Ich bin 13 Jahre alt und habe keine blasse Ahnung mehr, von nichts. Ich kenne die Welt nicht und schlimmer, ich kenne meine Familie nicht mehr. Ich habe richtig Angst, je mehr ich darüber nachdenke. Ich habe Angst, Mutter anzurufen und zu sagen: Hi, hier bin ich wieder."

Fred nahm Toms rechte Hand, die nervös mit dem Salzstreuer gespielt hatte, in seine beiden Hände. "Stimmt. Das wird ein Schock. Mich hat es ja auch umgehauen, im wahrsten Sinne. Aber du solltest dir keine Sorgen machen. Über den Schock wird sie hinweg kommen und dann wird es das schönste Geschenk sein, daß du ihr machen kannst. Da bin ich mir sicher."

"Ich möchte es ihr erst morgen sagen, Fred. Ich trau' mich heute abend noch nicht."

Fred überlegte. "Vielleicht ist das sogar eine gute Idee, Tom. Nach 14 Jahren kommt es auf ein paar Stunden auch nicht mehr an. Weißt du was? Ich möchte ... ich muß noch von dir erfahren, was es mit dem Zwerg und der Streitaxt auf sich hat. Sonst kann ich nicht schlafen. Vielleicht kann ich dann erst recht nicht schlafen, aber trotzdem. Und ich kann dir erzählen, was in den letzten 14 Jahren passiert ist. In unserer Familie und sonst so, in groben Zügen. Damit du dich ein bißchen weniger fremd fühlst. Und das machen wir nicht hier. Nicht an diesem Tisch. Das machen wir oben auf dem Dach! Ich habe einen Schlüssel für die Tür, die zum Helikopterdeck führt.

Unser Hausmeister hat ihn mir geliehen, weil ich für ihn eine Homepage programmiert habe. Er ist nämlich eigentlich Musiker und verdient mit dem Hausmeisterjob nur seinen Lebensunterhalt. Wir sehen uns die Perseiden an und erzählen dabei. Du 4 Tage, ich 14 Jahre. Was hältst du davon?"

Tom war begeistert und blickte fragend zu Magnus in seinem Koffer. Doch der Kobold winkte ab. "Ich habe es nicht so mit Höhen. Mir wird schon schwindelig, wenn ich hier aus dem Fenster sehe. Ich bin ein Höhlenbewohner. Geht ihr mal. Ich mache es mir hier bequem."

Und auf diese Antwort hatten die beiden Brüder insgeheim gehofft.

XXVI

Am nächsten Abend saß Nora in Freds Wohnzimmer und wunderte sich. Sie wunderte sich, daß Fred nicht auf der Arbeit gewesen war, aber er hatte eine große Beule am Kopf. Das mochte der Grund sein. Und sie wunderte sich, daß er sie so geheimnisvoll einbestellt hatte. Das war ganz untypisch für ihn. Sie hatte keine Möglichkeit gehabt, kurzfristig ihre Schicht zu tauschen und so konnte sie erst nach der Arbeit vorbeikommen. Das hatte Fred nicht gefallen, aber was sollte sie machen. Außer bei einem schweren Unfall oder ähnlichen Katastrophen konnte sie nicht einfach von der Arbeit fernbleiben. Nicht, wenn sie die Arbeit behalten wollte. Er hatte ihr einen Kaffee gemacht, sie auf die Couch gesetzt und ihr eingeschärft, sie solle ganz ruhig sitzen bleiben, gleich-gültig was geschehe. Dann war er in seinem Schlafzimmer verschwunden und rumorte dort herum.

Was sollte das ganze Theater? Hatte er sich einen Hund gekauft? Würde er gleich in Frauenklamotten aus seinem Schlafzimmer kommen? Sie wunderte sich nicht nur, sie war inzwischen auch gereizt. Sie war erschöpft und gereizt. Was auch immer es sein mochte, diese Inszenierung gefiel ihr nicht. Jetzt kam er wieder heraus aus dem Schlafzimmer und er hatte so einen Blick. Ihr wurde eiskalt. Beinah wäre sie aufgestanden, um zu gehen, aber da machte Fred endlich den Mund auf.

"Nora. Ich ... ich habe im Schlafzimmer eine Überraschung. Mich hat die ganz schön umgehauen, also bleib ganz ruhig, bitte."

"Fred, wenn du jetzt nicht sofort mit der Geheimnistuerei aufhörst, dann gehe ich in dieses Schlafzimmer und hole deine Überraschung heraus."

"Nein! Nein! Das tust du auf keinen Fall, hörst du." Er war ernsthaft besorgt. Was war nur in dem Zimmer? "Wir haben nachgedacht, wie wir es dir schonend beibringen können, aber uns fällt nichts ein, wie das gehen soll und deshalb ... Tom!", rief er durch die geschlossene Tür. "Komm raus!"

Die Tür öffnete sich und Nora fühlte, wie ein Güterzug auf sie zufuhr. Gar nicht so schnell, aber mit einer riesigen Wucht, einem riesigen Gewicht. Der tonnenschwere

Zug traf ihr Herz, ihr Innerstes und der Schmerz war unerträglich. Vor ihr stand ihr Sohn, ihr Kind. Er sah aus, wie an dem Tag, an dem er verschwunden war. Dem schrecklichsten Tag ihres Lebens. Dem Tag, an dem ein schwarzes Loch sich in ihr gebildet und von da an alles Licht, alle Wärme, alle Freude aufgesogen hatte. Dieses schwarze Loch hatte sie lange gefüttert, in der Hoffnung, seine Gier würde irgendwann nachlassen. Tat es aber nicht. Und dann hatte sie sich davon gelöst. Das hatte all ihre Kraft gekostet, aber es war ihr ganz langsam gelungen, sich von dieser Anziehungskraft, dieser Auslöschung ihres Ichs zu befreien. Und nun war es wieder da und verschlang sie. "Wer hat dir das angetan?", flüsterte Nora.

"Mutter, laß es mich erklären. Ich ..." Es war Toms Stimme, es war Tom, es war ihr Tom, es war ein Albtraum. Diesen Moment hatte sie herbeigewünscht. Auf diesen Moment hatte sie all ihre Energie gerichtet, jahrelang. Und als ihr klar geworden war, daß dieser Moment nie kommen würde, da hatte sie den Wunsch, die Sehnsucht aus sich herausgelöscht, herausgeschnitten. Nun war dieser Moment doch gekommen und es war furchtbarer als ihre Vorstellungskraft sich ausmalen konnte. Sie hatte vor ihrem inneren Auge ihr Kind tausend Tode sterben sehen. Verhungert in einer ausweglosen Höhle, entführt und ermordet von gesichtslosen Schrecken, ertrunken, vergraben, eingemauert. An dem Tag, an dem Tom verschwunden war, mußte etwas Grauenvolles passiert sein. Sonst wäre er, sonst wäre irgend etwas von ihm wieder aufgetaucht. Und so war es. Er stand vor ihr, wie direkt aus ihren Albträumen emporgestiegen. Er hatte sogar die gleiche Kleidung an.

Sie flüsterte noch einmal: "Wer hat dir das angetan?" Und dann biß sie sich in den linken Handballen, um nicht losschreien und ihren Verstand verlieren zu müssen. Blut tropfte auf den Fußboden.

Tom öffnete den Mund, Fred machte einen Schritt auf sie zu, größte Sorge im Gesicht und plötzlich hörte sie ein Geräusch im Schlafzimmer, hinter der Tür, vor der Tom, ihr Tom, stand. Sie griff nach dem Kaffeebecher und hechtete zu der Tür. Der Kaffee spritzte durch den ganzen Raum, als sie mit der blutenden linken Hand die Klinke herunterdrückte. Tom hing an dem Arm und wollte sie zurückhalten. Fred flog ihr förmlich entgegen, aber sie war durch nichts aufzuhalten. Im Schlafzimmer stand ein dunkles Wesen mit rotglühenden Augen und sie zögerte keinen Augenblick und zerschlug den Kaffeebecher auf dessen Kopf.

Dann war Fred bei ihr und warf sie mit all seiner Kraft auf das Bett und dann sich selbst auf sie. Tom schrie, sie verstand nicht was. Ihre Augen, all ihre Sinne waren auf das Wesen gerichtet. Sie wehrte sich gegen Freds Gewicht auf ihr. Sie verstand nicht, weshalb er sie hindern wollte, diesen Alb in Stücke zu reißen. Das Wesen sah sie an, aus diesen rotleuchtenden Augen, öffnete den Mund und sagte: "Wow! Gleich speit Sie Feuer!"

XXVII

Tom rannte in die Küche, füllte ein Glas mit Wasser, rannte zurück ins Schlafzimmer und kippte das Wasser seiner Mutter ins Gesicht. Dann setzte er sich in das nasse Bett und hielt ihren Kopf fest. Als sie sich nicht mehr wehrte und das Strampeln nachließ, begann er, sanft über ihre Stirn zu streicheln. Magnus hatte er mit einer eindeutigen Kopfbewegung rausgeschickt und der Kobold hatte sich, ohne Umstände zu machen, gefügt. Fred rollte stöhnend von ihrer Mutter herunter, aber vorsichtig darauf bedacht, sie jederzeit wieder festhalten zu können. Er hatte drei blutige Striemen auf der Wange. Als Fred zu der Überzeugung kam, daß Nora der Kampfeswille verlassen hatte, stand er auf und schüttelte traurig den Kopf. "Scheiße, Tom! Das ist nicht gut gelaufen!"

Tom hatte zu weinen begonnen. Er machte keinen Ton dabei, aber die Tränen liefen ihm beide Wangen hinunter. "Du blutest, Fred", sagte er tränenerstickt. "Geh und verarzte dich. Und schließ ab!"

Fred warf noch einen prüfenden Blick auf seinen älteren Bruder, der nicht mehr älter war. "Brauchst du was?" Aber Tom schüttelte nur stumm den Kopf und Fred schloß die Tür hinter sich ab. Im Wohnzimmer ließ sich Fred auf die kaffeebefleckte Couch fallen und stöhnte, als ihn der Schmerz der Wange erreichte.

"Laß mal sehen", sagte Magnus. Fred war zu erschöpft, um zu widersprechen. Der Kobold berührte vorsichtig seine Wange und bewegte die Finger ganz zart und langsam über die Wunden, die Noras Fingernägel hinterlassen hatten. Es prickelte ein wenig. Nach ein paar Minuten ließ der Kobold von ihm ab. "Ist sie immer so, eure Mutter?", fragte er unverblümt.

"Nein, ja, nein. Natürlich nicht! Sie kann sehr energisch sein, aber so habe ich sie noch nie erlebt. So sieht wohl ein hysterischer Zusammenbruch aus."

"Ich würde das eher Ausbruch als Zusammenbruch nennen", ergänzte Magnus. "Wenn sie nicht offensichtlich ein Mensch wäre, würde ich auf flüssige Lava tippen. Frisch aus dem Vulkan."

Fred war zum Heulen, aber er mußte doch schmunzeln. Er ließ seinen Blick über das wohlsortierte Design-Wohnzimmer schweifen und über die eintausendundeinen Kaffeeflecken, die praktisch jeden Gegenstand darin gesprenkelt hatten. Er stöhnte erneut, aber diesmal aus ästhetischem Schmerz. "Und dein Kopf?", fragte er Magnus. "Alles in Ordnung bei dir?"

Magnus grinste nur und hielt ihm seine Stirn zur Ansicht hin, auf der nichts, noch nicht einmal ein Kratzer zu sehen war. Plötzlich stellten sich seine Ohren ganz spitz auf. "Hörst du das?", fragte er Fred.

"Was? Nein, das sind Schallschutzfenster, da hört man nichts."

"Hmh! Kann man die öffnen?"

"Nein, unmöglich. Das ist ein Niedrigenergiehaus. Hier gibt es nichts, was man öffnen kann."

"Dann bring mich auf's Dach. Wo ihr gestern abend wart. Schnell!" Die Stimme des Kobolds trug eine solche Dringlichkeit in sich, daß Fred nicht weiter nachfragte, sondern den Schlüssel zur Dachtür nahm und schon die Wohnungstür geöffnet hatte, als ihm einfiel, daß er schlecht mit einem Kobold durchs Treppenhaus wandern konnte. Das Haus hatte 23 Stockwerke und seine Wohnung lag im 17. Man konnte bis zum 22. Stock mit dem Aufzug fahren und die Notaustiegstür zum Dach lag gewissermaßen im 24. Stock. Andererseits traf man im Treppenhaus eigentlich nie jemanden an und die Penthouse-Etage im 23. Stock hatte nochmal einen eigenen Fahrstuhl mit Marmorverkleidung nur für das eine Stockwerk. Kurzerhand griff er sein Trenchcoat, wickelte den Kobold darin ein und setzte ihm einen Hut auf den Kopf. Dann stiegen sie im Treppenhaus bis zum Dach hinauf.

Oben angekommen, nahm der Kobold den Hut ab, wohl um besser hören zu können. Mit dem Trenchcoat sah er aus wie ein geschrumpfter Detektiv aus einem Koboldfilm. Jetzt hörte Fred auch etwas. Es klang wie ... wie nichts, was Fred je gehört hatte. Wie eine Mischung aus Klagelaut, Vogelruf und Preßlufthammer, weil auch so ein Vibrieren in dem Ton lag. Er hörte es noch einmal, jetzt ganz deutlich und lauter und es kam eindeutig von oben. Der Kobold machte ein paar Schritte auf den Heliport hinaus und stieß dann einen gellenden Pfiff aus, so laut, daß Fred die Ohren klingelten. Und noch einen. Es hatte leicht zu nieseln begonnen. Es war im Gegensatz zum gestrigen Abend ziemlich ungemütlich auf dem

Dach. Fred fragte sich gerade, ob er wohl noch gebraucht würde oder ob er besser im Treppenhaus warten sollte, da hörte er ein Rauschen. Es wurde lauter, übertönte Wind und Regen. Und dann löste sich aus dem Grau des Regens und dem Dunkel der Nacht eine, nein, es lösten sich zwei Silhouetten großer, riesiger Vögel, die beide auf dem Dach landeten. Fred machte instinktiv einige Schritte zurück, bis er sich den Hinterkopf an der Wand anschlug, in der sich die Notaustiegstür befand.

Die beiden Vögel standen aufrecht auf kräftigen Beinen mit krallenbewehrten Füßen. Sie waren ungefähr drei Meter hoch und ihre Schwingen waren gigantisch. Die Spannbreite konnte Fred nicht schätzen, da sie die Flügel jetzt eingeklappt hatten und er bei der Landung noch zu überrascht gewesen war. Aber es waren sicherlich mehr als 10 Meter. Die Vögel hatten lange Hälse und anmutige Köpfe mit einem für ihre Größe eher kurzen, nur leicht gebogenen Schnabel. Keine Greifvogelschnäbel, wie Fred feststellte, aber eine einzelne Kralle ihrer Füße war mindestens so lang wie sein Unterschenkel.

Der Kobold war fest auf seinem Platz stehen geblieben und verbeugte sich vor den beiden Kreaturen. Die Vögel nickten graziös mit ihren Köpfen wie zur Begrüßung. Dann schluckte Fred seine Überraschung hinunter. Er wollte sich nicht bei jeder Begegnung mit neuen magischen Wesen, denn darum handelte es sich ja wohl, den Kopf verletzen. Er nahm seinen ganzen Mut zusammen, es schienen immerhin keine Drachen zu sein, und trat sich verbeugend auf das Dach hinaus.

Magnus sprach zuerst: "Dieser Mensch gehört zu mir. Er heißt Fred und ich bürge für ihn." Die beiden Vögel nickten erneut ihr royales Nicken. "Mein Name ist Magnus. Magnus Vierdreifinger. Ihr habt gerufen und ich bin sofort gekommen, als ich euren Ruf durch die dicken Wände dieses Hauses hören konnte. Was ist geschehen? Wie kann ich helfen?"

"Beruhige dich Kobold", sprach hoheitsvoll einer der Vögel. "Wir sind tatsächlich auf der Suche nach dir. Gut, daß du uns gehört hast. Bist du derjenige, der für die letzte Auslösung des Zwergenfluchs verantwortlich ist?"

Magnus richtete sich bei diesen Worten auf. "Ja. Das bin ich. Ich weiß, was ich getan habe und ich halte meine Tat für richtig."

"Große Worte von einem kleinen Wesen", sprach der Vogel. "Du trägst eine schwere Verantwortung. Aber wir sind nicht hier, um deine Tat zu richten. Uns steht dies auch nicht zu, da uns der Bann nicht betrifft. Die Lüfte, die offene Landschaft und das Meer sind von den Zwergen nicht verflucht worden. Aber wir nehmen Anteil an dem Schicksal von euch Höhlenbewohnern und deshalb überbringen wir dir eine Botschaft. Mehrfach haben uns Elfen besucht in den vergangenen Tagen und es scheint, als wären sie immer mit der gleichen Nachricht losgeschickt worden und sie sollten diese allen erzählen, die sie treffen. Zu uns kommen Elfen recht häufig. Wahrscheinlich, weil sie Fisch mögen. Aus dem Durcheinander ihrer verschiedenen Geschichten haben wir uns folgenden Reim gemacht: Gnarg richtet Magnus aus, daß es dem Dorf und auch den Dörfern in der Umgebung gut geht. Ich erspare dir das Drumherum, welches die Elfen hinzugedichtet haben."

Und dann lächelte der Vogel. Fred war sich nicht sicher, was genau wie ein Lächeln aussah bei dem doch unbeweglichen Schnabel, aber es war eindeutig ein Lächeln. Magnus war entzückt. Er sprang herum und warf den Hut, Freds Hut, in die Luft. "Danke. Oh, danke für diese guten Neuigkeiten und daß ihr euch die Mühe gemacht habt. Das vergesse ich euch nicht. Vielen Dank."

Nun sprach der andere Vogel, der bisher geschwiegen hatte. Die Stimme klang höher und ebenso melodisch. "Wir freuen uns auch, daß wir diese guten Nachrichten überbringen können. Ich kann von einem Flug nach Süden hinzufügen, daß eine alte Metallgrube, die die Menschen lange in den Bergen dort betrieben haben, aufgegeben worden ist. Erst gestern habe ich gesehen, daß Angehörige deines Volkes angefangen haben, dort Stollen anzulegen und das Gebiet erneut in Besitz zu nehmen."

Magnus schien regelrecht gerührt. Fred konnte das an den heftig pulsierenden goldenen Linien erahnen. "Danke nochmals. Wenn ich irgend etwas für euch tun kann, irgend etwas, was sich am Boden abspielt möglichst, dann sagt es mir bitte." Jetzt lächelten beide Vögel.

Der erste Vogel antwortete: "Wir erwarten keine Gegenleistung, Magnus Vierdreifinger, es ist gerne geschehen.

Uns plagen auch keine Sorgen. Seitdem die Menschen selbst angefangen haben, zu fliegen, ist unser Dasein viel leichter geworden. Niemand sieht mehr zum Himmel und wundert sich bei unserem Anblick. Ich glaube, sie verwechseln uns im Dunkeln mit ihren eigenen Fluggeräten. Wir wünschen dem Menschen und dir ein gutes Leben." Und mit diesen Worten des Abschieds erhoben sich die beiden riesigen Vögel in die Luft.

"Das waren Bella und Bertie. Die beiden Liverbirds! Oder? Wahnsinn! Ich habe die Liverbirds gesehen. Die echten!", sagte Fred ergriffen. Als er seine Angst überwunden hatte, hatte er sie erkannt.

"Unter diesen Namen kenne ich sie nicht", antwortete Magnus glücklich. "Sie sind unfaßbar alt. Viel älter als wir Kobolde alt werden und diese beiden leben schon immer hier, soweit wir wissen. Deswegen heißt dieser Ort ja, 'der Sumpf, wo die beiden Livers wohnen'. Den Sumpf gibt es natürlich schon lange nicht mehr, so geschäftig, wie ihr Menschen seid. Aber die beiden Liverbirds, die gibt es noch und heute habe ich mit ihnen zum ersten Mal gesprochen. Sie sind schon immer zusammen, diese beiden. So lange, wie manche Steine alt sind und es heißt, wenn einer der beiden umkommen würde, könnte das der andere nicht überleben. Aber was rede ich von umkommen. Mein Dorf ist wohlauf! Der gute Gnarg. Schickt Elfen durch's halbe Land, damit mich diese Nachricht erreicht. Oh! Ich bin so durcheinander. Jetzt habe ich doch tatsächlich vergessen, die Nachricht, daß es mir gut geht, zurück zu schicken. Na ja. Das nächste Mal."

So stiegen die beiden vom Dach wieder herunter und kamen ungesehen in Freds Apartment an, wo Tom bereits
heftig von innen an die Schlafzimmertür donnerte, weil
er dringend auf die Toilette mußte.

XXVIII

Nora hatte sich etwas beruhigt. Sie hatte begonnen, die
Kaffeeflecken zu entfernen. Dort wo das ging, bei den
glatten Oberflächen. An vielen Stellen, auf der Couch, auf
den Buchrücken, an der Wand war alle Mühe umsonst
und das tat ihr leid. Sie kannte die Vorliebe ihres jüngeren Sohnes, der jetzt der ältere war, für aufgeräumtes,
sauberes, fast schon klinisches Wohnen. Von ihr hatte er
das nicht. Das war eindeutig Eds Erbe. Sie sah ihren älteren Sohn, der jetzt der jüngere war, mit dem Monster
scherzen und es versetzte ihr einen Stich. Sie hatte die
Geschehnisse wie Tom sie berichtet hatte, soweit akzep-
tiert. Es hatte ihr geholfen, daß Fred vieles davon aus seiner Perspektive bestätigen konnte, denn sie mißtraute
Toms Urteilsvermögen, wenn es um das Monster ging.
Vielleicht war er beeinflußt worden, verhext wollte sie
nicht denken. Sie würde sich jedenfalls nicht verhexen
lassen. Jetzt dachte sie das Wort doch, nicht von diesem
Ungeheuer. Und selbst wenn dieser Kobold ihrem Jungen tatsächlich das Leben gerettet hatte. Fred behaup-
tete sogar, zwei magische Vögel hätten das gerade auf
dem Dach bestätigt. Der Kobold war ein Teil des Schrek-
kens, der das verursacht hatte. Er war verantwortlich, das
fühlte sie. Es half auch nicht, daß der Kobold sie jetzt

schelmisch ansah, die Lippen spitzte und ein Pusten an-
deutete. Das sollte wohl Feuerspucken bedeuten. Er
hatte bisher kein Wort zu ihr gesagt und sie ignorierte
ihn ohnehin. Sollte sich der Kobold ruhig lustig machen.

Dann sah sie Tom an. Er untersuchte gerade verblüfft
Freds verheilte Wange. Ihr Herz quoll über und zer-
sprang. Sie hatte ihn zurückbekommen, aber zu welchem
Preis. Sie gab sich einen Ruck und setzte sich zu den
Dreien auf die Couch, aber möglichst weit weg von dem
Monster.

"Es tut mir schrecklich leid mit all den Flecken, Fred. Das
wollte ich nicht." Sie hatte dem Kobold den Schädel zer-
trümmern wollen, aber dafür genügte ein Kaffeebecher
nicht, soviel war klar. Fred gab einen Laut von sich, wie
ein getretener Hund. Aber dann atmete er tief ein, löste
den Blick von seinem verunstalteten Wohnzimmer und
erzählte nochmals von seinem Erlebnis auf dem Dach.

"Es waren die Liverbirds! Sie waren so groß! Und so ...
schön. So anmutig. So etwas habe ich noch nie gesehen.
Also, natürlich nicht, woher auch. Es war magisch." Offensichtlich fehlten ihm die Worte, um das Erlebnis an-
gemessen zu beschreiben. Tom schien ein bißchen neidisch auf seinen Bruder zu sein und gleichzeitig platzte
er vor Stolz auf ihn, als der Kobold bestätigte, wie Fred
sich ganz richtig verhalten habe, mit der Verbeugung
und so.

Nora machte sich Sorgen wegen der Geschichte mit den
Zwergen, aber gleichzeitig war ihr Verstand noch nicht in

der Lage, die geballte Ladung unglaublicher Informationen zu verarbeiten, die sie in den vergangenen zwei Stunden erhalten hatte. Sie wollte so gern mit diesem Oswaldo sprechen. Oder mit seiner Großmutter, oder mit beiden. Sie stellte sich vor, das würde es leichter machen. Das wäre wie eine kleine Selbsthilfegruppe. Aber sie war sich nicht sicher, ob ihr überhaupt zu helfen war, als sie erneut die Krallen, die glühenden Augen und die spitzen Zähne des Kobolds vor sich sah. Ein Gedanke durchschoß sie.

"Habt ihr es Ed schon gesagt?"

Ihre Söhne sahen sie betreten an, wie ertappt. "Also nicht", konstatierte sie. "Ihr solltet es ihm sagen! ... Sollten wir es ihm sagen? ... Ich weiß nicht, ob man ihm das sagen kann."

Alle schwiegen nachdenklich.

"Videotelefonie! Kein Kobold! Nur Tom! Sonst legt er sofort auf!", sagte Fred.

"Wie ist er denn so? Jetzt, inzwischen, meine ich", fragte Tom unsicher.

Fred seufzte und Nora schüttelte den Kopf. "Ich habe keinen Kontakt mehr zu ihm. Schon lange nicht mehr", sagte sie.

"Ich war ein paarmal bei ihm in Australien", antwortete Fred. "Er meldet sich manchmal bei mir. Selten. Meinen Geburtstag vergißt er jedes Jahr, aber an meinen Schulabschluß hat er gedacht. Er ist Ed."

"Ja", sagte Tom, "das war ihm schon immer wichtig. Abschlüsse und so was."

"Nach England ist er nie wieder zurückgekommen, soweit ich weiß. Aber er hat mir das hier geschenkt zum Bachelor wegen des Design-Studiums." Fred stand auf und kam mit einem schmalen Etui wieder, in dem ein edler Füller steckte mit einem Edelstein am Clip. Alle starrten auf das Schreibgerät, welches Fred auf den Tisch gelegt hatte.

"Ich muß es ihm sagen. Er hat ein Recht, es zu wissen und ich habe ein Recht, mit ihm zu sprechen. Er ist mein Vater", sagte Tom entschlossen.

"Ich hole mein Laptop", sagte Fred.

IXXX

Magnus war ins Schlafzimmer verfrachtet worden, damit er nicht versehentlich durchs Bild laufen konnte. Das Laptop stand auf dem Wohnzimmertisch. Es war kurz vor 23.00 Uhr. Fred öffnete das Programm für Videotelefonie und wählte die Nummer seines Vaters. Es dauerte einen Moment, dann war Ed Larson auf dem Bildschirm zu sehen.

"Fred, das ist ja eine Überraschung. Du hättest dich anmelden sollen. Ich habe nicht viel Zeit."

"Ja, entschuldige, Ed. Tut mir leid, daß ich dich so überfalle, aber es ist ungemein wichtig und dringend. Wir sitzen hier zu dritt. Nora ist hier ...", Eds Gesichtsausdruck verdüsterte sich augenblicklich, "und hier ist noch jemand, ... ach weißt du was, ich übergebe dich einfach. Darauf kann dich sowieso nichts und niemand vorbereiten." Mit diesen Worten drehte Fred das Laptop zu Tom hin, so daß dieser auf dem Bildschirm seines Vaters zu sehen war und er seinerseits Ed sehen konnte.

"Hallo Vater", sagte Tom.

Ed sagte nichts.

"Das ist bestimmt ein Schock für dich. Es ist ... ein Schock für uns alle. Auch für mich. Bitte reg dich nicht auf und laß mich erklären ...", aber Ed dachte nicht daran, Tom erklären zu lassen.

"Jetzt verstehe ich, wovon dieser Sheridan gesprochen hat. Nicht schlecht. Wirklich nicht schlecht vorbereitet, muß ich schon sagen. Du siehst ihm wirklich ähnlich. Aber ich bin nicht dein Vater und du bist nicht mein Sohn. Mein Sohn ist seit vielen Jahren tot. Vielleicht hättet ihr, vielleicht hätten die, die dich geschickt haben, besser einen erwachsenen Tom aus der Versenkung holen sollen. Aber so? Was für eine Schmierenkomödie! Was für eine lächerliche Idee! Ich will nichts hören! Mach bloß nicht nochmal den Mund auf, du kriminelles Früchtchen."

Tom wollte, Tom mußte unterbrechen. "Vater, jetzt warte doch mal, bitte ..."

Aber Ed explodierte förmlich. "NENN MICH NICHT NOCH EINMAL VATER, DU VERBRECHER! WAS WOLLT IHR? GELD? WERTSACHEN? DASS NORA EUCH DIESEN UNFUG ABNIMMT, DAS WUNDERT MICH NICHT, ABER BEI IHR IST NICHTS ZU HOLEN! UND FRED HAT NICHTS ALS SCHULDEN, SEIT ER DIESES APARTMENT GEKAUFT HAT! DU VERSCHWINDEST ALSO BESSER! ERBSCHLEI-CHER! GANOVENPACK! IST DAS DIE NEUE MASCHE DER ORGANISIERTEN KRIMINALITÄT? WER NIMMT EUCH DENN SO EINEN UNSINN AB?"

Ed mußte husten wegen des Schreiens. "Welche verzwei-felten Idioten kaufen euch so etwas ab, bitte? Daß ein vor Jahren verschwundenes Kind wieder auftaucht? Un-verändert? Gleiche Klamotten, gleicher Haarschnitt? Fred, FRED! Du glaubst doch wohl diesen Quatsch nicht? Von dir hätte ich etwas mehr gesunden Menschenver-stand erwartet. Wach auf, Fred! Irgend jemand nimmt dich hier gewaltig auf den Arm. Das stand alles damals in der Zeitung. In der Vermißtenanzeige. Die Kleidung! Das Foto! Das braucht man sich nur aus dem Netz zu ziehen. Egal, was er dir erzählt hat, um seine Echtheit zu beweisen. Das ist alles frei verfügbar. Alles was an dem Tag geschehen ist, minutiös. Die Ohrfeige, wegen des Gewehrs! Hat er dir davon erzählt? Weißt du wie oft ich mir wegen dieser Ohrfeige Vorhaltungen machen lassen mußte? Von deiner Mutter, von der Therapeutin, zu der sie mich geschleppt hat, von der Selbsthilfegruppe? Ich war schuld an allem wegen dieser Ohrfeige und jetzt soll

das alles von vorne losgehen? Ich bin doch nicht verrückt!"

Er machte eine Pause vor Erschöpfung.

"Ed, bitte, du machst einen Fehler! Hör dir doch bitte an,
was deine Söhne dir sagen wollen", mischte sich Nora
ein.

"Nora, du verrücktes Huhn! Haben sie dir bei der Trau-
matherapie das letzte bißchen Gehirn gelöscht? Halt du
dich raus! Wenn du diesen Schauspielknaben bei dir auf-
nehmen willst, bitte. Aber laß Fred aus dem Spiel. Wie
verzweifelt muß man eigentlich sein? Da kommt irgend
so ein Bengel und macht dir was vor und du glaubst das?
Wach auf, das geht nicht, das gibt es nicht! Das ist nicht
Tom, frisch aus seinem Grab gestiegen. DAS IST NICHT
TOM! Ach, was rede ich überhaupt mit dir. Hör zu, Nora!
Ich werde gegen dich eine Unterlassungsklage erwirken.
Ich will von dir nichts mehr hören oder sehen. Wenn du
diesen Wahnsinn nach all den Jahren von vorne beginnen willst, dann halt mich da raus. Hörst du?"

"Ja, Ed, ich höre dich deutlich", sagte Nora resigniert.

"Gut! Fred? Fred, und jetzt hörst du mir zu! Schmeiß die
beiden raus auf der Stelle! Das kann doch nicht sein, daß
jetzt auch du noch diesem Irrsinn verfällst. Das lasse ich
nicht zu! Ich habe mich doch nicht all die Jahre um dich
gekümmert, damit du jetzt so irre wirst, wie deine Mutter."

Fred zog das Laptop von Tom weg, der am ganzen Körper zitterte, und stellte es vor sich selbst. "Ed!", sagte er ruhig, aber tonlos, wie beim Atemholen. "Sag das bitte nochmal."

"Was? Das ich nicht dulde, daß mein einziger Sohn jetzt auch überschnappt, meinst du das?"

"Ja, das", sagte Fred. "Und das mit dem Kümmern. Daß du dich all die Jahre um mich gekümmert hast."

"Ja und?", Ed verstand nicht. "Natürlich! Das war nicht einfach, so aus der Ferne. Ich wollte ALLES hinter mir lassen, nach diesem schrecklichen Ereignis, aber dich habe ich nicht hinter mir gelassen. Weißt du nicht mehr? Ich habe dir sogar angeboten, daß du bei uns leben kannst in Australien."

"Da war ich auf der Suche nach einem Studienplatz, Ed. Da war ich erwachsen. Ich frage nochmal. Du hast dich also all die Jahre um mich gekümmert? Die Jahre, als ich *nicht* erwachsen war, als ich bei meiner Mutter gelebt habe. Die Jahre, in denen du nie hier warst, bei mir. Die Jahre, in denen ich dich gebraucht habe. In diesen Jahren hast du dich *gekümmert? Um mich?"*

Ed wollte antworten, aber Fred fuhr ihm ins Wort: "Moment, ich bin noch nicht fertig. Du hast es gleich geschafft. Dauert nicht lang. Ich werde mich jetzt um *mich* kümmern, Vater. Und zwar, indem ich den Kontakt zu dir beende! Ich möchte nicht, daß du dich noch einmal bei mir meldest. Ich wünsche dir alles Gute, aber ich halte mich ab jetzt von dir fern. Ach, und noch was. Laß Nora in Ruhe, ja? Wenn sie Post bekommt von deinem Anwalt oder einem australischen Gericht oder so was, dann wirst du mich kennenlernen. *Deinen einzigen Sohn!*" Und dann kappte Fred die Verbindung.

Nach einer Weile kam Magnus aus dem Schlafzimmer geschlichen. Er öffnete den Mund und flüsterte, "ich wollte nur sagen, ich bin müde und ...". Er brach ab und legte den Kopf auf die Seite. Tom weinte im Arm seiner Mutter, die weinte und Fred saß daneben und weinte auch. Magnus schnappte sich seinen Koffer und schleifte ihn hinter sich her ins Schlafzimmer, was leider ein paar unschöne Kratzer auf dem Echtholzfußboden hinterließ. Dann schloß er die Tür hinter sich.

XXX

Am nächsten Morgen ging es bis auf den Kobold allen scheußlich. Fred rief bei seiner Arbeit an und sein Team-leiter war ziemlich ungehalten, daß Fred sich bis auf Wei-teres wegen der Familienangelegenheit abmeldete. Fred hatte argumentiert, daß eine Krankschreibung bei seiner derzeitigen psychischen Belastung mit Sicherheit noch länger ausfallen würde, und als er vorschlug, seine Fehl-zeit als unbezahlten Urlaub einzustufen, hatte der Team-leiter zugestimmt.

Bei Nora ging es weniger glimpflich aus. Sie hatte mitge-teilt, daß sie nicht arbeitsfähig sei und angeboten, eine Krankschreibung nachzureichen, aber die Filialleiterin der Fast-Food-Kette, bei der sie sich ihren dürftigen Lebensunterhalt verdiente, hatte gesagt, sie brauche nicht mehr wieder zu kommen.

Tom hatte diese Sorgen zwar nicht, aber die Ereignisse des vorherigen Tages, das Gespräch mit seinem Vater, hatten ihn komplett verstört. Etwas in ihm war zerbrochen und er konnte sich noch nicht dazu durchringen, ohne dieses etwas weiterzumachen. Er saß apathisch auf der Couch und zappte durch die Fernsehprogramme, ohne sich auf irgend eines davon konzentrieren zu können.

Auch Nora und Fred waren nicht sie selbst. Nora hatte den Schock des Vortages noch nicht überwunden. Der Verlust ihrer Arbeit war im Vergleich zunächst nur eine Randnotiz.

Fred fühlte sich wie ein Einbaum. Ausgehöhlt und ins Wasser geworfen. Die harten Worte zu seinem Vater fühlten sich immer noch richtig an, aber das brachte keine Linderung oder ein Gefühl des Neuanfangs mit sich, sondern erst einmal nur Schmerz und Leere. Tags zuvor war er Einkaufen gewesen, als sie auf Noras Ankunft gewartet hatten und so war wenigstens der Kühlschrank prall gefüllt. Er mußte sich an diesem Tag um nichts weiter kümmern. Dadurch fehlte aber auch die Ablenkung einer Aufgabe.

Nora stand am Fenster und sah auf den Mersey hinaus. Sie hatte in den letzten Jahren mehrfach versucht, sich das Rauchen abzugewöhnen, war dabei aber immer nur zeitweise erfolgreich gewesen. Jetzt, in diesem Moment, brauchte sie eine Zigarette, dachte sie. Sie war genervt, daß man in dem modernen Niedrigenergiehaus kein Fenster öffnen konnte und bei geschlossenem Fenster durfte sie in Freds Apartment natürlich nicht rauchen. Einen Balkon hatte das Apartment nicht und wenn es einen gegeben hätte, hätte sie dort auch nicht rauchen dürfen. Sie würde mit dem Aufzug hinunter fahren und sich dann mindestens 50 Schritte vom Eingang des Wohnturms entfernen müssen, bevor sie sich eine Zigarette anstecken durfte. Sie rauchte nur gelegentlich, wenn sie fand, daß es nötig war. Aber die neuen Antirauchergesetze machten sie wütend. Diese zielten darauf ab, daß kein Nichtraucher unfreiwillig in Kontakt mit Qualm aus Suchtmitteln jeglicher Art kam, auch nicht im Freien. Die Überdachung des Wohnturms war natürlich keine 50 Meter breit und daher hätte sie sich dem Regen aussetzen müssen, der gerade von der Irischen See herübergezogen war. Sie war nun richtig gereizt, auch von dem Gezappe, welches Tom veranstaltete. Ihre Anspannung war aber nur die Spitze eines großen Eisbergs. Und in diesem Eisberg steckte die Tatsache, daß sie sich 14 Jahre lang verändert hatte, Tom aber nicht. Sie spürte, daß sie nicht weitermachen konnte, wie bisher, aber daß sie auch nicht von vorne anfangen konnte, als wäre Tom nie verschwunden und das setzte ihr zu. Trotz der Freude über Toms Auftauchen, oder gerade deswegen, wurde ihr Leben auf den Kopf gestellt. Jahrelang hatte sie daran gearbeitet, das Unabänderliche annehmen, damit leben zu können. All das war gestern wie ein Luftballon zerplatzt. Sie war ratlos.

Fred war sauer, aber er wußte das noch nicht. Er saß am Eßtisch, bereitete die Zutaten für ein Mittagessen vor und wunderte sich, daß ihm niemand dabei half. Tatsächlich hatte er, seit ihrer Rückkehr aus der kleinen Stadt in den Dales, jeden Handgriff im Haushalt alleine machen müssen, wenn man einmal von Noras Putzaktion wegen der Kaffeeflecken absah. Eine Stimme in ihm sagte, daß es unfair sei, daß alles an ihm allein hängen bliebe, nur weil er sich besser im Griff hatte als seine Mutter und sein Bruder. Er wußte, daß diese Stimme unrecht hatte, aber er konnte sie auch nicht zum Schweigen bringen, weshalb er ein schlechtes Gewissen hatte und deshalb war er sauer.

Tom wurde, während er durch die Fernsehprogramme zappte, von Minute zu Minute wütender. Er war wütend auf die Welt an sich, die sich einfach ohne ihn weitergedreht hatte. Die verschiedenen Nachrichtensender zeigten Personen und Probleme, von denen er noch nie gehört hatte. Schlimmer war aber, daß es ihm noch nicht einmal ohne Freds Hilfe gelungen war, den riesigen Flachbildschirm-Internet-Multifunktionsfernseher zu starten. Alleine war es ihm nur gelungen, mit der Fernbedienung, die auf dem Wohnzimmertisch gelegen hatte, versehentlich die Mikrowelle in der Küche anzustellen. Tom war auf die Zwerge wütend, wegen des Fluchs und weil sie sein aus den Fugen geratenes bißchen Leben auch noch mit dem Tode bedrohen mußten.

Außerdem war Tom auf seine Familie wütend, die sich nicht vorbehaltlos über seine Rückkehr freuen konnte. Ihm war bewußt, daß er damit Fred und Nora Unrecht tat. Er verstand, daß die vergangenen Jahre an seiner Mutter nicht spurlos vorüber gegangen waren. An Fred natürlich auch nicht. Aber *seine* Probleme waren doch wohl die größeren und das Gespräch mit dem Vater, welches ja gar kein Gespräch gewesen war, er war ja überhaupt nicht zu Wort gekommen, überwölbte alles und vergiftete seine Gedanken. Er hatte noch nicht die Kraft zu akzeptieren, daß 14 Jahre Abwesenheit, die in nur 14 Stunden durchlebt werden, viel weniger belastend sind, als ein 14 Jahre andauernder Verlust des eigenen Sohnes oder Bruders, von dem jede Minute durchlebt werden muß. Gleichgültig, wie dramatisch seine 14 Stunden und die Tage danach verlaufen waren.

Magnus war auf nichts und niemand wütend. Er war mit einer wichtigen Aufgabe beschäftigt. Er hatte sich in die Küche verzogen und sich dort einen Stuhl geschnappt. Er war auf den Stuhl gestiegen und hatte festgestellt, daß er selbst auf dem Stuhl noch zu klein war, um an die hinterste Ecke des weit oben angebrachten Eisfachs des großen, freistehenden Kühlschranks heranzukommen. Also hatte er sich den Küchentisch vor den Kühlschrank gezogen, den Stuhl darauf plaziert, war auf den Tisch geklettert und dann auf den Stuhl und hatte das Eisfach geöffnet, um die Packung Eiscreme herauszuholen, die Fred auf seine Bitte hin gekauft hatte.

Während er noch auf dem Stuhl balancierte, um seine wertvolle Fracht sicher hinunter zu bekommen, brachen nebenan die emotionalen Dämme und die angestauten negativen Gefühle ergossen sich ins Wohnzimmer.

"Meinst du, es ist noch genug Zeit für eine Zigarette vor dem Haus, Fred?", fragte Nora, als dieser gerade den letzten Teller mit den in Kreisform angeordneten Gemüsesticks neben die drei verschiedenen Dips, die Baguettestücke in ihrem Körbchen, die Olivenschale, den Wurst- und den Käseteller und all die anderen hübsch anzusehenden Elemente eines perfekt gedeckten Tisches stellte.

"Siehst du nicht, daß alles fertig ist, Nora?", giftete Fred sie an, was er im selben Moment bereute und sich schämte, weil es zwar eine aufwendige, aber doch kalte Mahlzeit war und eine kurze Verzögerung nicht weiter schlimm wäre.

"Ich sehe, daß du ein kulinarisches Kunstwerk geschaffen hast. Mir war nicht bewußt, daß wir es *sofort* wieder zerstören müssen", antwortete Nora schnippisch. "Während ich unten bin, kannst du dich noch ein bißchen länger daran erfreuen, oder?"

"Würdet ihr bitte damit aufhören?" Tom stellte den Fernseher ab. "Zigaretten! Mittagessen! In den letzten Tagen sollte ich gefressen und umgebracht werden. Die Polizei hat mich eingesperrt, mein Vater mich einen Verbrecher genannt und der einzige, der mir hilft, ist ein Kobold, dem meine Mutter am liebsten den Schädel einschlagen will. Ihr seid keine Hilfe!" Tom wußte, wie ungerecht das klang, aber er hatte keine Ahnung, wie es weitergehen sollte und das waren doch die Erwachsenen. *Die* sollten doch wissen, was zu tun wäre, nicht er.

"Ist das so?", rief Nora. "Während du mit deinem Kobold Abenteuer erlebt hast, habe ich hier Jahre lang kaum einen Fuß auf den Boden bekommen. Es ist furchtbar, was dir passiert ist, aber es war *kurz*. Die Ungewißheit hier war zwar nicht so dramatisch wie deine Erlebnisse, aber dafür *lang*. Tage, Wochen, Monate, Jahre lang habe ich nach dir gesucht. Die Familie ist darüber zerbrochen. Fred und ich hatten mehr als einmal kein Geld mehr und ich wußte nicht weiter. Du warst weg! Endlose Jahre! Und das alles nur, weil du Sturkopf nicht die Finger von einer Tür lassen kannst, auf der 'Kein Zutritt!' steht. Du kannst dir gar nicht vorstellen, wie es ist, auf diese Weise den Sohn zu verlieren. Und jetzt stehst du da und erwartest, daß wir so tun, als wäre nichts geschehen. Es ist aber *etwas* geschehen!" Nora begann zu weinen, aber auf eine bittere, anklagende Weise.

Da war es ausgesprochen. Der Vorwurf, daß er, Tom, eben doch an allem selbst schuld habe. Weil er nicht hören konnte, weil er nicht auf seinem Zimmer geblieben war, wie der brave Fred. Als hätte er ahnen können, was dann passierte. Als wäre nicht er das Opfer. Er war verantwortlich für den Schmerz, für die Entbehrung, sogar für die Entfremdung der Familie. Tom war außer sich.

"Du hast übrigens nicht *den* Sohn verloren, sondern *einen*", sagte Fred, der seit der Nacht, in der sein Vater so überstürzt gegangen war, an diesem Punkt besonders empfindlich war.

"Ach, Fred", stöhnte Nora, "du kannst so entsetzlich empfindlich sein."

Das stimmte natürlich. Es half nur kein Stück weiter, es in diesem Moment gesagt zu bekommen. "Macht doch euren Scheiß alleine", rief Fred und meinte damit eigentlich nur das blöde Mittagessen, aber das sagte er nicht. Dabei warf er wütend ein Geschirrtuch auf den Stuhl vor sich.

"Genau das werde ich tun", rief Tom, der auf einmal eine große und doch völlig falsche Klarheit in sich spürte. "Meine Mutter kann mit mir nichts mehr anfangen und meinem Bruder falle ich zur Last. Merke ich doch. Dreimal habe ich jetzt mitgeteilt, daß ich noch am Leben bin. Meinem Bruder, meiner Mutter und meinem Vater und jedesmal wurde es nur schlimmer. Ich bin ohne euch ganz gut zurecht gekommen. Und ich will euch gar nicht in meine Schwierigkeiten hineinziehen. Was, wenn Aldewin eines Tages hier vor der Tür steht, mit seiner Axt. Dann helfen keine Brotkörbchen und keine Kaffeebecher. Mir kann ohnehin nur einer helfen! Magnus? MAGNUS! Laß uns gehen. Das hat doch alles keinen Sinn."

Magnus hatte sich in den Türrahmen der Küche gestellt, als der Streit eskalierte und von dort verfolgt, wie sich die Familie selbst zerfleischte. Er leckte noch den Löffel ab, mit dem er begonnen hatte, die Eispackung zu leeren und legte dann beides vorsichtig auf den Boden.

"Du bleibst!" Sein Körper spannte sich und er richtete seine Augen auf Tom, wie wenn er zielen würde. "Ich gehe!"

Er sprang los wie von einem Katapult abgeschossen und sein harter Koboldkopf schlug in der oberen Hälfte von Toms Oberschenkel ein. Der Knochen splitterte und zerbrach mit einem häßlichen Geräusch. Tom brach zusammen. Sein Bein stand in einem unmöglichen Winkel von ihm ab. Ein Stückchen Knochen ragte seitlich aus der zerfetzten Hose. Für einen kurzen Moment sah er den Kobold ungläubig an, dann erreichte der Schmerz sein Nervenzentrum und er schrie, wie er noch nie geschrien hatte. Nora schrie jetzt auch. Ihre Hand griff nach dem Erstbesten, was auf dem Tisch vor ihr lag. Sie warf mit einem Teller nach Magnus. Dann packte sie eine Gabel und stürzte sich auf ihn. Fred war ganz blaß geworden und sank mit allen Anzeichen eines Schocks auf die Knie.

Der Kobold hatte den Teller an sich vorbeifliegen lassen und duckte sich nun geschickt unter der angreifenden Nora weg. Er warf einen letzten Blick auf Tom, flüchtete dann eilig in den Flur und ehe Nora sich wieder aufrappeln konnte, hatte er bereits die Wohnungstür von außen geschlossen und war verschwunden.

XXXI

In dem Durcheinander, welches in dem Apartment folgte, war Nora diejenige, die einen kühlen Kopf behielt. Zuerst prüfte sie, ob eine Arterie in Toms Bein durchstoßen war. Das war zum Glück nicht der Fall. Tom war ohnmächtig geworden. Sie legte Fred auf den Rücken und seine Beine auf die Sitzfläche eines Stuhls. Dann griff sie nach Freds Smartphone, welches auf dem Wohnzimmertisch lag, fluchte wegen des Sicherheitscodes, der von ihr verlangt wurde, erkannte dann aber schnell, daß sie auch ohne diesen einen Notruf absetzen konnte. Sie aktivierte das Telefon und beschrieb der Rettungsleitstelle ruhig und sachlich die Art der Verletzung, gab Adresse und Apartmentnummer durch. Erst dann schnitt sie mit einer Küchenschere Toms Hose auf, um sich ein genaueres Bild zu verschaffen. Es war ein verheerender Bruch, aber es war tatsächlich kein größeres Gefäß durchtrennt. Sie stützte das Bein ganz vorsichtig von beiden Seiten ab und legte dann unter Toms Kopf ein Kissen, welches sie von der Couch holte. Sie öffnete die Apartmenttür und blockierte sie mit einer Jacke. Als die Sanitäter eintrafen, saß sie am Boden, Toms Kopf im Schoß, seine beiden Hände fest umschlossen, damit er nicht versehentlich sein Bein berührte. Tom war wieder erwacht und litt fürchterlich.

XXXII

Er lag in seinem Krankenbett und konnte nicht schlafen, wegen der Schmerzen. Gleichzeitig war er so unendlich müde, daß er zwischen Wachheit und kurzem Halbschlaf nicht unterscheiden konnte. Er erinnerte sich nur bruchstückhaft, was passiert war, nachdem der Kobold seinen Oberschenkel zertrümmert hatte. Aber seine Albträume waren voll von Details aus der Notaufnahme und der Intensivstation. Der Schmerz war jederzeit bei ihm. Schmerz, von dessen alles beherrschender Macht er zuvor keine Vorstellung gehabt hatte. Sein behandelnder Arzt riet von stärkeren Schmerzmitteln ab, wegen Toms Alter, und um den Heilungsprozeß nicht zu behindern. Nora hatte dem zugestimmt. Ihn hatte man nicht wirklich gefragt. Er wäre auch nicht in der Lage gewesen, eine bewußte Entscheidung zu fällen. Aus seiner Perspektive hatten sie ihm bisher noch gar keine Schmerzmittel gegeben, die den Namen verdienten. Die Qual, die aus seinem Bein ausstrahlte, war unerträglich, aber zugleich war er unsicher, welcher Schmerz der furchtbarere war, der in seinem Bein oder der in seinem Herzen, aufgrund des unbegreiflichen Vertrauensbruchs, den Magnus ihm angetan hatte.

Er weinte und schrie bei Tag und er schrie und weinte bei Nacht. Nora, seine Mutter, war fast immer bei ihm. Auch Fred, sein Bruder. Beide konnten nichts tun, um seine Qualen und seine Verzweiflung zu lindern, aber zumindest war er nicht allein. Er weinte, bis kein Körnchen Salz mehr in ihm war. Dann weinte er ohne Tränen. Er weinte, bis seine Augen so geschwollen waren, daß sie fast aus ihren Höhlen fielen. Er weinte, bis jedes Stück seines gebrochenen Herzens aus ihm herausgeweint war. Er weinte, bis er zu keinem Gedanken und keinem Gefühl mehr imstande war. Und dann weinte er weiter, weil alles verloren war.

XXXIII

Der Kobold kroch aus dem engen Tunnel. Er hatte sein Ziel erreicht. Durch eine kleine Öffnung oben in der Decke strömte etwas Licht von der Straßenbeleuchtung herunter. Er stand still und horchte. Da waren gedämpfte Stimmen oben auf der Straße. Es war eine Gruppe Menschen. Sie scherzten. Die Stimmen entfernten sich und es wurde still.

Vor ihm befand sich eine alte, solide Tür. Diese war vor langer Zeit mit roter Farbe lackiert worden. Über der Tür war ein Schild angebracht. Am oberen Rand des Schildes befanden sich Zeichen in Menschenschrift, die er nicht lesen konnte. Aber das Bild, welches das Schild ausfüllte, erkannte er wieder. Es zeigte einen altertümlich gekleideten Mann im schwarzen Frack und mit weißer Perücke. Er saß auf einem Stuhl. Seine rechte Hand hielt ein Schreibgerät und ruhte dabei auf einem Tisch. In der linken hielt er ein Stück Papier. Dies war der Ort, den die Kobolde seit ungefähr 150 Jahren nutzten, wenn sie in Liverpool einen Unterschlupf suchten.

Die Hügel, auf denen Liverpool sich heute ausbreitet, sind regelrecht durchlöchert von Tunneln aus verschiedenen Jahrhunderten. Seeleute haben sie genutzt, um von den Docks ungesehen in die Stadt zu gelangen. Kaufleute haben mit ihrer Hilfe den Zoll umgangen. Viele dieser Tunnel sind in Vergessenheit geraten, als die Segelschiffe von Dampfschiffen und diese von großen Containerfrachtern abgelöst wurden. Für die modernen Schiffe waren die Docks von Liverpool zu klein und zu flach. Der große Hafen verlor an Bedeutung und die neuen Containerterminals waren an den Stadtrand in Richtung offene See verlegt worden. Doch es gab noch ältere Tunnel, die nicht von Menschen gegraben worden waren. Wer sich unter der Erde zurechtfand wie ein Kobold, konnte sich mit ihrer Hilfe fast im gesamten inneren Stadtgebiet bewegen, ohne jemals an die Oberfläche zu müssen.

Magnus trat an die rote Tür heran und zog an der alten mechanischen Klingel. Diese bestand aus einem Knauf, an dem ein Draht befestigt war. Zog man an dem Knauf, wurde der Draht bewegt, an dessen Ende, irgendwo weiter oben, nach mehreren Umlenkungen, eine Glocke befestigt war. Magnus konnte die Glocke nicht hören, also zog er noch dreimal kräftig an dem Knauf. Dann wartete er. Nach einer Weile wurde knirschend ein Riegel auf der Innenseite der Tür bewegt. Eine kleine Klappe öffnete sich.

"Wer wünscht Einlaß?", fragte eine Stimme durch die Klappe.

"Das kleine Volk", antwortete Magnus. "Ist dies noch ein Ort der Zuflucht? Erinnert ihr euch noch an alte Versprechen?"

"Ich erinnere mich", sagte die Stimme. "Allerdings hat schon lange keiner von euch mehr an diese Tür geklopft. Ein Dutzend Jahre ist das bestimmt her." Ein Schlüssel wurde in ein Schloß gesteckt. Dann rasselte eine Kette. Ein weiterer Schlüssel war zu hören. Dann öffnete sich die Tür. In der Öffnung stand eine Frau in ihren besten Jahren. Sie hatte ein freundliches Gesicht, in welches das Leben einige Sorgenfalten gegraben hatte. "Komm rein", sagte sie.

Der Kobold hüpfte über die Schwelle und während die Frau die Tür wieder umständlich verschloß, erklärte er. "Es hat einen Zeitsprung gegeben. 14 Jahre sind vergangen. Ein Mensch kam in die Anderwelt. Deshalb hast du so lange keinen von uns gesehen."

"Ein Eindringling? Und ihr habt ihn entkommen lassen? Erstaunlich!", wunderte sich die Frau. "In der Zwischenzeit ist hier einiges geschehen. Ich hätte eure Hilfe gut gebrauchen können. Das Gebäude ist verkauft worden und die neuen Eigentümer wollten uns schließen. Sie haben so lange die Miete erhöht, bis wir fast aufgegeben haben. Zum Glück haben viele unserer Gäste protestiert. Sogar der Stadtrat hat sich irgendwann eingeschaltet. Dann kam diese furchtbare Epidemie und die Eigentümer hatten plötzlich andere Sorgen. Ich habe den Pub gekauft und wir haben überlebt. Wir sind noch da."

"Das tut mir leid", sagte Magnus ernst. "Ich weiß zwar nicht, was eine Miete ist, aber ich bin aufrichtig froh, daß ihr es ohne unsere Hilfe geschafft habt, *vraiment*. Ich ... ich bin verantwortlich dafür, daß der Mensch die Anderwelt wieder verlassen hat. Ich selbst habe ihn herausgebracht."

"Du? Herausgebracht?" Die Frau blieb stehen und drehte sich zu dem Kobold um. Sie waren gemeinsam durch zwei Kellerräume gegangen und eine steile Treppe hinauf gestiegen. Nun standen sie in einem engen Gastraum mit einem L-förmigen Tresen. Es gab noch zwei kleine Nebenräume und eine abgetrennte Nische. Es war der gemütlichste Pub, den man sich vorstellen konnte. Gäste waren keine mehr anwesend. Es roch nach Bier, Holz und Putzmittel. Auf der Rückseite des Tresens, für die Augen der Gäste verborgen, befand sich eine niedrige, kleine Aushöhlung, in der auf einem schmalen Sims einige verstaubte Aufbewahrungsgläser standen. In den Gläsern befanden sich verschiedene zerkleinerte Gesteinsarten. Magnus ließ kurz seinen Blick schweifen, griff dann nach dem Glas mit den Basaltstücken, nahm eines heraus, steckte es sich in den Mund und begann herzhaft zu lutschen. "Ich hätte nicht gedacht, daß so etwas nochmal passieren würde", sagte die Frau verblüfft. "Es war mein Urgroßvater, den dein Volk damals verschont hat, aber es waren auch keine 14 Jahre, damals, wenn man mir die Geschichte richtig erzählt hat. Der Sprung damals war viel kürzer. Ich hoffe, er ist es wert, der Mensch, den du herausgebracht hast."

"Ja", antwortete der Kobold. "Er ist es wert. Und deshalb brauche ich deine Hilfe, bitte. Er ist verletzt, weißt du. Dafür bin ich auch verantwortlich. Und er wird nun bestimmt in eines dieser Häuser gebracht, wo ihr Menschen hingeht, um gesund zu werden. Da muß ich hinein. Nicht jetzt, nicht heute nacht, aber bald. Kannst du mir dabei helfen?" Er sah die Frau mit seinen leuchtend roten Augen fragend an.

"Selbstverständlich", antwortete diese mit einem Lächeln.

XXXIV

In der vierten Nacht, nachdem sein Bein zerstört worden war, träumte Tom die wildesten Träume. Vielleicht weil es die erste Nacht war, in der Nora nicht bei ihm im Zimmer ausharrte. Sie war kurz vor Mitternacht zu Fred gefahren, um ein paar Stunden in einem richtigen Bett zu schlafen. Sie hatte am nächsten Morgen einen wichtigen Termin. Er erwachte und hielt den Atem an. Etwas war durch seinen Traum gekrochen. Etwas Schreckliches. Es hatte ihn geweckt. Er rieb sich die Augen, und als sie sich an die Dunkelheit gewöhnt hatten, sah er, oder besser erahnte er, zwei kleine, glimmende, rote Punkte am anderen Ende seines Krankenzimmers.

"Du!", krächzte er mit heiserer Stimme. Es war keine Frage und es kam auch keine Antwort. "Du wagst es, hierher zu kommen, wieder zu mir zu kommen, nachdem, was du getan hast?" Keine Antwort. Inzwischen konnte er die beiden glühenden roten Augen am anderen Ende des Zimmer deutlich erkennen.

"Ich dachte, du wärst mein Freund. Aber du hast mir das Bein gebrochen. Das tut ein Freund nicht." Tom schwieg, nachdem er das Offensichtliche ausgesprochen hatte. "Warum bist du gekommen?", fragte er, als er die Stille nicht mehr aushielt. "Um mein anderes Bein auch zu brechen?"

Die beiden rotglühenden Punkte bewegten sich plötzlich und da war er, Magnus, Kobold, und stand neben ihm. Seine lange Nase erreichte gerade einmal das Laken, des hochbeinigen, rollbaren Krankenbetts, aber seine Präsenz schien sich über Tom auszubreiten.

"Hörst du jetzt zu?", fragte der Kobold. Tom öffnete den Mund, sagte aber nichts und schloß ihn wieder. "Ich bin dein Freund, Tom. Und als dein Freund, mußte ich dir helfen. Dir und deiner Familie."

"Helfen?", rief Tom bitter und ein Schmerz durchschoß sein Bein.

"Ja. Helfen!", sagte der Kobold ungerührt. "Als ihr drei euch angeschrien habt. Da habe ich gespürt, ich habe *gesehen*, daß in dir kein Gefühl war. Du warst so wütend, so aufgebracht, als du mit dem Fuß aufgestampft hast, aber es war nichts in dir, *rien du tout*. Dieser Ärger, diese Wut hingen über dir, wie eine dunkle Wolke. Es war, als wenn ein böser Kobold auf deinem Kopf sitzt und an Fäden zieht, an denen du festgebunden bist. Wie eine …

marionnette, sagt man so? Du warst ganz leer und hohl, so wie eine Muschelschale."

"Und was hat das damit zu tun, daß du mein Bein gebrochen hast?", unterbrach Tom. "Es tut weh, weißt du. Der Doktor sagt, ich werde erst einen Rollstuhl brauchen, dann monatelang Krücken. Ich werde vermutlich nie wieder so gehen können, wie vorher." Der Schmerz überwältigte Tom erneut und er begann leise zu wimmern.

"Komm schon", sagte der Kobold. "Das sind nur Knochen. Die wachsen wieder zusammen."

"Nur Knochen?", Tom war sprachlos vor Empörung. Für einen Augenblick vergaß er sogar seine Schmerzen.

"Shhhht", machte der Kobold. "Du hast gefragt, was du als *marionnette*, als Puppe unter dieser dunklen Wolke, was das mit deinem Bein zu tun hat. Alles, Tom! Alles! Du warst nicht du. Du warst hohl, trotz des Geschreis. Du mußtest wieder *fühlen*, dich selbst, in dir. Und Schmerz, so wie der Schmerz in deinem Bein, ist ein starkes Gefühl! Keines, was dich tötet, aber stark genug."

"Stimmt. Ich bin nicht tot. Ich habe nur ein gebrochenes Bein", sagte Tom sarkastisch.

"Genau, *exacte*", antwortete Magnus ernst. "Ich habe dir das Bein gebrochen, um dir ein starkes Gefühl von dir selbst zu geben."

"Na, danke vielmals", fauchte Tom.

"Gerne, *avec plaisir*", sagte der Kobold. "Als dein Bein gebrochen war, war auch die dunkle Wolke verschwunden. Du hingst nicht mehr an Fäden und nichts hat mehr daran gezogen. Du warst wieder du selbst. Du hast wieder dich selbst gefühlt. Ich habe es gesehen und dann bin ich gegangen."

"Ich kann mich also bei dir dafür bedanken, daß du mir ein starkes Gefühl von mir selbst zurückgegeben hast, indem du mein Bein gebrochen hast?", fragte Tom ungläubig.

"Ganz genau. Dieses Gefühl war deines, deines ganz allein. Es hat die anderen, die fremden, die falschen Gefühle vertrieben. Und nicht nur deine! Auch die falschen Gefühle deiner Mutter und deines Bruders. Das freut mich besonders."

"Und ganz ohne daß du ihnen auch die Beine gebrochen hast."

"Ja. Das ist schön, nicht?", freute sich der Kobold. "Das wäre sonst recht voll hier. Das wäre nicht zu schaffen."

Tom war sich nicht sicher, ob das jetzt Koboldironie war oder ob Magnus tatsächlich jedes Wort ernst meinte. Magnus sagte nichts weiter und stand da wie eine Statue. Tom konnte nicht viel von ihm erkennen. Seine Linien leuchteten nicht. Er konnte noch nicht einmal seinen Atem hören. War er wieder in seinem Tarnmodus? Wie war er überhaupt hier herein gekommen? Die hell erleuchteten Flure des Krankenhauses waren eigentlich koboldsicher. Er stellte sich die verschiedenen Kobolde vor, die er kennengelernt hatte, und wie sie erfolglos versuchten, sich in einem Krankenhausflur zu tarnen. Er seufzte und wunderte sich, wohin seine Gedanken getrieben waren. Und dann wurde ihm bewußt, daß seine Gedanken wanderten, weil er nicht mehr auf seinen Ärger fokussiert war. Tatsächlich war dieser verflogen, weil er eine Wahrheit in den Worten des Kobolds spürte. Eine Wahrheit, die er noch nicht ganz zulassen konnte. Sein verletzter Stolz und sein Dickkopf wehrten sich noch dagegen. Und dann fühlte er, wie sein Stolz dahinschmolz. Und dann wehrte er sich nicht mehr dagegen, daß es ein Akt der Freundschaft gewesen war, wenn auch nach Koboldart.

"Du meinst, wenn wir beide gegangen wären ... wenn ich gegangen wäre, dann würde es mir jetzt schlechter gehen?" Der Kobold antwortete nicht. "Stimmt, es würde mir schlechter gehen. Viel schlechter eigentlich. Es ... es würde nicht heilen ... und ich wäre allein. Ich meine, selbst wenn du bei mir wärst. Trotzdem." Der Kobold sagte nichts. "Hmh, vielleicht hätte ich es sonst nicht kapiert. Du hast Feuer mit Feuer bekämpft und jetzt ist es aus, das Feuer, und ich bin ... ich bin nicht allein. Meine Familie ist bei mir, also Mutter und Fred. Zum Glück." Toms Gedanken hingen dem Gesagten noch eine Weile nach. Dann flüsterte er: "Danke."

"Weißt du", antwortete Magnus, "ich bin dein Freund und dafür sind Freunde da, oder?" Und bei diesen Worten schlossen sich die langen Finger des Kobolds um den Gips, in dem Toms gebrochener Oberschenkel steckte.

"Was machst du?", fragte Tom.

"Shht! Sei mal still." Seine Finger bewegten sich prüfend das Bein entlang. Dann begann der Kobold mit seinen langen Krallen, vorsichtig den Gips in kleine Stücke zu zerlegen. Tom wollte "Stop!" rufen, aber diesmal besann er sich eines Besseren und vertraute sich seinem Freund an. Nach einer Weile war die Arbeit getan und Toms Bein lag vom Gips befreit auf dem dicken Handtuch, welches als Unterlage diente. Überall lagen weiße Gipsstückchen herum, im Bett, auf dem Boden. Tom konnte nur wenig erkennen im Halbdunkel, aber es mußte eine große Sauerei sein. Er fühlte einen kühlen Luftstrom an seinem Bein und bekam eine Gänsehaut. Dann legten sich die Finger des Kobolds erneut auf seinen Oberschenkel. Jetzt ohne Gips dazwischen. Zuerst war es ihm unangenehm, vor allem, als ein leichtes Prickeln aus seinem Bein aufstieg. Aber nach und nach verschwand der Schmerz. Das Prickeln wurde noch intensiver. Es war ein bißchen so, als wenn Mineralwasser über sein Bein gegossen würde. Inzwischen war es nicht mehr unangenehm, nur ungewohnt. Sein Oberschenkel wurde wärmer und wärmer und zu dem Prickeln gesellte sich ein Drücken und Ziehen in seinem Bein. Irgendwann erreichte Tom die Müdigkeit und in einer Welle von Zutrauen ließ er alles mit sich geschehen, bis der Schlaf ihn übermannte. Der Kobold stand weiter an seinem Bett, beide Hände auf dem verletzten Bein. So stand er da, bis die ersten Sonnenstrahlen durch das Fenster fielen.

Als Tom erwachte, war Magnus nirgendwo zu sehen. Das Bett befand sich in einem unbeschreiblichen Zustand. Überall Gips. Fetzen von Mullbinde bewegten sich sachte im Luftzug der Klimaanlage, wie kleine Segel. Sogar seine Bettdecke war an einigen Stellen aufgerissen und die Plastikkügelchen der Füllung kullerten durch seine Bewegung vom Bett herunter und rollten über den Boden. "Oh je", dachte er schlaftrunken. "Das gibt Ärger." Aber es war nun einmal nicht zu ändern und er mußte auf die Toilette. Ohne nachzudenken, schwang er in einer automatischen, tagtäglichen Bewegung seine Beine über die Bettkante und ging ins Badezimmer. Erst als er dort angekommen war, erschrak er, stellte sich instinktiv auf sein gesundes Bein und betrachtete ungläubig sein gebrochenes. Dann betastete er es. Dann stellte er sich auf beide Beine. Dann stellte er sich nur auf das verletzte Bein. Er begann, auf einem Bein zu hüpfen und dann lachte er, bis ihm die Tränen kamen, vor Lachen.

XXXV

Nora hatte einen frühen Termin im Krankenhaus mit einem Mitarbeiter der Verwaltung. Es ging um Toms fehlenden Versicherungsnachweis und auch seine Identität. Schon in der Notaufnahme hatte es Schwierigkeiten gegeben. Daß Nora keine Krankenversicherungskarte für Tom vorlegen konnte, war bei einem Notfall nicht ungewöhnlich, aber daß der Abgleich mit den Datenbanken gar keinen Treffer ergab, das war merkwürdig. Weil der offene Bruch sofort behandelt werden mußte, hatte sich die Dame am Schalter mit dem Hinweis begnügt, daß Nora Toms Versicherungsdaten nachreichen würde. Die Probleme begannen, als sich in Noras Krankenversicherungsdaten kein 13jähriger Sohn finden ließ. Die Dame hatte deutlich gemacht, daß unverzüglich ein Dokument beizubringen sei, aus dem Toms Identität hervorginge, sonst müßte sie die Behörden einschalten. Als Nora nachfragte, was sie denn zum Kuckuck schlimmstenfalls und rein theoretisch verheimlichen könnte, war das Wort Kindesentführung gefallen und dann hatte Fred seine Mutter von dem Schalter weggezogen, bevor sie etwas Unüberlegtes sagen konnte.

Am Abend desselben Tages hatte Nora in Ermangelung von Alternativen den alten, originalen Kinderausweis von Tom im Krankenhaus vorgezeigt. Natürlich waren die unmöglichen Geburts- und Ausstellungsdaten gleich aufgefallen. Sie hatte sich damit herausgeredet, daß alle übrigen Daten stimmen würden und das Ganze ein äußerst ärgerliches Versäumnis der ausstellenden Behörde sei. Sie machte eine Andeutung von einem Alkoholproblem bei dem verantwortlichen Beamten, konnte damit aber keine weibliche Solidarität bei ihrer Opponentin auslösen. Sie hatte weiter erklärt, daß die Geburtsurkunde unauffindbar sei und es ihr deshalb bisher nicht gelungen wäre, einen korrekten Kinderausweis für Tom zu bekommen. Erst als sie einen Bluttest ins Spiel brachte, mit dem jederzeit zweifelsfrei ihre verwandtschaftliche Beziehung, nämlich Mutter und Sohn, nachgewiesen werden könnte, hatte die Dame von der Verwaltung eingelenkt, ihren Fall aber trotzdem an die nächst höhere Stelle weitergeleitet. Dieser Termin war heute früh und Nora hatte keine Ahnung, wie sie die Geschichte plausibel gestalten sollte, solange keine Unterlagen, irgendwelche Unterlagen, die Richtigkeit ihrer Behauptungen stützten.

Sie hatte in der Zwischenzeit die Kiste mit Toms persönlichen Dokumenten, einschließlich Krankenberichten, Kinderarztkommentaren, Impfpaß und so weiter, in Freds Apartment geschafft. Zum Glück habe sie alles aufgehoben, meinte er und sie hatte ihn nur verwundert angesehen und "selbstverständlich!" gesagt. Fred hatte sich die Kiste geschnappt und war damit zu einem Bekannten gefahren, den er aus dem Studium kannte. Nora wußte nicht, was genau er vor hatte.

Und nun saß sie vor dem nächsthöheren Mitarbeiter der Krankenhausverwaltung, der ihr wohl glauben wollte, sagte er jedenfalls, daß der Ausweis falsch ausgestellt worden sei. So etwas könne ja vorkommen, vielleicht, aber er würde nicht begreifen, daß sie vier Tage nach dem Unfall immer noch kein einziges korrektes Dokument von Tom vorlegen könne. Auch die Datenbank ihrer Krankenkasse sei mehrfach überprüft worden und sie habe nun mal einen 13jährigen Sohn *verloren*. Er könne ihr das Thema nicht ersparen, und hier würde nun ein schwer verletzter 13jähriger im Krankenhaus liegen, von dem nichts, aber auch gar nichts nachprüfbar sei. Nicht seine Geburt, nicht seine Vorsorgeuntersuchungen, gar nichts und es wäre jetzt an der Zeit, daß sie, Nora, Licht ins Dunkel bringen würde, denn sonst würde er doch noch die Polizei und das Jugendamt einschalten.

Just, als er das sagte und Nora, völlig schlüssig in die Ecke argumentiert, nicht mehr wußte, was sie noch antworten sollte, öffnete sich die Tür zu dem Büro, in dem sie saßen und der junge behandelnde Arzt kam mit ein paar Röntgenaufnahmen in der Hand hereingestürzt und rief: "Das geht nicht mit rechten Dingen zu! Es ist ein medizinisches Wunder!"

Er nannte ein paar unverständliche Fachausdrücke und deutete aufgeregt auf die Röntgenaufnahmen. Nora und der Verwaltungsmensch sahen sich verständnislos an, doch der Arzt ließ nicht locker. "Nun kommen sie doch! Kommen sie schon, alle beide! Das hat das Potential für den Nobelpreis! Ja, Sie vor allem, Frau Fletcher, es geht um ihren Sohn! Es ist ein Wunder!"

Jetzt war Nora bei der Sache.

Als alle drei Toms Krankenzimmer erreichten, konnte Nora kaum ihren Augen trauen. Tom stand in der Mitte des Raumes und grinste sie an. Dann machte er ein paar Schritte vor und zurück und schlenkerte dabei provozierend mit seinem gebrochenen Bein. In der Ecke des Raumes stand ein randvoller Abfalleimer, randvoll mit Gips, Mullbinden und Polyester-Kügelchen.

"Wie um alles in der Welt ...", stammelte Nora, doch der Arzt unterbrach sie und rief erneut: "Ein Wunder! Ein medizinisches Wunder. Es ist ... sehen sie hier", und er wedelte wieder mit seinen Röntgenaufnahmen, so daß niemand etwas erkennen konnte. "Die multiplen Frakturen: Verheilt! Der Oberschenkelknochen: Wie neu und es kommt noch besser." Doch in diesem Moment wurde Nora heißkalt. Eine Ahnung, eigentlich eine Gewißheit brach über sie herein. Sie packte die beiden Männer bei den Schultern und sagte energisch: "Ich brauche jetzt 5 Minuten mit meinem Sohn allein. Allein! Raus! Sofort!"

Sie schob die Protestierenden durch die offene Tür, rief nochmals "5 Minuten!" und schloß die Tür hinter sich. Dann begann sie hastig den Raum zu durchsuchen. "Wo ist er? Wo ist dieses *Monster*, damit ich ihm den Hals umdrehen kann! Er war das! Wo ist er, Tom?"

"Ich weiß es nicht. Ich weiß es wirklich nicht, Mutter", antwortete Tom wahrheitsgemäß.

"Hör mir zu, Tom! Er ist gefährlich! *Es ist gefährlich!* Es hat dein Bein zerbrochen als wäre es ein Streichholz. Es hätte was weiß ich mit uns allen machen können! Du mußt hier raus, sofort! Du mußt vorsichtiger sein, Tom. Tom? Hörst du mir überhaupt zu?"

Tom hörte bestenfalls mit einem Ohr zu. Er tanzte wieder auf und ab und machte dazwischen wilde Hüpfer. Es war ein schrecklicher Tanz, aber er blieb nicht ohne Wirkung. Nora mußte lächeln, gegen ihren Willen. "Nur weil er es wiedergutmacht, heißt das nicht, daß es nicht geschehen ist. Er ist wild! Unkontrollierbar!"

"Er hat ja nie etwas anderes behauptet", rief Tom außer Atem.

"Das ist nicht lustig, Tom. Ich hatte große Angst um dich. Ich hatte Angst ... ich könnte dich erneut verlieren." Nora standen plötzlich Tränen in den Augen. "Das könnte ich nicht ertragen." Tom beendete augenblicklich seinen Tanz und warf sich seiner Mutter in die Arme. So standen sie und weinten.

"Dieses ewige Geheule muß bald mal aufhören", sagte Nora und putzte sich die Nase. Tom nickte schluchzend.

Da öffnete sich die Tür und der Arzt steckte seinen Kopf herein. "Ich habe sogar mehr als 5 Minuten gewartet, Frau Fletcher, aber jetzt hören Sie mir zu, ja? Ich brauche ihre Einwilligung, um weitere radiologische Tests durchzuführen. Wir brauchen eine ganze Testreihe. Ich benötige neue Blutproben und ich werde Kollegen hinzuziehen. Aus dem ganzen Land womöglich. Es wird sicher eine Task force gebildet. Sehen Sie, sehen Sie sich das an, das erkennt auch ein Laie. Sehen Sie doch!" Und endlich klemmte er die Röntgenbilder an die Leuchtwand und zeigte mit dem Finger auf ganz feine Linien, welche Toms Oberschenkelknochen an den Stellen umgaben, die vorher zertrümmert gewesen waren. Auch der Verwaltungsmitarbeiter hatte sich dazugesellt und blickte fasziniert auf die Aufnahmen.

"Sie müssen sich das alle ansehen, du auch Tom. Ich erkläre es jetzt ganz einfach und langsam." Der junge Arzt zwang sich zur Ruhe. "Nicht nur, daß es keine Bruchstellen mehr gibt. Hier. Ich habe ein altes Röntgenbild dabei. Das hänge ich mal daneben. Also, nicht nur, daß die multiplen Brüche verheilt sind, als wäre Tom eine ... eine Eidechse, der ein neuer Schwanz wächst. Entschuldigung. Schlechter Vergleich. Also, das ist alles verheilt. Wenn man ganz genau hinsieht, kann man hier und auch dort den alten Bruch noch erkennen. Eine solche Heilung benötigt eine lange Zeit und nicht nur einige Tage und selbst dann müßte man das als Wunderheilung bezeichnen. Aber das Unheimliche, das sind diese feinen Linien um den Knochen. Das ist eine Art ... also ich sag es jetzt, wie es ist, ja, das ist eine Art Metallverstärkung. Wie ein Draht, den man um etwas wickelt, aber wahnsinnig fein. Sehen sie nur, wie diese Linien die bisherigen Bruchstellen exakt einrahmen, gewissermaßen. Und hier und dort, das sind die Stellen, die durchgebrochen waren. Da setzt sich diese Linie hier in den Knochen hinein fort, als wäre dieser auch von innen gestützt worden. Wissen sie, ich spreche sonst nie über andere Patienten", er hob entschuldigend die Hände, "aber wir hatten vor kurzem einen Kriegsveteranen hier. Der war in Schrappnellfeuer geraten und hatte jede Menge Metall im Körper. Ein paar von den kleinen Stückchen wurden nie herausgenommen, weil das noch größeren Schaden angerichtet hätte. Und dessen Aufnahmen sahen ganz ähnlich aus. Nur eben, daß das hier keine Metallsplitter sind, an Stellen, wo sie nicht hingehören, sondern ganz sinnvoll und gleichmäßig aufgebrachte Verstärkungen der alten Bruchstellen. Sogar das Gewebe hat sich regeneriert. Das können sie natürlich auf diesen Aufnahmen nicht erkennen. Aber es ist so." Er holte Luft. "Dieses Bein ist so gut wie neu. Eigentlich ist es besser als vorher. Ich habe keine

Ahnung, was für ein Metall das ist, wie es dort hinkommt und warum es sich wie Adern um den Knochen zieht, aber ich werde es herausfinden. Und das wird der Nobelpreis für Medizin. Ganz sicher. Es ist ein Wunder! Tom, wir werden berühmt!"

Das war das Stichwort, welches Nora aufschrecken ließ. Auch Tom runzelte die Stirn und sah seine Mutter mit diesem "tu' was!" Blick an. Nora räusperte sich und dann nochmal lauter. Der Redeschwall des Arztes stockte.

"Meine Herren, wenn ich das alles richtig verstehe, ist mein Sohn geheilt und ich bin ihnen und dem Krankenhaus dafür sehr dankbar. Aber wenn er wieder gesund ist, dann werden wir jetzt gehen und dieses Zimmer für andere freimachen, die es dringender benötigen. Was die Tests und all das angeht, sollten wir telefonieren. Dann können wir ja einen Termin machen. Jetzt braucht mein Sohn erst einmal Ruhe. Zu Hause. Bei der Familie. Wunder können ganz schön ermüdend sein, wissen sie."

Der Arzt öffnete den Mund zum Protest, doch der Verwaltungsmann war schneller. "Nicht so eilig, Frau Fletcher. Bevor wir Tom entlassen können, müssen wir immer noch das Problem seiner Identität klären, sonst können wir ihn leider nicht in ihre Obhut geben."

Der Arzt sah glücklich und triumphierend seinen Kollegen an und empfand zum ersten Mal große Sympathie für einen Mitarbeiter der Verwaltungsabteilung.

In diesem Moment kam Fred durch die Tür, blickte überrascht, zog eine Augenbraue hoch, als er erkannte, daß

Tom aus dem Bett war und auf zwei gesunden Beinen stand und sagte: "Nora, Tom, meine Herren. Ich habe die Geburtsurkunde gefunden."

XXXVI

Der Mitarbeiter der Verwaltung seufzte, aber im Grunde war er erleichtert. Es war ja offensichtlich, daß die drei, Mutter und zwei Brüder, zusammengehörten. Und mit dem endlich aufgetauchten Dokument ersparte er sich eine Menge Mühe und Ärger. Der Arzt hingegen war zutiefst enttäuscht. Er unternahm noch einen Anlauf, Tom und Nora wenigstens zum sofortigen Beginn der Tests hier und jetzt zu überreden, aber ohne Erfolg. Die Aussicht auf Ruhm hatte gewirkt. Mediale Aufmerksamkeit und bohrende Fragen von weiteren Ärzten und Behörden konnte Tom überhaupt nicht gebrauchen. Die gefälschte Geburtsurkunde würde einer genauen Prüfung nicht standhalten und für die wundersame Heilung von Toms Bein gab es keine plausible Erklärung. Bis auf die Wahrheit und genau diese durfte keinesfalls ans Licht kommen.

Während Nora die Entlassungspapiere entgegen nahm, packte Tom seine wenigen persönlichen Sachen im Krankenzimmer zusammen. Fred öffnete den Kleiderschrank, um die große Sporttasche herauszuholen, in der er die für Tom neu gekaufte Wechselkleidung ins Krankenhaus transportiert hatte. Doch die Tasche ließ sich kaum bewegen. Sie war schwer, wie mit Steinen gefüllt. Fred zog und zerrte an der Tasche, bis eine gedämpfte Kobold-stimme aus ihrem Inneren schimpfte: "Wer auch immer das ist, er soll damit aufhören!" Da hatte sich Magnus also versteckt. "Könnt ihr etwas Kupfer besorgen, bitte? Ich habe großen *appétit* darauf. Ich bin völlig erschöpft."

Fred war zunächst unsicher, was er mit dem Kobold in der Tasche anfangen sollte. Genau wie Nora hatte auch er dem Kobold seine unvermittelte Attacke auf Tom nicht verziehen. Doch Tom bestand darauf, daß die Ta-sche mitsamt Inhalt zurück in Freds Apartment kommen müsse. Er hüpfte zur Bekräftigung ein wenig auf seinen beiden gesunden Beinen herum, aber das reichte nicht aus, um Fred zu überzeugen. Tom nahm die beiden Hände seines Bruders in die seinen. "Es gibt einen guten, einen sehr guten Grund für all das, was geschehen ist, Fred. Vertrau' mir. Wir können das alles in Ruhe bespre-chen, später. Aber jetzt müssen wir hier raus! Alle! Bevor sie mich gar nicht mehr gehenlassen. Bitte!" Fred nickte unsicher.

Da kam Nora durch die Tür und die Diskussion ent-brannte erneut, aber Tom setzte sich durch. "Wenn wir Magnus einfach hier lassen, haben wir sofort die Polizei am Hals. Den Geheimdienst! Die Presse! Die Tasche kommt mit uns!"

So fiel die Entscheidung. Fred besorgte ein paar große Müllbeutel und lieh sich einen Rollwagen vom Hauscate-ring aus. Toms Habseligkeiten wurden in die Mülltüten gepackt, die schwere Sporttasche auf den Rollwagen ge-hievt und los ging's. Ein letztes Mal wurde der junge Arzt vertröstet, der sich ihnen verzweifelt in den Weg stellte. Nora versprach ihm, daß man sehr bald einen Termin machen könne und gab dem Arzt die Festnetznummer ihrer Wohnung, die sie auch schon der Krankenhausverwaltung gegeben hatte.

Endlich waren sie draußen. Fred hatte seinen Elektrowagen hinter dem Krankenhaus in einer Nebenstraße geparkt, um die Parkhausgebühren zu sparen. Der kürzeste Weg dorthin führte durch einen kleinen Park. Sie schoben den Rollwagen über einen schmalen, gewundenen Pfad. Die Sonne schien. Die Vögel zwitscherten und ihre Anspannung löste sich. Tom hüpfte fröhlich vorneweg. Fred und Nora schoben gemeinsam den Wagen und ließen sich von Toms Fröhlichkeit anstecken. Es war noch weit vor der Mittagszeit und der Park war nur von einigen wenigen Rentnern und nicht ganz so kranken Kranken bevölkert. Diese scharten sich vor allem um einen kleinen See auf der anderen Seite, weil dort die Enten gefüttert werden konnten, was zwar verboten war, aber niemanden davon abhielt.

Der Ausgang des Parks in das Wohngebiet mit der Nebenstraße und Freds Auto war schon in Sicht, als aus zwei großen Gebüschen rechts und links von ihnen ein knappes Dutzend Zwerge sprang und ihnen den Weg versperrte.

XXXVII

Aldewin gab ein Kommando auf Zwergisch und ehe die drei verdutzten Menschen einen Gedanken fassen konnten, waren sie umringt und jede Flucht unmöglich. An den gegenüberliegenden Seiten der Umzingelung positionierten die Zwerge große, pulsierende Kristalle und aktivierten diese. Eine Art Kuppel, schimmernd und fast durchsichtig, entstand zwischen den Steinen und wölbte sich über Menschen und Zwerge. Alle Geräusche außerhalb der Kuppel waren kaum noch zu hören. Ein vorbeifliegender Vogel wurde wie durch eine magische Hand abgelenkt.

Als Magnus Aldewins Stimme hörte, öffnete er den Reißverschluß der Sporttasche von innen und krabbelte heraus. Er reckte und streckte sich. Dann stellte er sich zwischen den Zwergenhauptmann und die Menschen.

"Nora, Fred, ihr kennt ihn noch nicht. Das ist Aldewin. Er ist wild entschlossen, sowohl Tom als auch mir den Garaus zu machen. Tom hat mehr oder weniger versehentlich einen schönen Stein in unserer Welt an sich genommen und das ist nach Auffassung der Zwerge hier Diebstahl und bei Todesstrafe verboten. Alle schönen Steine gehören nämlich ihnen, meinen sie, wobei der betreffende Stein ihnen tatsächlich gehörte. Jedenfalls haben Zwerge ihn an der Höhlenwand angebracht, aus der Tom ihn herausgebrochen hat." Magnus machte eine angedeutete Verbeugung in Richtung des Zwergs.

"Nun zu dir, Aldewin! Willkommen! Hast uns doch recht schnell wieder gefunden, nach dem Stelldichein in der Pizzeria. Tom kennst du schon. Dies hier sind Fred, sein jüngerer Bruder, und Nora, seine Mutter. Sie haben sich 14 Jahre nicht gesehen und gewöhnen sich langsam wieder aneinander. Das ist wohl die letzte Gelegenheit, von deiner Rache abzulassen. Der Junge ist von eurem Fluch gestraft genug und ich bin ziemlich müde."

Aldewin stand da, wie gemeißelt, in seinem Panzerhemd, einen flachen Zwergenhelm mit Nasenschiene auf dem Kopf und seine beidhändige Streitaxt vor sich. "Ich gebe dir Recht, Kobold", sagte er. "Dies ist die letzte Gelegenheit. Wir werden nicht noch einmal aufeinandertreffen." Dann griff er an.

Magnus wich dem Schwinger flink aus und hieb seinerseits gegen die linke, stoffumwickelte Wade des Zwergs, aber seine Klauen rutschten mit einem metallischen Geräusch ab. "Beinschutz aus Zwergenstahl. Genau das Richtige für euch Biester", knurrte Aldewin zwischen zusammengepreßten Zähnen hervor. Wieder sauste die Streitaxt todbringend durch die Luft und der Kobold hechtete außer Reichweite.

Die beiden Kontrahenten umkreisten sich. Aldewin konnte den schnellen Kobold nicht treffen und Magnus konnte den Zwerg mit seinen Krallen nicht erreichen und wenn doch, glitt er an der Rüstung ab. Der Kobold war wie ausgewechselt. Seine Linien glühten hell, Rot und Golden, und seine Bewegungen waren flüssig und gefährlich. Der Zwerg hingegen strahlte eine erfahrene

Ruhe aus. Konzentriert und kraftsparend machte er seine Ausfälle und Paraden. Er war ein erfahrener Kämpfer und verschmolz förmlich mit seiner Axt.

"Beeindruckend, diese Zauberkuppel, *phantastique*", fauchte Magnus den Zwerg an. "Damit hättet ihr die Menschen auch abhalten können, aber ihr mußtet unsere halbe Welt verfluchen." Und wieder stürzte er sich auf den Zwerg, duckte sich unter dessen Parade hindurch, sprang an seinem Schlagarm hoch und biß ihm in die Schulter, aber man hörte nur Zähne knirschen und brechen. Das Panzerhemd war undurchdringlich. Aldewin packte den Kobold mit der Führhand und riß ihn von seinem Arm herunter. Mit dem Ende des Axtstiels schlug er dem Kobold gegen die Brust. Es gab ein berstendes Geräusch. Der Kobold befreite sich ruckartig aus dem Griff und rang nach Luft. Die Linien auf seiner Brust, die von der Axt getroffen worden waren, leuchteten nicht mehr.

"Diese Schutzsteine haben nur eine geringe Reichweite und ihre Wirkung wird bald nachlassen. Es dauert Jahre, sie wieder aufzuladen. Du hast keine Ahnung, Kobold. Du hast auch keine Ahnung, was wir Zwerge auf uns genommen haben, um den Fluch, wie du es nennst, zur Wirkung zu bringen. Keine Ahnung!" Jetzt drang Aldewin vorwärts. Die Hiebe sausten auf die Stellen nieder, an denen der Kobold eben noch gestanden hatte. Magnus konnte ausweichen, aber seine Bewegungen waren langsamer als zuvor und sein Atem ging schwer. Aldewin täuschte einen Schlag an und erriet die Richtung, in die der Kobold auswich. Seine Axt traf Magnus an der rechten Schulter. Ein langer Riß öffnete sich in der Steinhaut des Kobolds. Es zischte und aus der Wunde trat eine dampfende, zähfließende Masse aus. Glühend rann das Koboldblut den Arm hinunter. Es erkaltete schnell und verkrustete, wie Magma. Die Wunde dampfte weiter und schloß sich ein wenig, aber der Kobold ließ den rechten Arm hängen.

"Du kannst dich heilen soviel du willst, Kobold. Du hast nicht genug Zeit dafür", rief der Zwerg und griff mit einer neuen Serie von gezielten Hieben an, denen der Kobold nur knapp entwich. Magnus ließ alle Vorsicht fallen und sprang noch einmal seinen Gegner an. Diesmal erreichte er mit seinen Krallen Aldewins linken Unterarm, der nicht durch das Panzerhemd geschützt war. Die Krallen rissen tiefe Wunden und Aldewin schrie auf, aber der Kobold war nun in Reichweite und die Axt traf ihn in die Brust. Magnus stöhnte auf. Seine Krallen lösten sich vom Arm des Zwergs, als ihn die Kraft verließ. Für einen Augenblick sahen sich die beiden Gegner in die Augen. Dann zog Aldewin seine Waffe mit einem Ruck aus der tödlichen Wunde. Die Axt saß so tief, daß etwas von dem glühenden Koboldblut mit herausgerissen wurde. Es tropfte dampfend vom Metall der Streitaxt auf den Handschuh seiner linken Hand. Erneut schrie der Zwerg auf. Der Handschuh qualmte und zwei seiner Finger wurden ihm aus der Hand gebrannt. Aldewin riß sich den Handschuh ab und schüttelte die letzten Reste der schnell erkaltenden Masse auf den Boden. Mit der unverletzten Rechten griff er seine Axt knapp unter dem Schlagkopf, wo sie sich in der Balance befand und er einhändig kämpfen konnte. Doch der Kobold war zu keiner Gegenwehr mehr fähig. Die fürchterliche Wunde in seiner Brust blutete stark. Sein Oberkörper war über und über mit erkaltendem Koboldblut bedeckt, das bizarre Formen bildete. Hatte sich die Schulterverletzung noch sichtbar geschlossen, so war die Brustverletzung zu tief und zu schwer. Die Linien auf seinem ganzen Körper verloren ihren Glanz und erstarben nach und nach. Er kroch noch ein Stück auf den Knien und fiel dann auf den Rücken. Seine roten Augen leuchteten nur noch matt und dann nicht mehr.

Aldewin keuchte erschöpft und holte tief Luft. "Ausgeglüht, Kobold", sagte er langsam, zwischen tiefen Atemzügen. "Ich, Aldewin, mache dich wieder zu dem Stein, aus dem du einmal gekrochen bist."

Da sprang Tom mit einem gellenden Schrei auf ihn los und drängte den überraschten Zwerg von dem liegenden Kobold weg. Er stellte sich schützend über Magnus und ballte die Fäuste.

"Laß ihn in Ruhe!" Tom schossen Tränen in die Augen. Er hob die Hände in einer verzweifelten Geste, chancenlos gegen den Zwergenkrieger. Dieser hob seine Axt.

"Der Kobold stirbt. Sein Feuer ist erloschen. Jetzt ist die Reihe an dir, Dieb!"

Doch nun stellte sich Nora in den Weg. "Schluß jetzt!", schrie sie, den Blick fest auf den Zwerg und seine Axt gerichtet. "Ich kenne euch Zwerge und eure Gesetze nicht, aber das ist *mein Sohn* und er ist noch ein Kind und es ist ... barbarisch und widerlich und feige, ein Kind zu ermorden, weil es einen *Stein* genommen hat! Ist es dieser? Ist es der Rubin, den du um den Hals trägst?" Nora machte zwei schnelle Schritte auf den Zwerg zu und riß ihm den Stein mitsamt der Kette vom Hals. Aldewin ließ sie gewähren. "So, Zwerg, jetzt bin ich auch eine Diebin. Jetzt habe ich ihn auch gestohlen. Jetzt tötest du mich auch, ja? Ist das alles, was euch dazu einfällt? Wenn das alles ist, was ihr beitragen könnt, dann ist es nicht schade um euch! Dann soll sie doch vergehen, eure Anderwelt. Und euer Fluch scheint das ja noch zu beschleunigen. Gut gemacht! Verschwindet! Vernichtet euch selbst mit eurer Gier nach ein paar Edelsteinen. Unsere Welt ist besser dran, wenn es euch nicht mehr gibt!" Nora war außer sich, aber der Zwerg hörte zu.

"Das hier ist mein Sohn und ich habe 14 Jahre auf ihn gewartet. Ich habe solange nach ihm gesucht, bis ich nicht mehr an seine Rückkehr glauben konnte. Aber hier steht er und ich habe ihn wieder, und wenn es einen Funken Ehre und Gerechtigkeit in dir gibt, wenn es Mütter und Väter bei euch Zwergen gibt, dann läßt du uns jetzt in Frieden. Nimm deinen Stein", sie hielt Aldewin den Rubin mit ausgestrecktem Arm hin, "und geh!"

Aldewin schien über das Gehörte tatsächlich nachzudenken. Eine kurze Unendlichkeit standen sie sich gegenüber. Dann verhärteten sich seine Züge. "Wir haben in
dieser Welt bereits gelebt und gegraben, da waren deine
Vorfahren noch dabei, das Feuer zu zähmen. Du kannst
es nicht verstehen, weil du ... so jung bist, aber wenn ich
jetzt gehe, dann bricht alles zusammen, was seit ewigen
Zeiten richtig ist und dann siegt das, was falsch ist. Das
kann ich nicht zulassen. Um euch Menschen daran zu
hindern, wieder und wieder in unsere Welt einzudringen
und unsere Schätze zu stehlen, haben viele Zwerge ihr
Leben gelassen. Ihr Opfer würde ich verraten. Vielleicht
hast du recht, Menschenfrau, vielleicht ist unsere Zeit gekommen, aber dann will ich gemeinsam mit meinen toten Vorfahren untergehen."

Nora zog Tom an sich heran und so standen sie vor Aldewin und erwarteten seinen letzten Schlag. Dieser nahm
den Helm ab und fuhr sich mit der verletzten Hand über
die Stirn. Aus den Wunden am Arm lief ihm das Blut über
die Hand und tropfte auf den Boden. Mit seiner rechten
Schlaghand hob er die Axt seitwärts und holte aus.

Fred hatte den Kampf in einer Mischung aus Schock und
Faszination verfolgt. Wieder war sein Geist wie in einer
Art Kopfkino gefangen und beobachtete starr und hand-
lungsunfähig die Versuche seines Bruders und seiner
Mutter, das Unvermeidbare abzuwenden. Fassungslos
hatte er mitangesehen, wie sich beide unbewaffnet einer
Streitaxt in den Weg stellten. Er hatte den Mut bewun-
dert und war gleichzeitig über die Sinnlosigkeit entsetzt.

Sie waren chancenlos. Was konnte er tun? Wo lag der Ausweg aus diesem Albtraum? Die Edelsteine waren die Ursache, der Auslöser des Konflikts. Die Edelsteine und der Diebstahl. Was könnte diesen starrsinnigen Zwerg von seinen Ansichten abbringen? Ansichten, die er und sein Volk seit Jahrtausenden pflegten. Die Gier der Menschen nach den Steinen und die Überzeugung der Zwerge, daß diese Steine ihnen gehörten. Das war der Kern. Und bei diesem Gedanken hatte Fred die Erleuchtung. Er griff in die Seitentasche seiner Jacke und zog das schmale Etui mit dem Füller heraus, den sein Vater ihm zum Universitätsabschluß geschenkt hatte. Er hatte ihn nach dem Telefonat mit Ed ohne weiter darüber nachzudenken vom Tisch genommen und in die Jacke gesteckt. Am Clip des Füllers war ein Stein angebracht. Ein Diamant. Kein geschürfter Diamant. Ein Industriediamant. Die Minengesellschaft, für die sein Vater arbeitete, hatte seit einiger Zeit auch die Produktion von künstlichen Diamanten aufgenommen. An so einen Diamanten kam sein Vater günstig heran. Es war trotzdem ein wertvolles Geschenk, aber das war nicht der Gedanke, der Fred durch den Kopf schoß.

"Entschuldigung, bitte, Herr Zwerg. Ich möchte Ihnen etwas zeigen und ich bin mir sicher, daß Sie das interessieren wird. Glauben Sie mir."

Aldewin gab ein frustriertes Stöhnen von sich. Er ließ die Axt diesmal nicht sinken. "Erst der eine, dann die Mutter, jetzt der andere ... ihr könnt mich nicht aufhalten und ihr wißt nicht, wann etwas zu Ende ist."

"Ja, das sehe ich, aber ich möchte Ihnen trotzdem das hier zeigen. Jetzt! Bevor Sie meine Familie töten, bitte. Dieser Stein wird Sie interessieren." Und Fred hielt dem Zwerg angsterfüllt den Füller hin.

"Ein Diamant. Ein kleiner Diamant. Was willst du mir mitteilen, Mensch, daß auch du ein Dieb bist?"

"Nein, Herr Zwerg. Herr Aldewin, richtig? Sie sagen, daß die Diebstähle der Menschen all das ausgelöst haben. Den Fluch und das Gesetz, daß jeder, der einen Stein an sich nimmt, die Todesstrafe verdient. So wie mein Bruder. Aber sehen Sie sich diesen kleinen Diamanten genauer an, *bitte*. Wir Menschen haben es nicht mehr nötig, euch Zwerge zu bestehlen. WIR MACHEN UNS UNSERE EDELSTEINE SELBST!" Fred schrie es dem Unheil in Form dieser Streitaxt entgegen. "Ihr könnt eure Steine behalten! Aus ein bißchen Kohlenstoff und einer Menge Energie ist dieser Diamant hergestellt worden. Ein reiner, perfekter Diamant. Nicht aus der Erde, nicht aus eurem ... Besitz. Dieser Stein hat euch nie gehört und das bedeutet, wir müssen euch nicht mehr bestehlen, um Edelsteine zu bekommen. Sehen Sie ihn sich genau an!" Und Fred nahm all seinen Mut zusammen und ging weitere Schritte auf Aldewin zu, bis auch er direkt vor ihm stand.

Aldewin erzitterte unmerklich. Die anderen Zwerge, die einen weiten Kreis gebildet hatten, um der Rache ihres Hauptmanns nicht im Weg zu stehen, waren näher gekommen. Es ging ein Raunen durch die Gruppe. Einer von ihnen nahm Fred den Füller aus der Hand. Er prüfte den Stein sehr genau. Hielt ihn gegen das Licht und in den Schatten. Der Stein reflektierte mit seiner industriellen Perfektion das Licht im Auge des Zwergs. Dann reichte er den Füller an den Zwerg neben sich, der den Vorgang wiederholte und sagte: "Es ist wahr! Es ist ein Diamant, aber er ist nicht echt. Es ist kein gewachsener Stein. Die Menschen müssen ihn gemacht haben."

Nun ließ Aldewin die Axt sinken. Er nahm den Füller entgegen und prüfte seinerseits das Wunder, das Unmögliche. Die übrigen Zwerge redeten inzwischen wild durcheinander. Die eiserne Disziplin, die sie bisher gezeigt hatten, war verschwunden. Aldewin gab Fred den Füller zurück. Einen Moment lang hielt er ihn noch fest, während Fred ihn bereits ergriffen hatte. Dann ließ Aldewin los und sagte: "Du hast recht, Mensch. Das ändert alles!"

XXXVIII

Fred stand da, den Füller in der Hand und konnte es kaum glauben. Aldewin schien verunsichert.

"Ich schenke ihn euch. Ich gebe ihnen diesen Stein, Herr Aldewin. Ich glaube es ist wichtig, daß alle Zwerge das sehen können, mit eigenen Augen."

Aldewin nahm den Füller mit dem Industriediamanten aus Freds Hand entgegen. "Ich weiß, was du dafür willst, Mensch. Ein Stein für ein Leben. So sei es. Ich breche meinen Schwur und unser Gesetz. Dein Bruder hat von mir und den meinen nichts mehr zu befürchten. Dieser Stein ... dieser Stein muß tatsächlich vor unseren König, vor den großen Rat." Er sah Nora an. "Du bist mutig, Menschenfrau, mutig und dumm. Meine Rache galt nicht dir, nur deinem Sohn, und das", er deutete auf den Rubin in Noras Hand, "war kein Diebstahl. Es war deine Entscheidung, gemeinsam mit ihm zu sterben, aber dein anderer Sohn hat das verhindert. Du wirst es nicht zu würdigen wissen, aber so etwas ist noch nie vorgekommen. Ich lade eine für Zwerge ungekannte Schande auf mich, indem ich mein Wort breche und deinen Sohn verschone." Nora erwachte wie aus einem Traum, sah auf den Rubin in ihrer Hand und reichte ihn Aldewin. "Nein. Behalte ihn", sagte der Zwerg. "Dieser Stein steht für meine Schande. Ich will ihn nie wieder sehen oder berühren. Tu damit, was immer du willst."

Dann trat der Zwerg an den Kobold heran. Magnus lag unbeweglich da, die Augen geschlossen. Die tiefe Wunde in seiner Brust dampfte kaum noch. Überall war verkrustetes Koboldblut. Ein ganz schwaches Leuchten ging noch von einigen seiner Linien aus, aber Aldewin hatte recht. Das Feuer war erloschen. Magnus lag im Sterben. Er war fast schon tot. Seine beiden Füße waren bereits zu grauem Basalt versteinert. Tom kniete neben ihm und weinte hemmungslos. "Du hast gut gekämpft, Magnus Vierdreifinger." Zum ersten und einzigen Mal benutzte Aldewin den Namen des Kobolds. Dieser regte sich nicht. Ob er die Worte noch hören konnte, war nicht zu erkennen. Aldewin sah Nora an. "Ihr kümmert euch um die Leiche? Er darf hier nicht liegenbleiben. Die Menschen dürfen ihn nicht finden. Andere Menschen, meine ich." Nora nickte stumm.

Aldewin stand noch einen Moment über seinem sterbenden Gegner. Dann setzte er sich den Helm wieder auf den Kopf und schulterte seine Axt. Ein Zwerg aus seinem Gefolge verband provisorisch die Wunden am Arm und an der Hand. Dann zogen die Zwerge ab. Die Schutzsteine wurden entfernt. Die Kuppel verschwand und mit einem Mal war die Welt zurück. Vögel zwitscherten, Hunde bellten, Enten schnatterten in ihrem Teich, ein Kind schrie in seinem Kinderwagen. Nur an der entlegenen Ecke des kleinen Parks nahe des Wohngebietes knieten drei menschliche Gestalten still über etwas gebeugt.

Tom hatte Magnus Kopf vorsichtig auf seine Schenkel gelegt. Nora umfaßte tröstend Toms Schultern und Fred hatte eine Hand des Kobolds ergriffen.

"Können wir nicht irgend etwas tun?" Tom schluchzte. "Wir können ihn doch nicht einfach sterben lassen." Ein leichtes Flackern zuckte in einer Linie des Kobolds auf und erlosch wieder. "Bitte! Mutter! Tu' was! Tu' irgendwas! Rette ihn!"

"Wie denn, Tom? Wenn ich wüßte, wie." Auch Nora weinte. Die Attacke des Kobolds auf Tom schien so weit weg. Er hatte nicht nur für sich mit dem Zwerg gekämpft. Er hatte auch um Toms Leben gekämpft. Nora würde ihm das nie vergessen.

Mit einem Mal richtete sie sich auf.

"Der Zwerg hat gesagt, sein Feuer sei erloschen. Aber hier ist noch ein wenig Glut." Nachdenklich sah sie auf die verkrusteten Wunden und die versteinerten Füße des Kobolds. Sie gab sich einen Ruck. "Es wird wohl nichts nützen, Tom, aber wir können auch nichts falsch machen. Er ist ohnehin so gut wie tot. Fred! Lauf zu deinem Wagen und fahr zu dem Getränkeshop unten an der Kreuzung. Kauf hochprozentigen Alkohol. Je stärker, desto besser. Tom, du bleibst hier. Ich laufe in die Krankenhausapotheke. Los! Vielleicht bekommen wir das Feuer wieder an."

Fred war schon losgesprintet, als Nora zum Krankenhaus eilte. Tom wischte sich die Nase und griff nach dem Funken Hoffnung. Er öffnete einen der Müllsäcke, in dem sie seine Kleidung transportierten und verdeckte Magnus Körper gegen fremde Blicke. Die Zeit verging im Schnekkentempo, aber endlich kam Nora keuchend den Weg hoch gelaufen. In beiden Händen hielt sie je zwei Packungen Kopfschmerztabletten. "Mehr haben sie mir nicht verkaufen wollen." Nora ließ die vier Packungen Medikamente fallen.

Es dauerte nicht lang und auch Fred kehrte zurück. Er hatte zwei Flaschen Single Malt Whisky in Faßstärke bei sich. "Das war das Stärkste, was zu bekommen war", sagte er. "56,8 Prozent, 18 Jahre alt!"

Tom sah verständnislos seine Mutter an.

"Blutverdünner!" Nora hatte die Kleidungsstücke vom Körper des Kobolds weggezogen und deutete auf das verkrustete Koboldblut, das genau wie erkaltete Magma aussah. "Blutverdünner und Brandbeschleuniger!"

Gemeinsam lösten sie, so schnell es ging, die Tabletten aus den Blistern und steckten sie dem Kobold in den Mund. Dann flößte Nora nach und nach den Whisky ein. "Keine Ahnung, wann es zuviel ist", sprach sie wie zu sich selbst. "Sein Körper wird ganz anders reagieren, wenn überhaupt. Was ist für ihn eine Überdosis?" Die erste Flasche Whisky war leer. Viele der Tabletten waren tiefer in den Rachen gerutscht und nicht mehr zu sehen. Fred hatte die zweite Flasche schon geöffnet. Nora schüttete weiter den besonders starken Single Malt Whisky in den Kobold hinein. Plötzlich schrie Tom auf. An einem Ohr des Kobolds hatte sich eine Flamme entzündet. Das andere Ohr folgte kurz danach. Die Flammen wurden größer. Die halbvolle Flasche in der Hand sagte Nora, "wir sollten vielleicht Abstand halten" und im selben Moment richtete sich der Koboldkörper leicht auf und der Mund öffnete sich. Zuerst hörten sie ein Grumeln und Brodeln aus dem Kobold aufsteigen. Dann entwich ein Rülpsen seinem Hals und er spie Feuer! Eine armlange Stichflamme schoß aus ihm heraus und die drei Menschen sprangen erschrocken einen Schritt zurück. Der Körper richtete sich wie ferngesteuert weiter auf und mit dumpfen Geräuschen entwichen weitere Stichflammen. Das Gras, auf dem der Kobold saß, entzündete sich. Und nun brachen die verkrusteten Stellen auf und verflüssigten sich wieder. Frisches Koboldblut quoll aus der Brustverletzung hervor und die Wunde begann sich zu schließen.

Die roten und goldenen Linien auf Magnus Körper leuchteten hell auf und es roch kräftig nach Schwefel. In seine Füße schien wieder Leben zu strömen. Auch die Linien dort begannen zu leuchten und die eben noch versteinerten Zehen bewegten sich. Ein letztes Mal spuckte der Koboldmund eine Stichflamme aus, dann erloschen die Flammen an den Ohrspitzen und der Körper fiel wieder zurück in seine liegende Position. Die Brustverletzung war noch nicht geschlossen, aber deutlich kleiner. Der Kobold lag so unbeweglich da wie vorher, aber seine Linien leuchteten wieder.

Tom kniete sich neben ihn und wollte eine Hand auf seine Stirn legen. Sofort zog er sie wieder zurück. "Heiß!", sagte er. Nora nahm einen tiefen Schluck aus der Flasche und reichte sie an Fred weiter. "Guter Whisky", sagte sie anerkennend. "Lebt er jetzt?", fragte Tom. Fred mußte husten. Der Whisky war großartig, aber auch sehr stark.

"Ich weiß nicht, Tom", antwortete Nora, "aber der Ofen brennt wieder. Vielleicht braucht er einfach Ruhe und muß sich erholen. Er hat viel Blut verloren."

"Wir schaffen ihn jetzt zu mir und dann sehen wir weiter", entschied Fred.

XXXIX

Sie versuchten, den Kobold wieder in die Sporttasche zu stecken, aber das gelang ihnen nicht. Am Ende wickelten sie ihn in Toms Kleidungsstücke ein und hoben ihn mit vereinten Kräften auf den Rollwagen. Sie schoben los in Richtung von Freds Wagen, der im Halteverbot direkt vor dem Parkausgang in Sichtweite stand. Das T-Shirt, welches sie Magnus über den Kopf gelegt hatten, fing an zu qualmen und ein schwarzer Fleck breitete sich aus.

"So schaffen wir es nie bis zu meinem Apartment", sagte Fred. "Wir müssen ihn kühlen."

"Aber geht er dann nicht wieder aus?", fragte Tom besorgt.

Fred schüttelte den Kopf. "Ich glaube nicht, daß ein paar feuchte Kleidungsstücke dafür ausreichen. Aber ich weiß, daß wir ein größeres Problem haben, wenn erst das Auto in Flammen steht. Schnell Tom. Füll die leere Flasche mit Wasser auf. Sonst haben wir gleich die Feuerwehr und dann die Polizei auf dem Hals."

Tom sauste mit der leeren Whiskyflasche los und füllte sie aus dem nahegelegenen Zulauf des kleinen Sees. Sie befeuchteten die Kleidungsstücke. Das wiederholten sie dreimal. Jetzt stieg Dampf auf, aber es qualmte nicht mehr. Die ersten Passanten warfen neugierige Blicke nach ihnen. Sie legten die Rückbank von Freds Wagen zur Hälfte um und hoben ihre Ladung in den Kofferraum.

"Tom, du bringst schnell den Rollwagen zurück ins Krankenhaus. Ich sammle dich vor dem Ausgang wieder ein," sagte Fred.

Tom zog so schnell es ging den rumpelnden Rollwagen den Weg zurück und Fred fuhr den Wagen vor den Haupteingang des Krankenhauses. Nora hatte auf dem verbliebenen Rücksitz Platz genommen, die mit Wasser gefüllte Whiskyflasche in der Hand. Tom kam aus dem Krankenhaus gelaufen, stieg ein und Fred steuerte das Fahrzeug den Hang der Liverpooler Kathedrale hinunter auf die breite Hauptstraße "the Strand", die parallel zum Mersey und den alten Docks verläuft.

Endlich kamen sie in der Garage des Wohnturms an. Noras Wasser-Whisky-Flasche war inzwischen leer. Fred holte Oswaldos Koffer und mit diesem Transportmittel gelang es ihnen, den Kobold ohne Zwischenfälle in Freds Apartment zu bringen. Dort legten sie ihn in die Badewanne. Das war der einzige feuerfeste Platz und Wasser zum Löschen war auch nicht weit. Bei den Bewegungen vom Auto in den Koffer und vom Koffer in die Badewanne hatte der Kobold ein bißchen gestöhnt und mit den Zähnen geknirscht. Sonst hatte er keinen Laut von sich gegeben. Nun lag er in der Badewanne und rührte sich nicht. Tom hatte einen Stuhl geholt und sich neben die Wanne gesetzt. Er wich nicht von Magnus' Seite.

Nora und Fred nahmen am Eßtisch Platz. Sie waren völlig erledigt von den Ereignissen des Tages und außerdem hatten sie in den vergangenen Nächten kaum geschlafen. Vor allem Nora nicht. Nach ein paar Minuten holte sie ihre Handtasche und zog Toms neue Geburtsurkunde heraus. Sie nahm sie erstmals genauer in Augenschein. Es war eine hochwertige Fälschung. Fred hatte in der originalen Geburtsurkunde lediglich das Geburtsjahr geändert. Das war mit bloßem Auge nicht zu erkennen. Tom war jetzt im Jahr 2010 zur Welt gekommen. Ziemlich genau einen Monat nach seinem Verschwinden. Er war immer noch der Sohn von Ed und Nora Larson.

Anerkennend pfiff Nora durch die Zähne. "Wie hast du das gemacht, Fred? Das ist großartig."

"Creative Design", antwortete Fred knapp.

"So etwas lernt ihr an der Uni?", scherzte Nora und dann sah sie Fred an und Fred sah sie an und ihnen wurde bewußt, daß das der erste Scherz seit einer Woche gewesen war. Und dann lachten sie beide.

"Tom ist jetzt so etwas wie Eds Abschiedsgeschenk", sagte Fred und wischte sich Lachtränen aus den Augen.

Nora steckte die Geburtsurkunde vorsichtig in die Schutzhülle zurück, aus der sie sie entnommen hatte. "Es ist ein Anfang. Mit diesem Dokument und den Papieren aus dem Krankenhaus werde ich Stück für Stück andere Bürokraten von Toms Existenz überzeugen. Meine Hoffnung ist, daß ich irgendwann genug beisammen habe, um die Krankenkasse und das Einwohnermeldeamt damit zu konfrontieren. Ich denke, diese beiden sind die härtesten Nüsse mit ihren Datenbanken."

"Ich kann noch weitere Papiere anfertigen", bot Fred an. "Die Geburtsurkunde war schwierig, weil ich das Original verwenden wollte, mit dem Siegel und so. Aber ein paar Briefköpfe nachzubauen, das ist erheblich leichter. Vor allem weil du die ganzen alten Schriftstücke aufgehoben hast. Mit den Vorlagen kann ich Tom einen ganzen Lebenslauf erstellen. Es darf nur niemand auf die Idee kommen, die Gegenstücke heraus zu suchen. Die liegen vielleicht noch in irgendwelchen Archiven oder auf Servern herum und auf denen ist er 27 Jahre alt."

Nora sah überrascht ihren jüngeren Sohn an. Diese kriminelle Energie in ihm war ihr neu. Sie war trotzdem stolz auf ihn. "Sehr gut! Mit einer Fälschung des alten Kinderarztes beschaffe ich ein Original von einem neuen. Und mit einem Brief der alten Schule, den du anfertigst, bekomme ich ein paar Blätter einer neuen Schule. Irgendwann brauche ich die Fälschungen nicht mehr und kann auf echte Dokumente zurückgreifen. Das müßte funktionieren. Großartig, Fred. Fred?"

Ihr erwachsener Sohn war abgelenkt. Tom war aus dem Badezimmer aufgetaucht und durchsuchte gerade die Taschen des Dachsmantels, der immer noch in Oswaldos altem Koffer lag. Er fand die letzten Basaltstückchen und verschwand wieder mit den Worten: "Er hat den Mund offen und schmatzt so komisch, als wenn er etwas braucht."

Nora und Fred folgten und beobachteten, wie Tom einen Basaltkrümel dem Kobold in den offenen Mund schob. Sofort schlossen sich die Kiefer und Tom konnte gerade noch rechtzeitig seine Finger in Sicherheit bringen. Der Kobold begann instinktiv, an dem Krümel zu lutschen. Einige Linien in seinem Gesicht leuchteten dabei auf.

"Bei einem Menschen würde man jetzt den Blutverlust ausgleichen", meinte Fred nachdenklich.

"Und man würde ihn an den Tropf legen mit einer Nährflüssigkeit", ergänzte Nora. "Was hast du ihm da gegeben, Tom?"

"Basalt", erklärte Tom. "Er ist aus Basaltstein gemacht. Jedenfalls im Wesentlichen. Er besteht auch aus Metall. Das kann in dem Basalt gewesen sein oder in seinen Eltern. Die haben auch Material bei seiner Entstehung beigesteuert. Ich bin mir ziemlich sicher, daß Gold dabei ist. Und er hat heute morgen etwas von Kupfer gesagt."

Der Krümel war weggelutscht und der Mund des Kobolds öffnete sich wieder. Jetzt schmatzte er deutlich hörbar.

"Das Kopfsteinpflaster unten beim alten Dock ist aus Basalt. Das habe ich irgendwo mal gelesen. Die ganzen alten Straßen wurden mit Basalt gepflastert, weil er so hart ist." Fred überlegte. "Ich habe letztens einen Film über die 68er in Paris gesehen. In dem Film haben sie die ganze Straße aufgegraben, um an die Steine des Kopfsteinpflasters heran zu kommen. Damit haben sie dann Barrikaden gebaut und sie als Wurfgeschosse benutzt. Das können wir auch. Also nicht Barrikaden bauen, meine ich, sondern einzelne Pflastersteine raushebeln. Ich brauche aber jemanden, der aufpaßt, wenn ich hier anfange, eine Straße aufzugraben. Und dann müssen wir sie irgendwie klein bekommen, die Pflastersteine. Im Ganzen kriegen wir sie nicht in seinen Mund."

"Hammer und Meißel", sagte Nora. "Wir fahren in den Baumarkt und besorgen Werkzeug. Dann stehe ich Wache."

"Beeilt euch, bitte." Tom blickte mit sorgenvoller Miene auf den Kobold in der Badewanne.

"Ja, klar. Machen wir. Aber wo bekommen wir jetzt Gold her? Ah, Moment!" Schon war Fred aus dem Badezimmer gestürmt und kurz danach wieder zurück. In der Hand hielt er eine Goldmünze. "Das ist ein australischer Kangaroo. Das ist zwar kein absolut reines Gold. Irgendwas wird beigemischt. Aber es ist einen Versuch wert." Er gab Tom die Münze und dieser ließ sie in den offenen Koboldmund fallen. Er war inzwischen vor den zuschnappenden Zähnen gewarnt.

Und tatsächlich begann der bewußtlose Kobold erneut instinktiv zu lutschen und zu kauen und spuckte am Ende einen kleinen Rest zerkaute Legierung aus, wie einen alten Kaugummi. Goldene Linien leuchteten in seinem Körper auf.

Den Rest des Tages verbrachten Fred und Nora damit, vier Basaltsteine aus dem Kopfsteinpflaster beim alten Dock zu brechen. Das war furchtbar mühsam und erheblich schwieriger, als Fred gedacht hatte. Die Steine saßen bombenfest. Vor allem den ersten herauszuhebeln, dauerte eine Ewigkeit. Sie waren nur selten ungestört und mußten auf Passanten und Touristen achtgeben. Einmal fuhr ein Polizeiwagen an ihnen vorbei, aber Nora hatte rechtzeitig gewarnt und solange der erste Stein noch in der Straße festsaß, konnte man nur schwer erkennen, was sie vorhatten. Als dieser heraus war, ging es schneller vorwärts, aber die Steine in kleine, handliche Stücke zu meißeln, war eine weitere schweißtreibende Aufgabe. Auch das erledigten sie mit dem neu gekauften Werkzeug. Oben im Apartment hätten sie keine Unterlage gefunden, die fest und hart genug gewesen wäre. Die Hammerschläge waren ohrenbetäubend laut, aber zum Glück fanden sie eine Baustelle in der Nähe und der Baustellenlärm übertönte ihr Gehämmer.

Zurück in Freds Apartment erwartete Tom sie schon sehnsuchtsvoll. Er fütterte den Kobold mit den Basaltstückchen, bis eines seitlich aus seinem Mund herausrutschte und in die Badewanne polterte. Offenbar hatte er genug.

Über all diesen Aufgaben war es Abend geworden und sie mußten sich auch um ihre eigenen ermatteten Kräfte kümmern. Nora zog Tom aus dem Badezimmer an den Eßtisch, aber Tom stopfte sich nur schnell ein paar Bissen in den Mund und kehrte dann an die Badewanne auf seinen Stuhl zurück. Fred machte ihm daraufhin einen Teller mit Schnittchen fertig, was Tom dankbar annahm.

Damit Tom freiwillig für ein paar Stunden ins Bett ging, mußten sie eine Nachtwache einteilen. Jeder drei Stunden. Nora hatte die letzte Wache übernommen. Der Kobold lag schlafend in der Wanne. Die Hitze in seinem

Körper hatte nachgelassen. Die Wunden hatten sich inzwischen geschlossen. Er schien auf dem Weg der Besserung. Nora hatte sich ein Buch aus Freds Bücherschrank mit ins Bad genommen, aber das Lesen fiel ihr schwer. Sie war einfach zu müde. Eine Weile ging sie im Bad umher, drei Schritte links, drei Schritte rechts. Dann bezog sie den Flur mit ein. Aber das Herumgehen zwischen Bad und Flur war nach einer Weile nervtötend. Sie holte sich einen zweiten Stuhl aus dem Wohnzimmer. Ihre Jungs schliefen beide in Freds Bett im Schlafzimmer. Sie plazierte den zweiten Stuhl so, daß sie die Beine hochlegen konnte. Das war bequem. Und dann nickte sie ein.

Sie wurde von einem Knall geweckt. Sie sah noch durch die offenen Türen, wie ein Blitz das Wohnzimmer hell erleuchtete und dann wurde es dunkel in dem Apartment. Sie tastete sich vor und betätigte den Lichtschalter, aber das Licht blieb aus. Aus dem Wohnzimmer hörte sie tapsende und kratzende Geräusche, wie wenn ein Tier sich dort bewegte, ein Tier mit Krallen. Sie erreichte die Wohnzimmertür. Da war es wieder, das Geräusch. Etwas bewegte sich bei der Couch. Sie hatten die Vorhänge zugezogen, weshalb sie fast nichts erkennen konnte. Sie bewegte sich Richtung Fenster. Dabei blieb sie am Eßtisch hängen. Die Geräusche verstummten, aber einen Moment später hörte sie ein Knurren. Es hörte sich gefährlich an. "Hallo, Magnus? Ich bin es! Nora!" Das Knurren kam näher. Sie hielt sich jetzt mit beiden Händen am Eßtisch fest und hatte Angst. "Magnus! Hör auf damit!

Ich bin es nur!" Und dann spürte sie einen heftigen Schmerz in ihrer rechten Wade und sie schrie auf.

Wenige Augenblicke später öffnete sich die Schlafzimmertür. Sie konnte das nicht sehen, aber hören. "Er hat mich gebissen! Paßt auf! Irgendwas stimmt nicht!", schrie Nora zur Warnung. In dem Moment ging das Taschenlampenlicht von Freds Smartphone an. Er leuchtete im Wohnzimmer umher. Tom stand neben ihm. Wieder hörte Nora das Knurren. Es kam aus der Ecke, wo die Stehlampe stand. Jetzt hörte sie ein knabberndes Geräusch. Fred leuchtete dorthin.

Der Kobold saß neben der umgefallenen Stehlampe auf dem Boden. Er hielt das Stromkabel in den Händen. Er hatte die Plastikummantelung aufgerissen und kaute auf der nun freiliegenden Kupferisolierung herum. Das hatte für den Kurzschluß gesorgt. Als er von dem Lichtstrahl erfaßt wurde, knurrte er wieder und ging auf alle Viere. Seine Augen leuchteten grell Rot. Seine Bewegungen und sein Gesichtsausdruck sahen wild und animalisch aus. Er fauchte und fletschte die Zähne. Dann stürzte er los, auf den Lichtschein zu. Seine Krallen fanden keinen guten Halt auf dem glatten Holzboden. Fred ließ vor Schreck das Smartphone fallen, aber der Kobold hielt unbeirrt auf ihn zu. Da rief Tom: "AUS! AUS, MAGNUS! BÖSER KOBOLD! AUS!"

Als der wild gewordene Kobold Toms Stimme hörte, stoppte er und schnüffelte. Seine Ohren stellten sich spitz auf. "Ruhig, Magnus!", sagte Tom. "Sei ein braver Kobold und geh in deinen Koffer. Da! Marsch in deinen

Koffer. Geh in deinen Koffer!" Das Smartphone lag mit dem Display nach unten und das schmale Taschenlampenlicht schien in Richtung Decke. Der Kobold stand auf allen Vieren über dem Smartphone. Es war eine gespenstische Szene. Der Kopf des Kobolds bewegte sich in die Richtung, in die Toms ausgestreckter Arm zeigte. Dorthin, wo der alte Koffer lag. Darin lag der Dachsmantel. Wieder schnüffelte der Kobold und dann krabbelte er in den Koffer. Tom ging zu der Stehleuchte, zog den Stecker des Stromkabels aus der Wand, nahm das Kabel und hielt es dem Kobold hin. Dieser schnappte danach und begann, wieder auf der Kupferisolierung zu kauen. Sein Gesichtsausdruck entspannte sich. Er schien zufrieden.

"Au", sagte Nora. Fred hob das Smartphone auf und leuchtete sie an. Dann ihre Wade. Sie hatte eine tiefe Fleischwunde davongetragen, die blutete.

"Ich fahr dich ins Krankenhaus", sagte Fred. "Tom? Kommst du klar?"

Tom hatte einen Vorhang aufgezogen. Die Lichter der Stadt schienen durch das Fenster und am Horizont machten sich die ersten Strahlen der aufgehenden Sonne bemerkbar. Es würde ein wunderschöner Sommermorgen werden. "Ja. Geht nur. Auf mich scheint er zu hören."

Also fuhr Fred seine Mutter ins Krankenhaus. Allerdings in ein anderes, als das, in dem Tom gelegen hatte. Sie wollten nicht wieder auf den jungen Arzt treffen, der so gerne mit Toms Hilfe den Nobelpreis für Medizin gewinnen würde. Die Notaufnahme war zum Glück recht leer und die Tagschicht hatte gerade ihre Arbeit aufgenommen. Nora kam schnell dran. Ihre Wunde wurde gesäubert, desinfiziert und genäht. Sie bekam einen Verband und einen Termin, in drei Tagen zum Entfernen der Fäden wiederzukommen. Dann fuhren sie zurück in die Wohnung. Dort war alles friedlich. Der Kobold war in seinem Koffer eingeschlafen, eingekuschelt in seinen Dachsmantel. Tom saß neben ihm auf dem Boden und streichelte seinen Kopf.

"Ein ungezogenes Haustier hast du da angeschleppt, mein Sohn", sagte Nora streng und Tom mußte grinsen. Nach einem schnellen Frühstück ging Fred einkaufen. Von den verschiedenen Speisen, die Tom dem wieder erwachten Kobold anbot, waren rohes Steak und Äpfel offensichtlich nach seinem Geschmack. Tom bestand darauf, daß sowohl Nora als auch Fred ihm Stücke anboten, damit sich der Kobold an die beiden wieder gewöhnen würde. Und das funktionierte. Irgendwann knurrte er sie nicht mehr an, wenn sie sich seinem Koffer näherten. Zwischendurch zerbiß der Kobold noch Freds kleine Eisenpfanne. Das ging zwei Tage lang so.

Am dritten Tag um die Mittagszeit erwachte der Kobold aus seinem Vormittagsschlaf, gähnte, sah sich um, als würde er den Raum zum ersten Mal sehen, öffnete den Mund und sagte: "Oh?!"

Nora war unterwegs. Sie wollte ein paar Sachen aus ihrer winzigen Wohnung von der anderen Seite des Mersey holen und dann zum Fäden ziehen beim Krankenhaus vorbei gehen. Die beiden Brüder waren gerade in der Küche beschäftigt und bekamen die Veränderung gar nicht mit. Erst als der Kobold auf zwei Beinen, nicht auf allen Vieren, in der Küchentür stand und "Hallo!" sagte, fiel Fred vor Schreck ein Teller aus der Hand. Beide starrten den Kobold an.

"Hmh", machte dieser, "ich habe wohl irgendwas Wichtiges nicht mitbekommen." Dann sah er an sich herunter auf die große, noch nicht ganz verheilte Narbe auf seiner Brust. "Ich erinnere mich, daß sich Aldewin die Hand verbrannt hat. Und ich war tot, glaube ich. Was ist seitdem passiert?" Er schüttelte benommen den Kopf. "Habe ich was kaputt gemacht?"

Und dann warf sich Tom dem Kobold in die Arme, daß sie beide umfielen. "Du bist wieder da", stellte Tom am Boden liegend fest. Magnus lag auf dem Rücken und sah dem überglücklichen Tom in die Augen: "Ja", sagte der Kobold, "ich bin wieder da, aber ich weiß nicht, wieso."

XL

Am Nachmittag, als Nora mit einer gut verheilenden Wunde aus dem Krankenhaus zurückkam, fand sie Fred und Tom vor dem großen Bildschirm sitzen und ein Spiel spielen. Tom war offenbar am Verlieren, denn er zog ein mißmutiges Gesicht.

"Das ist jetzt das fünfte Mal, daß er mich platt macht", rief er Nora zu, als sie zur Tür hereinkam. "Ich bin überhaupt noch nicht bereit für das Jahr 2024. Meine Mitschüler werden mich auslachen und mich für ein Fossil halten. Na ja, bin ich eigentlich auch."

"Du sagst einfach, du wärst der Sohn einer Leuchtturmwärterin und dein einziges Spielzeug auf dem einsamen Felsen wäre ein alter Game boy gewesen", frotzelte Fred. Tom warf ein Couchkissen nach ihm.

Nora sagte ein paar tröstende Worte und gleichzeitig schwappte eine warme, sanfte Gefühlswelle über sie hinweg und erfüllte sie mit Liebe und Zuversicht. Das war das erste Mal, daß Tom sich wieder wie ein ganz normaler 13jähriger Junge benahm und er war dabei, sich in sein neues Leben einzugewöhnen. Beides war gut. Nora wußte, daß sie die Uhr nicht zurückstellen konnte, aber auch sie hatte begonnen, sich an die neue Situation zu gewöhnen und fand langsam in ihre alte Mutterrolle zurück.

Der Kobold saß derweil in seinem Koffer und lachte leise vor sich hin. Er hatte sich ein Buch über moderne Architektur von Freds Bücherregalen stibitzt und fand das, was er sah, offenbar sehr erheiternd. Allerdings hielt er das Buch falsch herum auf dem Kopf. Nora war überrascht, ihn mit einem Buch zu sehen. Etwas hatte sich in ihrer Abwesenheit ereignet.

Als der Kobold Nora wahrnahm, legte er das Buch zur Seite und stieg aus seinem Koffer. Langsam näherte er sich. Nora spannte die Muskeln an, bereit in Deckung zu gehen, aber der Kobold hatte nicht mehr den animalischen Ausdruck der letzten Tage an sich. Er machte eine Verbeugung. Nora war verwirrt.

Der Kobold richtete sich wieder auf: "Tom und Fred haben mir berichtet, was du getan hast. Du hast mich dem sicheren Tod entrissen. Du bist eine große Zauberin, *sans doubt*. Ich habe von menschlichen Zauberern bisher nur gehört. Meine Mutter erzählt, daß sie einmal einem Menschenzauberer begegnet ist. Früher. Sehr viel früher. Ich war mir nie sicher, ob ich ihr die Geschichte glauben sollte. Und nun begegne ich zum ersten Mal in eintausend Jahren einer Zauberin und gleich rettet sie mein Leben. Es ist eine große Ehre und ich stehe tief in deiner Schuld, Nora." Das war das erste Mal, daß Magnus sie direkt mit ihrem Namen ansprach. Er verbeugte sich erneut.

Nora schüttelte heftig den Kopf. "Nein! Nein, nein! Weder das eine, noch das andere. Ich kann nicht zaubern. Eigentlich weiß ich gar nicht, was ich da getan habe und du stehst nicht in meiner Schuld. Du hast meinen Sohn gerettet, bei euch, in der Anderwelt. Das habe ich jetzt erst so richtig begriffen, nachdem ich Aldewin erlebt habe. Und du hast dich diesem Zwerg in den Weg gestellt, als er Tom umbringen wollte, zweimal sogar. Du bist mir nichts schuldig, Magnus. Im Gegenteil, ich möchte mich bei dir bedanken, jetzt wo es dir wieder besser geht."

Magnus Blick fiel auf den Verband um Noras Bein. "War ich das?", fragte er.

"Ja", antwortete Nora. "Ist aber halb so wild. Verheilt schon und ist auch so gut wie vergessen."

Der Kobold legte den Kopf schief. "Ich kümmere mich gerne um deine Wunde, wenn ich mich noch ein bißchen erholt habe. Aber warum heilst du dich nicht selbst? Wirken deine Zauberkräfte nur bei Kobolden?"

Ehe Nora nochmals beteuern konnte, daß das mit Zauberei nichts zu tun gehabt habe, unterbrach Tom: "Na das ist doch was. Meine Mutter kann eine Praxis für schwer verletzte Kobolde aufmachen. Aber nur, wenn nicht an irgend wen, sondern an sie selbst bezahlt wird, Magnus. Das muß klar sein. Ich sage nur Eiscreme."

Nora und Fred verstanden nicht. Magnus lächelte ein kleines Lächeln und der feierliche Moment war vorüber. Tom forderte Fred ein sechstes Mal heraus. Magnus kehrte zu seinem Koffer zurück. Er war noch ziemlich schwach. Und Nora kümmerte sich um das Abendessen.

Auch am nächsten Tag, es war Donnerstag, der 22. August 2024, änderte sich nichts an der neuen, harmonischen Stimmung innerhalb der kleinen Schicksalsgemeinschaft. Seit dem Kampf im Park hatte sich Noras Einstellung gegenüber dem Kobold grundlegend verändert und Magnus behandelte Nora weiterhin mit dem größten Respekt. Tom hatte seiner Mutter und seinem Bruder inzwischen erzählt, was Magnus ihm im Krankenhaus zu der Attacke auf Toms Bein erklärt hatte. Obwohl Nora der Argumentation nicht ganz folgen wollte, so hatte sie doch Vertrauen zu dem Kobold gefaßt.

Fred machte sich Sorgen, um die Nebenwirkungen, die die Heilung von Toms Bein seiner Meinung nach zeigen würde. Kaum daß Magnus mental wieder hergestellt war, hatte er ihn gefragt, ob sich über das Bein nicht ein wenig Koboldnatur in Tom übertragen habe. Er hatte sogar Toms Ohren überprüft und fand, daß diese ein kleines bißchen spitzer wären als vorher. Aber der Kobold hatte nur gelacht und gesagt, daß ein paar Spuren von Kupfer und Mineralien sicher nicht Toms Charakter verändern würden, es sei denn, dieser würde das selbst wollen. Und daß gegen spitze Ohren ja nichts einzuwenden sei. Diese Antwort hatte Fred keineswegs befriedigt, aber mehr war aus dem Kobold nicht heraus zu kriegen, und als Tom begann, seinen unrhythmischen Hüpftanz aus dem Krankenhaus wieder aufzuführen, hatte Fred resigniert.

Tom fühlte sich tatsächlich verändert. Er fühlte eine Selbstgewissheit, die ihm unbekannt war. Die Zeit vor den beiden vergangenen, abenteuerlichen Wochen war von Opposition und Wut erfüllt gewesen. Er hatte sich von gegensätzlichen Emotionen hin und her gerissen gefühlt und das war nun vorbei. Es fühlte sich an, wie die ersten Sonnenstrahlen nach wochenlangem Regen.

Am Nachmittag kam Fred aus der Stadt zurück. Er setzte sich an den Eßtisch und legte den Rubin auf die Tischplatte. Tom und Nora gesellten sich zu ihm.

"Ich komme gerade vom Juwelier. Der war ziemlich überrascht und hat als erstes eine Anfrage an seine Juwelierskollegen gestartet, ob irgendwo ein großer Rubin gestohlen worden sei. Erst als das geklärt war, hat er sich normal mit mir unterhalten. Also der Stein ist zwar groß, aber das Loch, das Aldewin gebohrt hat, mindert den Wert ganz erheblich. Außerdem ist er ungeschliffen und die entsprechenden Auktionshäuser lassen sich auch gut bezahlen. Trotzdem, mindestens eine halbe Million Pfund sollte auf jeden Fall herauskommen."

Nora pfiff durch die Zähne und Tom stieß einen Freudenschrei aus. Das erregte die Aufmerksamkeit des Kobolds, der sich ein dickes Kissen auf seinen Stuhl legte, um besser auf den Tisch sehen zu können.

"Wir sind jetzt nicht reich", fuhr Fred fort, "aber wir können damit eine Menge Sachen machen, ohne uns zu fragen, wie wir das bezahlen sollen."

"Wieso wir?", fragte Tom. "Es ist dein Stein."

Aber Fred widersprach. "Auf keinen Fall. Das ist unser Stein. Jeder von uns hat seinen Anteil daran, daß er auf diesem Tisch liegt. Er gehört uns allen."

"Ich könnte aus diesem Loch ausziehen und Toms Schulzeit wäre finanziert. Allein das wäre schon traumhaft", sagte Nora.

"Ich dachte, ich gewinne den Nobelpreis für Medizin und muß gar nicht mehr zur Schule", sagte Tom. Alle schmunzelten bei der Erinnerung an den aufgeregten Arzt und seine hochfliegenden Pläne.

"Warum hören wir eigentlich gar nichts von dem Krankenhaus?", fragte Fred.

"Ich habe ihnen natürlich die Adresse und Telefonnummer meiner Wohnung gegeben", antwortete Nora. "Mein Anrufbeantworter ist voll. Ich habe aber alle Nachrichten gelöscht. Es ist auch schon ein Brief angekommen. Ein weiterer Grund, warum ich dort möglichst schnell ausziehen möchte. Außerdem ist die Wohnung zu klein für Tom und mich." Sie nahm Toms Hand in die ihre. "Wann gehst du eigentlich wieder zur Arbeit, Fred?"

Fred sah auf, als wenn er bei etwas Verbotenem ertappt worden wäre. "Eigentlich möchte ich dort gar nicht mehr hin. Wißt ihr, ich wollte nach dem Bachelor noch den Masterabschluß machen. Im Ausland. Zum Beispiel in Schweden. Das hatte ich mir vorgenommen. Und dann kam dieses tolle Angebot mit dem gutbezahlten Job bei einer renommierten Firma. Aber ich möchte mir nicht mehr wochenlang Gedanken machen, ob die neue Keksverpackung besser eine glänzende oder eine matte Oberfläche bekommt. Oder ob wir den Schriftzug über das Bild oder unter das Bild setzen. Das ist so bedeutungslos. Und das hier", er beschrieb mit der rechten Hand einen weiten Bogen, der das ganze Apartment einschloß, "gehört praktisch vollständig der Bank und damit sich das ändert, muß ich die nächsten 20 Jahre genau das machen. Das mit den Keksen und den Verpackungen und das will ich gar nicht. Ich dachte, es ist wichtig, daß all das irgendwann mir gehört, aber ich habe inzwischen das Gefühl, daß ich den Sachen hier gehöre und nicht umgekehrt."

"Oh je", sagte Tom. "Ich hatte gehofft, du erklärst mir noch alles, was ich wissen muß, um in der Schule zu überleben, auch wenn du natürlich schon viel zu alt dafür bist."

Fred mußte lachen. "Ja, stimmt. Keine Ahnung, was die Kids heute umtreibt. Aber mach dir keine Sorgen. Meine Pläne lassen sich nicht so schnell umsetzen und ich weiß auch gar nicht, ob ich das überhaupt mache, mit Schweden und so."

"Doch Fred. Mach das", erwiderte Nora. "Ich erinnere mich noch, wie du davon geträumt hast, und daß du mit deiner Arbeit nicht glücklich bist, ist auch kein Geheimnis. Jetzt ist es möglich, ein paar Träume wahr werden zu lassen." Sie nahm den funkelnden Rubin in die Hand. "Ein kleines Häuschen auf dem Land, wo uns keiner kennt und niemand sich fragt, wo plötzlich der zweite Sohn herkommt. Und in dem immer ein Zimmer für meinen großen Sohn frei ist." Nora legte den Stein weg und ergriff je eine Hand ihrer Söhne. Ihre Augen wurden feucht.

"Ja", rief Tom. "In der Nähe von Magnus' Dorf. Dann kann er uns besuchen kommen."

"Ich komme nur, wenn es Eiscreme gibt", sagte Magnus.

"Dann ist das ja geklärt", lachte Nora. "Häuschen, Schule, Schweden und immer Eiscreme im Gefrierschrank."

"Und was machen wir jetzt?", fragte Fred mit einem breiten Lächeln.

"Jetzt fahren wir zu Oswaldo und essen alle zusammen Pizza, wenn die anderen Gäste gegangen sind und Magnus sich zeigen kann. Ich möchte wetten, daß er darauf brennt, zu erfahren, was wir alles in den letzten Tagen erlebt haben. Außerdem sollten wir ihm die Stühle und Tische ersetzen, die Magnus kaputt gemacht hat." Toms Lächeln war noch breiter als Freds.

"Warum hat Magnus Stühle kaputt gemacht?", fragte Nora überrascht.

"Weil ich ein *wilder* Kobold bin", sagte Magnus und seine Augen leuchteten verwegen, "und manchmal auch zivilisiert. Aber nur, *wenn ich will!*"

ENDE